民国演讲

MINGUO YANJIANG

不可侮辱的力量

民国演讲

第五编

马君武 等 著

中国文史出版社

出版说明

　　本丛书选取的六百余篇民国时期的演讲，来自社会地位、术业专攻、身后评价不同的近二百位民国人物，政界、军界、商界、新闻界、学术界、教育界、文艺界、民间团体等，无所不包，力求全面地呈现多元化的民国风貌。

　　本丛书涉及史料庞杂，文章取舍与编排依循一定原则，具体说明如下：

　　一、本丛书收录的演讲稿，时间范围从 1912 年 1 月起，至 1949 年 9 月末止。全套共分为十编，每一编均以时间为轴，依演讲者出生年月排次；以人物为面，按演讲发表时间排序。每位人物均附生平简介。

　　二、本丛书收录篇目以演讲为主，其他如宣言、广播稿、采访谈话、讲义以及当众宣读的论文、报告、答辩词等，亦有部分收录。

　　三、本丛书所选资料来源广泛，多为翻阅国家图书馆及各地方图书馆馆藏民国文献，如民国时期出版的各种文集、报纸、杂志等，经重新录入、点校所得。所收录文章有不同版本者，以出版（发表）时间较早或内容较全的版本为主。

　　四、本丛书所选之演讲者，均为在其所属领域具有代表性或典型性的人物，但限于篇幅、编者知识水平以及其他种种因素，尚有部分人物演讲未能收录。

　　五、对于生平演讲颇丰的人物，在筛选其文章时，编者在主题不重叠的前提下，尽量撷取背景、场合、受众不同，且较有内容价值的若干篇目，以求多方位地展现该人物的思想和主张。

六、鉴于本丛书的史料性，编者在进行编校加工时，以尊重原作为基本原则，对于严重违背史实、观点偏激、存在不当舆论导向的个别语句，酌情做删节处理，处理后并不影响原文主旨大意的表达。

七、由于民国时期语言文字、标点的用法与现在有所不同，为方便现代读者阅读，编者在尽量保留作品原貌的情况下，做了如下处理：

（一）繁体字改为简体字。

（二）原文竖排均改为横排。

（三）原文无标点或仅有部分标点的，由编者根据文意断句加标点。原文标点有明显错漏的，编者予以修改或增补。

（四）原文有明显错误、漏缺等情况的，由编者加"〔 〕"，并在六角括号中注明正确或增补的字，以供参考。原文有明显衍字的，由编者直接删改，以免造成困惑和歧义。原文不清、无法辨识且难以根据上下文推断的文字，用"□"表示。其他无从判断正误的情况，不妄作改动。

（五）原文不符合现代汉语写法的词语，如"澈底"、"那末"、"罢"（吧）、"底"（的）等，均按现代汉语习惯写法进行更改，并不影响语句原意。

（六）原文中的人名、地名等的译名以及相关专有名称，在不影响读者理解的情况下，原则上不改为现今通用译名；有碍理解的，由编者作注说明。

（七）凡未标"原注"的注释，均为编者所加。

本丛书卷帙浩繁，尽管尽心竭诚，力求取精用宏，然因我们能力有限，亦难免存在缺失疏漏，热望社会各界批评与指正。

编　者

2019 年 10 月

前　言

　　民国是新旧思想交替的时代，是中外思潮碰撞的时代，是政治风云变幻的时代，更是文化色彩斑斓的时代。

　　了解一个人，多是先听其谈吐；了解一个时代，自然也少不得听它的声音。于是，便有了这套"民国演讲"系列丛书——说民国与民国的说；声音的历史与历史的声音。

　　演讲，即是就某个问题对听众说明事理或发表见解，展示想法或愿景，归根结底是一种交互行为。从某一个角度来说，交互推动进步。人与物的交互刺激发明和创造，比如工具的使用及生产技术的革新；人与人的交互产生人文伦理和传世价值，激发人类去思考良知、理性和社会责任。演讲作为一种人与人之间的交互方式，既能将物质的也能将精神的文明成果集合并发散，承前并启后，抑扬顿挫，精准了当，让讲者内心燃烧，让故事迸溅火花，由是观之，可谓是顶高级的传播艺术。至今为止，这种艺术仍既是经典的，也是前沿的。

　　我们本着这样的认识和眼光，从瀚如烟海的故纸堆中，拣选出近二百位民国时期来自不同领域的出色人物，收录了六百余篇民国时期的各类演讲。其中一些人物的一些演讲还是第一次进入读者的视野，这样的瞩目当属来之不易。这些演讲作品中，既有关乎济世救国的拳拳之心，或王者之气，或匹夫之责；也有阐述百年树人的教育方略，或家长之情，或师长之意；更有充满文学之妙的作家才情，或指点江山，或陶醉草野。无论是叱咤风云，还是低吟浅唱，无论是逆势反常或是领情会意，无论是节日祝词还是庆生悼挽，都明确无误地引领读者进入了那个年代的景色深处，其中自有仰山之高，悬河之美。

操持数年，自知不免挂一漏万，也还是不肯罢手，一一敛来，旨在使一个时代的演讲作品得以归拢，得以装束，得以排列齐整地成体系地被集结，被收藏，被后人打量、阅读和品味。

既然说的是民国的人、民国的事，自然就回避不了民国的某一些人、某一些事——那些有过态度的和耍过态度的、那些受待见的和不受待见的——人和事——也还是听听他们的说。我们通过斟酌与报备，予以选录和保留，以显示这份记载与收藏的确实与丰富。可以说，这是迄今为止收录量最大、编排体系最完备的一套民国演讲作品。

由于对民国时期文化的珍视与体恤，对于个别未能联系上演讲者后人的篇目，我们不忍轻易舍弃，只有将作品先行用之，望有关人士能够谅解，并在见到该书后及时与我们联系，以便奉寄样书和稿酬。

编　者
2019 年 10 月

目　录

CONTENTS

廖仲恺
(1877—1925)

生平简介

廖仲恺（1877—1925），原名恩煦，又名夷白，字仲恺，广东省归善县（现惠州市仲恺高新区）客家人。民主革命活动家，爱国主义者，国民党左派领袖。擅长诗词、书法，著作有《双清文集》。1877 年 4 月 23 日出生于美国旧金山。1893 年随母回国。1897 年与同为国民党左派的何香凝结婚。1902 年留学日本。1903 年结识孙中山，并参加同盟会，任总部外务干事。1909 年在日本中央大学毕业后回国，考取法政科举人，在吉林巡抚处任翻译。1911 年辛亥革命后，先后任广东都督总参议、总统府财政部部长兼广东省财政厅厅长。1913 年随孙中山亡命日本。1914 年任中华革命党财政部副部长，之后随孙中山反对袁世凯，参加护法运动。1921 年孙中山到广州任非常大总统，廖为财政部次长。1923 年协助改组国民党，为实现国共两党第一次合作做出重要贡献。在第一次国共合作期间，任国民党中央执行委员、财政部部长、工人部部长、农民部部长、黄埔军校党代表、广东省省长、军需总监、大元帅秘书长等职。1925 年参加主持讨伐陈炯明，平定杨刘叛乱，并支持省港大罢工。1925 年 8 月 20 日在国民党中央党部门前被暴徒刺杀，时年四十八岁。

爱国必先有文化①

1924 年 3 月

列位工友诸君：

兄弟今日得到厂与各工友见面，非常欢喜。此校之所以要设立，其意思甚长。兄弟闻许多人言及"民主国"与"君主国"都是一样食饭，都是一样纳饷，用不着来理什么"民主"与"君主"这样的说话，都是未曾明白到"民主国"与"君主国"的关系和分别之故。诸君之不能明白"民主国"与"君主国"的分别，就因为你们大家无从来认识。譬如有一块铜片是可以用来制子弹，别人则不知道，只知道是一块铜片而已，你何以知道这块铜片可以做子弹呢？因为你认识到用怎么法子就可以做成一个子弹。别人不知道这块铜能为子弹，就因为他们不知道怎样法子来做子弹。工友们！我们的民国情形与往日不同呢！即如知道这块铜片能够成为子弹一般，我们明白到现在是民主国家，你们不能明白，因为现在民主国家未曾造成，其理与一块铜片未制成一个子弹的相同。为什么要做一个民主国呢？因为做成一个民主国，

---

① 本文是廖仲恺在石井兵工厂青年工人学校开学典礼上的演讲。

然后可以把国家主权放在四万万同胞手上，然后使四万万同胞都有管理国家的义务，国家才可以发达，人民才可以安宁。以前推倒满清，现在我们想国家发达，人民安乐，一定要有一个正式的"民主国家"。

一个国家任由一个人管理，是很危险的。因为任由一人独行独断，一定弄到像历年君主国的崩坏情形一般。满清之所以割地赔款给外人，致令我们还要负上很重的债，不能够还清，这样的情形，自然使国家穷困。国家穷困，一定会亡。这是一个国家任由一个人管理的危险情由。如一个国家的权力，不是放在少数人手上，放在我们四万万同胞手上，国家一定比较安宁。因为国家所以能存在，一定依赖全国人民来把持住，人人知道把持国家，国家自然发达，人民自然安乐，享太平之幸福。但国家的主权在人民，人民必须具有主义、有精神、有远大眼光，国家才能兴盛。不然，国家必归衰弱。把一个国家变为多数人的国家，不是一个人的国家，人民又必须能判分是非黑白。一个人民能明白是非黑白，是一件很重要的事，所以"识字问题"是最要紧急解决的问题。如被无知识的人来做一个主权者，一定弄到国家陷于崩坏情形，这是亡国兆头。求国家发达，而不解决识字问题，是自相矛盾的。自己没有知识，野心者即可操纵专权，则国家仍然归于少数人手上，国家一定不能兴，反要亡国才了结。国家必先解决识字问题，然后可以得到太平。中国之任由少数人来把持，自私自利，不顾群众幸福，到今日这样情形，这就是中国的乱源。我们的眼光要放远大点，袁世凯的野心想把中国放在他手里，传子继孙都是袁家的天下。这样在普通人眼光看去，岂不是袁世凯个人的罪吗？是的。但是我们要有远大的眼光观察，才能够看得透彻。我就把袁氏做皇帝来解释下去。我们听见袁世凯做皇帝的时候，他用钱来买无耻的猪仔议员，使他们不反对他做皇帝；又用钱来买各省的督军，不反对他。袁世凯能得到这样多钱买人不反对他，试问袁世凯的钱由何处得来？这个问题非解答不可。中国自满清失败，海禁大开，至今仍是一个财穷势弱的国家，袁世凯自然不能在中国找到钱来买人家不反对他做皇帝，所以他向外国大借特借，他然后可以得钱给过我国的军阀来捣乱。等我们不能得着一块安乐的地方来谋生，我们谋生困难，工业衰弱，国货不能振兴，外人就借此大输洋货进来，把中国的金钱年年送去他的祖国。这样的侵略，便是叫作"列强帝国资本主义侵略"。我们想解决此问题，就要先解决识字问题。一个人能够识字，就有远大的眼光，不像"近视眼者"只能见近不能见远。我们既知道中国延长战争，使我们的兄弟不能谋生计，就是军阀。军阀的可以作恶横行，他们背后就靠列强帝国主义者来扶持。军阀是一傀儡，列强帝国主义者在后拉线。由斯而谈，我们想得到安享太平，丰衣足食，不日日被军阀来压迫，被列强帝国主义来侵略，更莫怪政府抽捐。政府抽捐不是乱源，因为政府要去打倒勾结列强来压迫人民的军阀，政府要去打倒利用军阀来侵略中国的列强，必定用兵去打，用兵就不能无饷，所以就不能不抽捐。我们想得到丰衣足食，又不被军阀和帝国主义者压迫，又一定要明了主义一致去打倒军阀，一致去打倒列强、帝国主义，所以就要解决识字问题。

常有许多记者问兄弟，劳工教育比较义务教育孰为重要？我说：现在义务学校的训育成才，非十年八年不可。而吾侪现在即须为国家做事，等如许光阴，是没有希望的。故此施行义务学校，比较起来，不及提倡劳工学校的重要。各工友不识字，知识就低。想得到知识，不能不读书。如多听演讲，亦未始非求知识之一法，唯如此机会是不常的。如以为有留声机就可以，留声机是不普遍而且能力甚微的。故想知识增加，非从多阅书报不可。

4

看书、阅新闻纸的收效，比起留声机收效大得多。人类的思想得到发展，都是借文字的功能，能阅书就可因此得悉前人所遗之教训。倘若不识字，事事都要亲眼见、亲耳闻，然后可以知识增加，但一个人是很难得到许多时候与机会，来给我们亲眼见、亲耳闻。况且世界上把人类各民族的寿命平均起来，至高不过四十五岁。童稚之年浑无所知，非在二十岁以上，不能去远的地方来求知识。如不识字，则更属困难，无从得知识。所以一个人的寿命有限，不能去得许多地方，而且还有些不能及的。如果不识字，又不用亲见亲闻，知识就能发达，除非是圣人才可以做到。工友们！圣人是不容易得的。几千几万年都不过一个圣人罢了。我中国想希望产生多几个圣人来救中国的危亡，这是不能救中国的。中国不用求圣人，要求工友们大家一致去想，大家一致去想一个方法来救国。我们大家一致去想，但并不要空想，大家想得实际方法，才能救国。倘若大家都是空想的，就误事了。大家能识字睇书，把前人已经想过的，继续想下去；前人想不到的想出来，将人家的知识来补自己的不足。切莫将他人曾经想过而且错的实行，莫像那班呆仔成日空想，若如此就差了。一个人能识字，在工作的方面说，亦得许多知识，可以发明新器；在个人上，不被人来压迫；在国家方面，不致财穷势弱。种种的利益幸福都是由解决识字问题得来。

刚才厂长所说，兄弟前年为陈永善困于本厂，说工友不明主义，所以不想法营救。以兄弟看来，这一层比较的不要紧。现在世界最紧要的就是肚饿，得到饭食才能生，求生就要食饭。怎样才可以食饭妥当呢？这是要有识字能力才可以解决。求一般人免于肚饿，须先打倒不平的现在社会制度。从消极来讲，何以许多人无饭食、无书读呢？要设学校来补救不足呢？其原因在国家里面，社会的制度不平等，遭军阀的压迫，想做生意又得不到安静

5

的地方，想找工来做又没有。做生意又不能，打工又不可，所以就要捱肚饥、捱冷，想读书来增加知识又更加难。所以我们一定要革命，把目前的不良制度推倒。这个问题，是目前最急需解决的。外人能够解决此问题，全世界只有俄国而已。它现在革命成功，对于工人方面，极力鼓吹识字，还有一间"工人大学"来补救。中国不解决此问题，又无饭食，又无书读，内受军阀的压迫，外受列强帝国主义侵略。这样的痛苦，不止北京一班武人武客之错，也是满清的错，因为满清已经种下此毒很久了。我国的不能办学补救工友的知识，没有经费来开办，就因为外交失败。同人家打，时时都失败，打败时候，就是割地赔款。我们不是欠人的债，不是借他的钱来兴实业、办教育，不过白白赔给过人家的。还不止此，当袁氏打民党的时候，又向外人借债，借三万万，来做皇帝；乱的时候，再借二万万八千万来打。养兵来残杀人民，所以哪里有钱来办教育呢！我工友没有书读，知识又少，于是日做日穷。国家的市政不好，交通不便，不能令国家发达。有铜、铁、煤等，不能运去别省，卖本国的货物去外国，又要受协定关税的影响。外人输入来的货品税微而成本轻，这就是外货平过国货的原因。本国的货运去外国税重，不能平过外人的货，所以我国工业不能振兴，弄到今日经济破产。外人用经济侵略的手段来侵略，我们想得到饭食，得到安乐，一定要打倒列强帝国主义的侵略。大家要认识，一个识字问题，是这样的重要。

解放思想，为民主共和而奋斗①

1924 年 4 月

教职员先生，同学诸君：

今日贵校为史坚如烈士石像开幕纪念会，并纪念黄花岗七十二烈士和史坚如先生当时之就义。时间与事实虽有不同的地方，史坚如先生与七十二烈士，均为我民国开国先驱，为民国革命中的 Pioneer（先驱者）。先行探险，大刀阔斧，以辟开这一条荆棘道，而中华民国以成。当时的荆棘在满清的君主、腐败的官僚，而茅塞实存于思想之中。史坚如先生与七十二烈士先打开这一条新路，于是我们中国人脑子里才有空间容得中华民国这个观念。但这个观念之诞生，实比较数十万军队的势力还为难能可贵。

史坚如先生与七十二烈士，实处在满清淫威宰制、重重压迫之下。当时中国人的思想，完全与现在不同。当时的社会制裁，与当时思想界对于先烈这种运动，均发生极大的反抗和无穷的压迫。我们知道史坚如就义之日，比七十二烈士先几年，史坚如先生之发难，实欲响应当时惠州诸同志之起义。惠州之发难，因革

---

① 本文是廖仲恺在史坚如烈士石像揭幕仪式上的演讲。

7

命同志知北方有"拳匪"之难，故相响应。我国对于庚子之役①，实多未明其重要意义。"拳匪"二字实为失词。从历史眼光观之，当时中国，实多在风雨飘摇之中。瓜分之祸，时时可以实现，就因为中国人民全无抵抗能力之表现。庚子发难，虽为仇外，而中华民族民心未死，强悍之气犹未泯息。列强不敢谓秦②无人，瓜分中国之念，乃不敢发生。此非我个人之私言，英人 Sir Robert Hart③ 也曾说过："庚子之役既起，瓜分必不能做。虽能做到，亦属无益。"此完全是事实证明。此实 1901 年《评论之评论》所载的言论。由此可知庚子之役之重要，而"拳匪"二字定为轻蔑不庄之词。但当时北方既有刺激人民之猛烈剂，南方同时亦有唤醒国魂的行动。所以惠州同时起义，而史坚如先生所以响应于广州。

当时惠州之役，史坚如先生之就义，均为中华民国奋斗。形式虽有不同，举动虽有差别，然以当时眼光观之，均为大逆不道之行。当时社会情形，对于革命事业，不同今天行开幕礼时诸君赞助之诚，社会欢迎之切。当时不特无人赞助，无人欢迎，史烈士就义后，家族认他为不肖之子，朋友认他为不忠之人。此等举动，他们以为非天下之至愚，断不如此轻举妄动。到现在民国成立已是十三年，我们才有恭恭敬敬的开幕礼。由后人看起来，真真是其智不可及，其愚不可及。史坚如烈士之不可及处，乃在认他为愚，他实在不愚，他实在是一个大智。我们应在大智之下，低首下心，以他为模范。我们对于烈士的事迹，很容易误会的，就以为怀手枪带炸弹的人，都是暴徒。不知史烈士不是一个腰大十围、狞目獠牙、不守规律的荡子。他生在俗说所谓"书香之家"，史家里的进士、翰林、举人都有，实生在钟鼎荣华之家，是一个膏粱文绣的子弟。他家庭是受满清的殊恩，但他能决然舍

---

① 惠州起义又称"庚子惠州之役"。
② 指中国。
③ 通译为司赫德，曾把持中国海关的总税务。

去，抛弃纨绔之习，能在青天白日旗帜之下，想惠州革命成功，乃自己先做牺牲，以达团体所想达的目的。这种舍己为人的态度，虽在今古号称文明的国家，他这为人牺牲的人格，在人类中，实在无时不占一个重要的位置。

我们若把社会分几个阶级，我们可以分为三层：一为先知先觉，二为后知后觉，三为不知不觉。先知先觉之人，乃不世出之奇才。不知不觉的人，亦在民族中占很少的数量，故国家不靠这两种人。先知先觉的人或五百年而诞生，或一千年而始有，遭遇不常，偶然不适，岂非落空。不知不觉，蠢如鹿豕，亦非国家社会之中心分子。故国家所依靠的，乃靠着第二流后知后觉之徒。先知先觉为开山祖，开始发难。继续做去，实在靠后知后觉之人。比如军队里有人打了先锋，但打先锋之人，完全要靠四面埋伏着的人来响应。苟有一人打了先锋，而四面埋伏不起，则打先锋的人落空了。我们同志，自乙未之役①起，以至史坚如先生惠州之役、黄花岗之役，均已一重重地打开血路，斩除荆棘。现在先知先觉已做了开始的事业，故我们后知后觉应当继续向前，步武先烈。如果我们只记着享福，一切事业都做不去，故当先有一种愚拙的心肠、诚恳的态度，去做世界的事业；享福与不享福，都不必问了。

现在岭南诸同学，你们已有前辈在此（史坚如在岭南读过书），先辈非有特殊的生长，不过能打胜环境。史烈士虽然生长在钟鼎荣华之家，食膏粱而衣文绣，但他乃有这副大精神去做救国的事业。史坚如先生虽已成为历史上的伟人，我们应该以他的精神为模范。

今天仲恺来代表孙大元帅出席，所贡献于诸君仅此。望诸君勿忘！

---

① 1895 年（乙未年）兴中会在广州举行起义，因计划泄露而失败。

在黄埔军校的政治演讲

前次业已将民族主义讲完，各位想已明白。现在关于三民主义之研究与国民党之政纲及历史研究，不特黄埔军官学校为然，即桂军军官学校以及滇军干部学校等，亦均热心研究党之主义。因各陆军学校，非单系讲求军事教育，同时需要研究党之主义及党之纲领也。各位现在系军人，又系党员，而党员对于党之主义，必须明白然后可能为党奋斗。三民主义能得实行，方算是革命成功。若三民主义未能实行，则革命未得成功。

民族主义业已详为讲解，且各人均手有一本，若能专心研究，自能明白。民族主义系要使中国人民得世界上人类平等之幸福，而遂完满之发达，此便是民族主义之目的。盖因现在世界人类种族不一，有最享幸福者，如英国民族、法国民族、日本民族、美国民族等是。此数国民族，均能享人类完全之幸福也。而常被他人压迫之民族，则如非洲之黑人，全为奴隶；美洲之红色人、马拉人及安南、高丽等国人民，此数国人民，均系时被压迫，而人类幸福无半点享受也。现在中国民族与非洲之黑人、美洲之红人，相差不远，若不从民族主义上做功夫，则难享受人类之幸福。所谓人类之幸福者，即人类应有享受之幸福。外国人有享受者，吾国人民亦应有之。现在外国人吸收吾国人民之脂膏，而为制造其物质之文明，享其幸福，所以一定要打消不平等之条约。因中国从前受外国欺凌，割地赔款，不可胜数。至袁世凯当国时，欲做皇帝，大借外债，中国今日负担之重，皆因于此。吾国人民应不承认此债，宁将此款，振兴实业，使吾人得能生活。现在中国无论士、农、工、商均为外国侵略，若不即行挽回外溢利权，损失之数，不可胜计。现在外国每一年输入中国货物，共值十几万万；而中国输出外国货物，每一年不过只得几万万。由此比较起来，每年损失十万万。以吾国四万万人口计算，每人每年损失二元余。若能将一年损失之数，将之开垦吾国荒地，使农民均得其所，则工、商亦赖以辅助也。吾人若欲免此债务，则必要大众努力奋斗，使国家富强方可。而欲国家富强，则必要国民党之三民主义能得实行，方能有济，故谓三民主义，即救国主义也。

农民解放的方法①

1924 年 8 月

各位耕田兄弟：

我是广东省长。现在是广东最多事之秋，并且正在战事中。我本来事情非常之多，每每要经早晨八点钟起来办事直到晚间一点钟才得休息的。现在抽身来此，到底为什么呢？如果为游游香山，则今非其时。我是有很大目的来的。这个目的是什么呢？就是要来看看我们的耕田兄弟痛苦成怎么样，艰难成怎么样，受什么压迫，要怎么样救济。

东海十六沙佃户多是香山人，耕田的也多是香山人，但是收税的都是顺德绅士。这劣绅压迫农民，大家于是以为非归还香山自治不行。这种事实，我以前早已听见了，并且在民国元年我做财政司时曾经切实调查过好几次。所以到去年我做省长，便决定了拨为香山人民自治，以免你们大家受顺德绅士压迫。在当时我以为这样便可以解除你们的痛苦了，岂知最近还常常听见你们依然很痛苦。但你们到底痛苦成怎么样呢？除了水灾一件之外，其

---

① 本文是廖仲恺在广东香山县农民代表会议上的演讲。

他我多不大知道，所以特亲自到此间走走。政府有军队在香山来保护你们，但是地多人少，照顾恐不周到，所以要完全依靠政府来解救你们是很困难的。大家都要知道，要人家来帮助你，你先要自己帮助自己。好像一个人跌了落水一样，跌落水一定要人来救了，但救得生与否完全要看那跌落水的能够明白"怎样才可以被救得起的方法"与否。如果不明白呢，人家伸手来救，你却连身连脚都紧抱住他，那就一定大家都同归于尽了。所以现在要解救你们的痛苦，也要你们自己起来一齐自救，你们并且要明白解救的方法才行。东海十六沙，我本来已经交还给你们了。治得妥当不妥当，还是要你们也来负责的，我也很愿意负责的。现在我亲自落水来救你们了，准备替你们打不平了，替你们奋斗了。但是你们第一要晓得怎样被人家救，一拖你就上来，那么，我当带齐许多救生圈来解救你们。

我虽然做省长，但是手上带兵不多，广东虽是兵多，不过只是兵多也无用的，命令不行的，一定要有人民做后盾，才能使兵听人民的命令，才能解救你们。然则你们要怎样才可以自救呢？怎样才可以免除痛苦呢？什么才是自救的方法呢？我告诉你们，要免除痛苦，就先要自己预备力量、储蓄力量；好像要自卫，先要有刀枪一样。这力量是经哪里来的呢？怎样去预备呢？它是从有组织、有团结来的。人民没有组织，就没有力量，好像一支小竹，一手便可打断了。如果把它捆成一大把组织起来，那就任你用刀来斩也难斩断啊！所以组织就是力量，力量是从团结得来的。现在，商人的组织有了，力量大了，政府也不能不帮助他，要取消什么捐税便可以取消了，这就是因为他有了商会。工人，近来也有了组织了，力量大了，政府也不能不乐于帮助他，要什么就可以办到什么了，这就是因为他有工会，因为有了组织才有力量。你们自己有了力量，政府来帮助你们才可以易于成功。现在还没有组织的，只是你们农民，所以你们最没有力量，最痛苦，最受人家压迫，人们应该从速团结起来，组织起来，预备好你们的力量。旧农会本来是有的，但这是同你们农民无关的，是一班绅士学者组织的。你们要自己起来组织一个真正的农民协会。这个农民协会，就是我拿来救你们的救生圈。我现在抛出来救你们了，你们要从速起来接受！农民协会是怎样组织呢？它有很完善的章程，由国民党决定了办法，已经由省长颁布了，县长也有助长农民协会之责的。但是你们一定要自己起来组织，不能依靠他人！如果农民协会能够今天组织成了，我明天便可以解救你们出来。否则，虽有贤者也无可如何了！这个农民协会绝不是为我的，不是为政府的，也不是为国民党的，完全是为你们农民自身利益的！有了这个农协，那就你们一切痛苦都可以拿团体的力量直接去同县长、省长、大元帅交涉了，解决了，不必间接几十重，受人家欺骗愚弄了。

现在我已经把救生圈抛给你们了，你们接得到和接不到完全是你们自己的问题，完全在乎你们手疾眼快了！

今天晚上我听听你们痛苦的报告，我早知道不只你们东海十六沙的农民是这样痛苦，还有很多地方的农民也是一样的痛苦。要解除这痛苦，你们通通都要团结起来，自己救自己。好像水灾、虫害几件事，如果有了农民协会就可以设法统一救济，全盘计划过，由总会和政府合力来治河捉虫了。一劳永逸，那才可以永远无水灾，无虫害。你们有许多人以为虫害是你们命运不好，这是不对的，虫害并不是命运所定，这完全是看你们晓不晓得怎样去扑灭它的问题。行运不行运，这是全在看你们晓不晓得。如果你们是晓得，大家联合起来，一致行动来扑灭它，那就虫害不是为害的。譬如现在有虫害发生了，如果你们没有联合，只是一个人自己去捉自己那块田的，固然未必能捉得完，就是只捉大黄埔这一条沙也是不能捉得完的。因为那虫子当它还没有成虫之前，它是有许多飞蛾到外去飞，到处去产卵地下的。这些卵子都是你们所不见不觉的。到成熟，便通通长出来变成害虫了。到处都有，捉了这处，他处又走到来，捉他处，那处又长起来。捉来捉去，都是捉不完的。如果你们是有团结的呢，那就不同了。你们尽可在总农民协会里请出晓农业学识的学者来设法捉它了。你们有了法子，就可以限一个时日，全农民一齐动手来捉它了。能够全县一齐动手，那它就飞也飞不去了。这样，一年便可以灭绝它三分之二，到次年便可以把它永远灭绝了。如果你们没有团结呢，实无法可以动手一齐来捉的，那是不能把它灭绝的。所以你们一定要团结，一定要组织农民协会！有了农民协会，那就政府和国民党便可以设法和你们一齐合作起来解救你们。今天我来此间，完全是为这几个问题来的。一来看看你们痛苦成怎么样，二来给你们一个救生圈，要你们组织农民协会。农民协会是救苦救难的，能够救苦救难的并不是观世音，就是农民协会！你们大家努力去团结起来，组织农民协会去吧！

经亨颐
(1877—1938)

生平简介

经亨颐（1877—1938），字子渊，号石禅，晚号颐渊，浙江上虞人。教育家、书画家。1901年参加上海绅商士民千余人联名电奏，反对慈禧废光绪另立新君，遭通缉，避居澳门。1902年留学日本。回国参加筹建浙江官立两级师范学堂（后称为浙江第一师范学校），辛亥革命后任校长，并兼任浙江省教育会会长。五四运动时期，鼓励支持爱国民主斗争，倡导新文化运动，大胆改革教育。因遭守旧势力排挤而离职。1920年1月在上虞创办春晖中学，并出任首任校长。1923年8月兼任浙江省立第四中学校长，两年后离任。1925年参加国民革命，曾任国民政府常委、教育行政委员会委员、中山大学副校长。1930年被北平反蒋派推为中央党部组织部长，遂被南京国民党中央党部开除国民党党籍。1931年5月，宁粤对立，参加广州反蒋派国民政府，同年12月国民党开四届一中全会，被推为国民政府委员。1933年8月与宋庆龄、柳亚子三人联合担保，营救廖承志出狱。1935年8月1日，中共中央发表团结抗日八一宣言，与宋庆龄、何香凝、于右任、柳亚子、陈树人等率先响应，呼吁停止内战，一致抗日，影响巨大。1937年8月寓居上海。1938年9月15日病逝。

南北统一纪念日祝贺式训词

1917 年 2 月

去年今日，尚未开学。明年今日，亦未开学。今年适在开学后数日，而诸生尚未到齐。此系寒假之原因，使统一纪念日，未必能年年举行祝贺仪式，由新旧历不统一之原因。而统一纪念日且不能统一，甚矣统一之难言也。吾浙自光复后，五年来所谓浙人治浙，实有碍于统一。经此次风潮（一月前，浙人内讧，吕督军省长不得已而辞职，政府任杨善德为督军，齐耀珊为省长，拒之不得），形式上始云南北统一。故今年今日之纪念日，对于吾浙更有足以纪念者，直可云吾浙自民国六年始称南北统一也。可知南北统一纪念日，虽已经数年，谓自此纪念日始有统一之希望，非全国已称统一也。

全国以长江而分南北，吾浙以之江而分东西，地理之势力固大矣哉。虽然，地理不如人和。人和者，精神之统一也。欲图精神之统一，则非自教育入手不可。以教育而谋精神之统一，为今后之问题，不关现势之如何。近来国际上发生极重大之事，自德国潜艇战攻之宣告，德美邦交已决裂，我国亦有主张加入或否，孰是孰非存亡危急，固不可不详细审察。弱如今日之我国，何堪与协约国为伍，何堪与德国为敌，而谓今后永不能为伍为敌，不特我国人必不愿承认，即协约国、德国亦岂敢妄断。依现势而论，或加入，或中立，不论有无自己主张之能力而必须加入，必须中立，却无绝对利弊之可言，唯视今后之努力如何耳。余对于国家前途，无悲观乐观加入或否孰是孰非之决言，亦以悲观乐观无绝对的意义。政府对于此等重大问题，亦仅能就现势负抉择之责任，不能对今后下如何之断定。何则今后与现势，必有变迁，不在政府而在人心也。吾辈以教育论，希望与责任，宜重今后，不重现势，修身治国，皆无不然。

余谓修身辞书中无后悔二字。人生当积极进行，固有临歧抉择方针之必要，但亦不过抉择而已。抉择以后之如何，抉择时不必负责任。修身无后悔云者，即凡事以今后为重，抉择时不负今后之责任，故无所用其后悔。例如诸生选师范学校时，不能负毕业后成如何事业之责任。将来之不能成如何事业，系进师范学校以后毕业以后不自努力之故，不能归咎于当时抉择进师范学校而兹后悔，即当时抉择他途，亦未必能成如何事业也。人生恒以后悔而渐生绝望之心理，谚云横竖如此，斯言为修身大患，对于国家前途亦犹是。

教育无界编

1918 年 5 月

尝闻普通交际或集合招待，有所谓各界来宾者，余每以为浅见。然如政界、军界、商界、绅界或犹可言，至学界与教育界则更不以为然。学界即教育界，教育界即学界，而何以独有此二种之习惯称，尤可研究。细思之，学界者他称，教育界者自称，故恒闻他们学界，我们教育界。而门户之见生，不若军界非军人必不与其列，商界非商人必不在其数。盖学界中亦有非教育者，人尽可师，复何有他们我们之别，余故特立一标题曰教育无界。

展阅地图，画有界线，到处墙垣，立有界石。界者所以示区分而拒他族者也。区域之见，时人多以为非。如府界、省界正思有以融化，诚以不利于国家。而国家则万不可无界。今日列强之战争果何为其最后问题，即国家之界，如曰国家无界，则必无战争。而国家之界绝不仅为战争，稍广义言，国家之范围，不过人生竞进之单位，战争者其最后不得已之解决而已。上古野蛮时代，但知自己一家，或极小范围之种族，自己种族以外皆视为仇敌，即其对于界字之观念，范围太小故也。可知界之范围之太小，故也可知界字范围之大小，与文化相比例。然则漫言世界主义者，并国界而亦非之，岂足为训乎？人生无竞进之单位，其何以发展？其理性而为万物之灵，将与禽兽无异。余故又倡一语曰：国家有界，教育无界。国家有界，教育何以无界？有国家之界以为界。余所谓教育无界者，必根据国家有界而言。教育无界国家无界不可也，国家有界教育有界亦不可也，教育有界国家无界更不可也。吾中国之教育有界乎？无界乎？吾中国之国家有界乎？无界乎？此今日愿与诸君共讨论者也。何谓教育有界？国家之其他事业，彼此相对各有一范围，故于国家有界中，各有所谓政界、商界等宜也。诚以此种事业，皆为国家一部分之事业，独如教育万不可例此。教育者即以国家为单位，否则即教育有界，如下图：

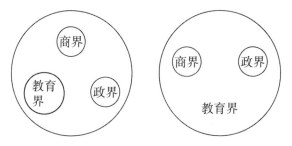

我中国办学数十年为成效不著者，概言之，学校与社会不相结合，学校是学校，社会是社会。其根本原因，即教育有界故也。教育是教育，国家是国家。此次寒假旅行日本，察其教育之长，所不在形式，不在方法，而在教育确以国家之界为界，即绝对的国家主义。国家势力之所至，即教育精神之所在，教育精神之范围，与国家势力之范围全相等。而适接近于我教育有界国家无界之中国。任所欲为，其危急何堪设想，国家何以无界尤不得不归咎于教育有界。余所以身倡教育无界者，即所以拒无界的侵略的绝对的国家主义之教育，达到以国家之界为界耳。如下图以点线示无界，以实线示有界。

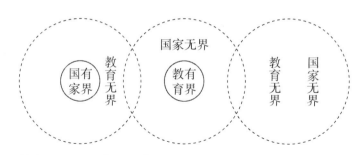

国家无界

教育无界、国家无界者，日本对于我国侵略的教育焉，而其自己之国家时来不知如何也。教育无界、国家有界者，他国对于我国辅助的教育焉，其自己之国家安健无虑者也。教育有界、国家无界者，我中国教育与国家之现状也。虽然与国家等势力等范围之教育，即绝对的国家主义之教育，是不利之教育，固宜注意。而所谓教育无界者，更进一层言，教育不但以国家之界为界，即非国家主义之教育，而为世界主义之教育，人格主义之教育，亦接近于我教育有界国家无界之中国。好意恶意固有分别，而形式上弃我教育有界国家无界之隙而入则一也。试以家喻国，自家之子弟，自家父兄宜负其责，可怜我中国一家之子弟，一则时被拐子获去，一则孤哀而受他人之敬养，吾国之为父兄者，其何以为情乎？吾辈为教育者又何以安心乎？

愿牺牲就是新思想

1919 年 11 月

这个题目，是我在山西督军署演说的。并不是在督军署讲演有什么光荣，我要表明他们的督军省长，知道做这种事情，并且很虚心地要我们批评山西现行新政不妥当的地方，我觉得实在难得。好讲的题目，随便敷衍敷衍也很多，我仔细想想，有了这样的机会，再不诚恳地讲几句，非但对不起山西，就是我的意志也太薄弱了。有人说山西没有新思想，其实思想究竟是什么叫作新，什么叫作旧，我也有些不平，我这个题目，明明有新思想的字样，却是表明我不愿谈新旧两个字的意思。觉叫"德莫克拉西"和"鲍尔雪维克"并不好算新思想，据我看来，新思想不新思想，就在愿牺牲不愿牺牲，我所以定了这个题目，叫作愿牺牲就是新思想。

今后的人生，叫什么新生活，有四个要素：平等、自由、博爱、牺牲。

这四句话好像是并重的，实在"牺牲"的一句，可以总括它的三句。彼此不愿牺牲，万万不能平等；不愿牺牲，哪里可以自由；不愿牺牲，更说不到博爱。

牺牲究竟牺牲什么？我们假冒共和已经八年了，现在南北和议还是这样情形，为什么呢？就是彼此不愿牺牲。彼此不愿牺牲什么？很浅近很明白是不能牺牲"名利"。我今天要讲的愿不愿牺牲，却不是名利二字。名利的牺牲不过是个人的牺牲，不是公共的牺牲；是消极的牺牲，不是积极的牺牲。我想名利本来说不到牺牲不牺牲，就是说不到新思想不新思想。南北和不和，确是能牺牲名利就得了。人生前途的和不和，据我看来单讲牺牲名利还不够哩。

我要讲的牺牲是什么呢？我就根据阎省长的民德篇里面"进取""合群"两句话，你要进取不愿牺牲，就不能合群；我要合群不愿牺牲，哪里可以进取。我最不要讲一个"界"字。普通叫什么军界、政界、学界，还要总括一句其他各界，这一界要想进取，和那一界不能合群；那一界要想合群，难免使这一界不能进取。我看现在社会上种种冲突的原因，大家没有注意到过这个"界"字，再从平面的"界"字，更进一层生出全体的"阀"字来，叫什么军阀。政界里又分出什么政党，学界里又分出什么学派。我是终算学界里一个人，要骂他们军阀要骂他们政党，先要自己忏悔这"学派"两个字。

其他各界且不必说，军政学的三种是全国的根本要素，不过对于国家的任务有分别。军的任务是一个"保"字，政的任务是一个"治"字，学的任务是一个"教"字。这三种的任务，且有相互的关系。就是保者对于治者是被治者，对于教者是被教者。治者对于保者是被保者，对于教者是被教者。教者对于保者是被保者，对于治者是被治者。我们中国现在的情形，好像做了保者不愿做被治者、被教者，做了治者不愿做被保者、被教者，做了教者不愿做被保者、被治者。存着这个心理，哪里说得到牺牲两个字，还要说什么新思想不新思想。

讲新思想的终是教育居多。我有一句要紧的话，要讲新思想先要牺牲一个"派"字。反面说起来，不愿牺牲一个"派"字，就是一天到晚唱"德莫克拉西"我是决不承认他有新思想。什么东洋派、西洋派、国故派、新学派、师范派，那是简直不成话说。就是讲学问，什么阳明派……都是自取烦恼。教育本没有什么新旧。旧的宗旨不好，换一个新的宗旨；旧的主义不好，换一个新的主义，我终不安心。为什么？要换终是不妥当。今后要讲教育，简直不能讲什么宗旨什么主义。本届全国教育会联合会有一个议决案，"废止教育宗旨宣布教育本义"就是这个意思。要知道宗旨和主义就是演成"派"字的起因。况且教育的本义是研究"人应如何教"，从前都误认了"应如何教人"，所以有什么派的一种积毒。学生本位这句话，也就是"人应如何教"的意思。嗣后教育上如还要讲什么主义，讲什么派，先自己失了教育的资格，漫口骂他们军阀，骂他们政党，真真是可耻的事。

再说治者应当牺牲什么。共和国是叫作法治国。治的是官，这个法是哪里来的？做官的终要打官话，不管能行不能行，以为做了官终可以打官话，并且误认了打官话好算法。现在有了立法机关，做议员的更误认了开着口好算法。所以立法和行政往往权限不明，你打官话要算法，他开口要算法，免不了两相冲突，实在都不知道法的真正的来源。

法的来源在什么地方呢？我概括地讲起来，是从国民的道德程度抽象出来的。法治国的教育上应当普及法律知识。原来道德是法律的生命。教育上普及法律知识，都要讲个明白。使人民知道法律，人民就能够守法，这是用民治政的计划，我是老实说不敢赞成。就是君主国也有普及法律知识的必要，何必叫作法治国。要知道法治国的意义，最要紧的就是治者明了这个法的来源。不愿牺牲终是不能明了。为什么呢？治者的毛病是不愿牺牲一个"权"字，法治国治者的权，实在很小。我主张普通教育上要增加法律教课的时间，是用立法精神来教授，绝不是使他守法的意思，一方面不能不劝告做治者的明了这个法的来源，愿牺牲一个"权"字才好。

还要讲保者应当牺牲什么？保者就是军人，保护我们的人，我们的确应当尊重的。为什么现在大家听到一个"军"字就要嫌恶，看见一个军人叫他丘八老爷，实在是骂不出口。我要研究研究嫌恶军人和尊重军人的心理。有某处发起童子军，竟提出不愿意用这个"军"字，嫌恶军人连一个"军"的字都嫌恶了。我就想想童子军为什么要用这个"军"字？原来军人是人生特别的一个单位。广义地解说，这"军"字实在是能耐劳苦的代名词，做了军人比普通人格外的劳苦。把这个意思来教练童子，所以叫作童子军，绝不是学军队的皮毛。能耐劳苦应当尊重。现在的军人多忘却了这个能耐劳苦的本义，只有虚骄的皮毛，所以惹人嫌恶。

今后的人生，无非要提倡能耐劳苦，就是叫"勤劳生活"，不愿耐劳苦的生活，都要革他的命。军人能把他能耐劳苦的本义发挥提倡，岂不很好。可惜这很好的精神，被虚骄的形式遮住了。要希望军人提倡劳苦，先要希望军人牺牲他虚骄的形式。"军"字不要当作武力解，要当作勇气解。从前不是兵的服装上标一个"勇"字，好像这"勇"字是兵队专用的。到了现在，广义解说勇气，是精神修养的一个德目。未开化的时代，普通人民不知道团结，就是"团"字也是军队的字样。所以我想人类的进化，是把军队渐渐普通化的倾向。童子军这件事，就是把根本的"军"字使它普通化的起点。我更盼望做军人的自己牺牲，进化的速度，岂不更大？对着教者牺牲一个"派"字，治者牺牲一个"权"字，军人就是保者，牺牲他虚骄的形式的一个"威"字。

"威武不能屈"这句话，本是威武不能屈。我的意思，如今不能做这样解，实在是威武不能屈人了。教者、治者、保者都愿牺牲，派也没有了，党也没有了，阀也没有了。我不是恭维山西，山西有可以首创可以实行这句话的希望。

我看看山西的情形，觉得有一种"不分畛域"的优点。别的且不讲，我最注意的是"学兵团"，细细研究这个名词，文法的解说，照陆军步兵第九团读起来，团是名词，学兵是形容词，学兵两个字，学字又是兵字的形容词。但是我还有一个解说，学字和兵字都是名词，团字当作动词，这学兵团是把学和兵团结的作用。但是这句话有极重要极可注意的趋向。学和兵把他团结起来，还是要使普通人民来军化呢？或是使军人来普通化？倘是要使普通人民来军化，我不能不忠告，这是铸成大错了。我极盼望使军人普通化，这次全国教育会联合会提出一个裁兵兴学的议案，山西的学兵团都是以兵兴学，好像抵触的。倘是使军人普通化的趋向，非但没有抵触，我且认为是裁兵的妙策。山西的陆军步兵第九团，可说是已经裁了。我问得学兵团将来的出路有四种，升学和退伍，是正当的办法，还有留用或充宪兵的两种，据我的妄见，废止了它才好。

我还要供献一个意见，希望山西办一件没有派没有党没有阀可以表示大家愿牺牲的事业，就是"青年团"。这青年团究竟是什么性质？我们中国一般的人实在还没有十分明了，有的还要误解，叫什么社会革命哩，传播过激思想哩，提倡平等自由哩，吓得大家不敢赞助。也有说抵制宗教反对青年会哩。据我看来，这种话都是神经过敏。总而言之，我们中国要把自己的国民加高一点程度，配得上做共和国的国民，难道是不应该吗？我们中国不算没有少数的几个中坚人物，为什么孤掌难鸣做不出好的事情来？我看不是别的，实在是社会一般人民的程度太够不上。我就看山西种种气象万千的特政，也还是少数几个有力的人硬提起来的，社会上能不能够接应，还是一个问题。社会上一般人民能不能接应，绝不是命令好强迫的，要看有没有精神修养的程度。阎省长是已经明白这个道理，我很佩服山西注重精神上的事业，洗心社哩，自省堂哩，他省哪里能想到这种地方。但是我还要求全地责备，究竟不是宗教，没有一种绝对的精神维持他的信仰，恐怕干燥无味。到了后来，没有什么多大的效果。何妨把这个很好的底子改造起来，想一种积极的方法，从兴味着手，使得大家欢欢喜喜不知不觉地受了一种精神教育。中国的社会，我看枯燥已极了，救济枯燥，要用兴味的手段，这是一定的道理。青年团，青年团，就是有兴味的精神修养、无孔不入的社会教育。

我现在把我浙江办青年团的情形讲给大家听听，并没有什么成绩可以报告，不过觉得社会上很期待这件事。又觉得我们发起的人办事的人还缺少一种魄力。这件事原是要社会自动的，不要依赖官厅。但是官厅和社会我想究竟也没有什么界限。我很羡慕山西有这种特色，又有彻底的精神修养、必要的觉悟，创办青年团要算是最适当的地方了。将来的成绩，一定比各省快得几倍，好得几倍。自省堂已经特建了一座很大的房子，我更盼望再特建一个青年团的机关，简直要造三层楼、四层楼，屋顶花园哩，游戏场哩，种种高尚娱乐的设备，应有尽有。各省是想得到做不到，山西的魄力，我知道立刻做得到。并不是办青年团单单办一座房子，我看看各处的基督教青年会，觉得实在省不了。况且青年团的范围比青年会还要普及哩。这是真真可以使外国人惊叹的，山西真真可以做中国的模范省了。现在各省的情形，非常复杂，空空洞洞不负责任地讲什么新思想，实在也不中用。我今天所讲愿牺牲的意思，是从责任两字转出来的。牺牲绝不是减少责任的意思。各省不做什么积极的事，说不到责任。山西这样地努力进行，可是当局的人和社会中坚人物的责任，比各省也更大哩。这是我最恳切的一句话，还要请诸位指教指教。

人生对待的关系

1923 年 6 月

自然界一切现象，都是一个"力"字的变化。你给我多少力，我也还你多少力。科学的人生观，不外应用这个原则。你给我一分助力，我也应当报答你一分助力，无论对家庭对社会，都是人和人的关系，家庭社会给我多少助力，我也要存如何相当报答，这就叫作对待关系。

我近来觉得最困难的事，是对青年说话。青年的人生观，因为没有受过刺激，和他说种种利害关系，结果错听了一个"利"字，忘却了一个"害"字，我所说的意思，全然没有了解，实在觉得教育可能这句话很没有把握。我今天和你们讲人生对待的关系，绝不是寻常的演讲，来敷衍一次。我为了今天要讲，已经想了好几天，讲什么东西好？先拟定一个题目是"我为青年前途虑"，又换了一个题目是"青年思想上的弱点"，我紧要的意思，觉得你们现在这种懵懂的态度，实在使我着急，我终想恳切地说得使你们有点觉悟，"得福不知"，只有欲望一步一步增高，将来如何得了！

我们中国人最喜欢一个"福"字。照墙上面大大地写着这个字，什么福禄寿三星，福是居首，还要用塑像或图画来表演，是面团团三挂长须的一个人。我想这个人的样子，实在不可思议。普通称赞人"好福气"，细绎他的意思，无非现成吃现成住，无忧无虑地过日子。还有武人不战而功的叫作福将。唉！现今社会上当真容得了这种人吗？一个"福"字可以解说得人生不讲对待关系吗？

权利和义务，快乐和苦痛，是人生最简明的对待的两件事。我就用这两句话来说明人生对待的关系。先要约略引一段浅近的伦理学说：就是乐天说和厌世说。乐天说以为人生前途，是快乐增加苦痛减少；厌世说反之，以为人生前途，是痛苦增加快乐减少。这两种学说，却是都有理由。详细的论证，现在你们的程度，且不必多讲。总之这两种人生观和事实都不对的。事实上快乐增加苦痛也同时增加，权利增加义务也同时增加。就把一个"人"字写在这里，两脚可无限地延长，两脚距离可无限地增阔，表示人生前途复杂，事情无限地增多。但这个"人"写在板上有表里两面，表面作为是快乐是权利，里面是苦痛是义务，或表面作为是苦痛是义务，里面是快乐是权利，没有关系一样的。就是两脚距离多少阔，快乐和苦痛、权利和义务，一样的阔。现在的人生，比从前两脚的距离，阔了不少，可是快乐和苦痛，权利和义务的关系，仍旧是一个常数。以数学式表示出来，就是：

$$\frac{痛苦}{快乐}=1 \qquad \frac{义务}{权利}=1$$

分母大分子也大，十分之十也是一，千分之千也是一，所以叫作常数。本着这个意思来说明人生一切关系，就是处处都是对待的。现成享福，本来是不可能的事。"福"字的定义，莫名其妙，没有人说过。我现在把它下一句定义，"福"是无对待关系的权利、快乐，人生事实上断没有的！那么我要警告你们，"得福不知"是人生最大的毛病，而且是最大的危险吓！

近来盛倡新文化，我也算竭力鼓吹的一个人，现在看看觉得都是错听了一个"利"字，忘却了一个"害"字。影响于青年的，只有单面的权利和快乐，实在是很不妥当。养成了这种习惯，到社会去只要权利，只要快乐，天下哪里有如此便宜事？我给人们一分快乐、一分权利，人们才肯报答我相当的快乐和权利，而且往往要缺些，这叫作势利，倘若我给人们一分苦痛、一分义务，人们所报答我的苦痛和义务，断断不止一分，这叫作险恶。我是亲身受着过的，你们是否必须受着了才觉悟！何况听我这一番话，先把对待关系的观念，放在脑里，无论对家庭、对社会，都要有这个预备，才可以说自立，而且要提早自立！

家庭本是天伦之乐，何以也说对待关系？要知道家庭是人生关系的起源，天性这句话或是有的，但绝不是绝对的。"慈"和"孝"有时也可认为对待关系。现在一班急躁的青年，盛倡什么脱离家庭，这太不自量了。其原因无非对家庭"予取予求"不能满足，发生了这种危险思想，我认为青年自己没有明了对家庭也有对待关系的缘故。家庭中的对待关系，不是我现在新倡的，从前极旧的旧家庭，本有这种形式。不过时间的远近，时间远对待等于不对待，做儿子的大受便宜。"养儿防老"就是要等儿子的报答，但等儿子可以报答，父母死了，所谓"本欲静风不止，子欲养亲不留"，无非一场空悲感。倘若养儿不防老，为父母的所以培植子女，是否不要报答？是的。不要我报答，就认为当然，这就是人生不明对待关系的起因。防老的一句空报答没有，就是今后家庭中的对待关系，比从前不同了，比从前迫近了。未能自立以前，家庭不能不依赖的，不可认为当然权利当然幸福，如何提早自立，也就是报答的动机。

对于社会，更要分明。社会上公益事业，我现成享受，也不是当然的。例如这个春晖学校，是社会上的一件公益事业，故陈春澜①先生对社会做这件事。你们虽不是直接接受陈氏之赐，以为一样纳学费纳膳费，而且听得陈氏不肯续捐办高级中学，不免有些不满意，并春澜先生所捐二十万元，也是事半功无。前几天春社公祭，叫你们去一同行礼，我看你们的态度，很有勉强不随意的样子。这也是幸福当然的观念，责人太过，很不应该的。陈氏后裔不愿续捐，是另外一件事，我们对于这位故春澜先生是应当永远表示感谢敬仰的。你们算算看，这个学校，连开办费、经常费，每年消耗不下二万元，平均每一个学生，要享到二百元以上的权利。你们现在在此读书，一部分受家庭帮助，一部分间接受陈氏直接受社会之赐，岂可不满足，好得更欠好，试问你们有什么特权呢？这几天校外周围，农夫种田，何等忙碌，何等辛苦，你们住在这个高大的房子，电灯燃得很亮，到底农夫为什么要种田？你们为什么能读书？其中对待的关系，你们不能够说，至少也该想一想。人生"不劳而食"的原则，在农民丝毫无愧，我听得他们叱牛的声音还有些不应该。你们呢？我呢？如此想一想，觉得为社会做事是报答不尽的了。对于公共事业，应当如何爱护，一草一木，一器一具，真是应当比自己的东西更要宝贵。但我常常留心你们的举动，玻璃窗打破不少，虽不是故意的，如能加意爱惜保护，终可以再减少些。如其本着单面权利快乐的思想，幸福当然的观念，那是我简直说，不配做今后的新青年！

受过教育的人，没有别的，就是人生观要比较明白些。但我近来觉得教育上很好的动机、很好的名义，都生出了错误的结果。学生自治一端，我批评一句，现是归着单面权利快乐，无条件地发展，如此情形，绝非青年之福。因为这条路是人生对待原

---

① 陈春澜（1837—1919），浙江上虞人。民营资本家。有感于幼年家贫未能读书，先后捐资兴办春晖小学、春晖中学等学校。

则所走不通的。社会团体，是人和人对待关系的结合，这团体才是有力。现在一班青年，只知道群众万能，团体努力，终是莫大的，好依赖的好利用的，空空洞洞的公民大会，你们看有没有什么结果。要将未明了人生对待关系的人们，来组织团体，才有用，才有力。不受教育的人，倒有一种固有的观念，我觉得近来社会上越是贫苦的人，很充满了对待关系的思想，他们是苦痛义务负担得多。受过教育的好像知识是享受权利快乐的工具，这是大错特错了。所以我说很好的动机、很好的名义，都生出了错误的结果，这是我自居教育者的资格，说一句忏悔伤心的话。今天我很郑重地警告你们，希望春晖里我直接负责的最关切的学生，将来出去社会上做事，顺顺利利不受打击，现在对家庭对学校欢欢喜喜不生烦恼。今天讲演一番话，全体或不能了解，至少记着一个题目，就是"人生对待的关系"，随时再来问我，或做了文章来为你们修正，我都非常愿意的。

本校的男女同学

1923 年 9 月

今天是本校第二年度开学之日。我和诸君暂别了七十天，这七十天中，我是一天没有休息，比较诸君在家消夏，觉得学生时代的幸福，我是不能享受了。你们在这暑期中，不知做何消遣？或是补习自己的学问，或是无意识地虚度了七十天，或是闲居无事反沾染些不善的行为。总之从今天起，都要"收其放心"努力向学。本年度本校的组织，和新聘的教职员，我自信要比上学年比较的完善，职务分担，已分别揭示，不必再一一介绍。今天始业式，我没有别的话，就是希望你们把学生时代的幸福，慎重地享用，将来立身行事，或上进，或堕落，都在这时代慎重不慎重为断。青年光阴的宝贵，宝贵在和将来有重大关系，不但"惜寸阴、惜分阴"仅对着青年时代光阴而说。你们这时代知识不定，往往胡思乱想，所谓浮浪少年，非但不知慎重，简直要把这宝贵的时代轻易略过，妄思提早干什么未来人生重大的问题——家庭问题、婚姻问题……这实在是现今青年最容易犯着的通病。

我今天且不谈其他具体的话，要把本校从本学年实行男女同学这件事，和你们切实说一下，本校实行男女同学，我和诸位先生对社会负多少责任。你们能人人自爱，将来成绩优良，不但可开风气之先，就是关系本校前途发展，影响也很大。男女同学问题，并不是一件稀奇的事，如其当它稀奇，就含着不纯正的心理。不过我对于这问题，并不是极端主张，我认为极端主张男女同学，也说不出如何理由。本校所以实行男女同学，绝不是好新，不过是"一举两得"的意思罢了。我认为男女终以分别教学为宜，在初中时代更宜分学。假使在国立学校，当然不必同学。男学生有多少，应设学校几所，女学生有多少，应设学校也要几所，决不能以女子求学没有地方，来做要求男女同学的理由。国立、省立的学校，行政上当然应通盘计划，例如现今女子中学，省立的只有一所，倘求学的女子多，尽可两所三所……添设就是了，至于本校情形不同，故陈春澜先生出资二十万，创办春晖，是有限止的一个单位。这一个单位在社会上共同受其利益，我想决不应限于男子一部分。但学校只有白马湖一所，所以不得不两用，譬如器具上面链子柄头螺起一物两用的道理。春晖一校，男女同学，是"一举两得"的意思，并不是提倡什么男女交际公开、两性调和等等。这须多话，我却并不否认，可是不在初级中学所讲的话，这是要郑重声明的。男女两性调和，是小学时代的话，教育上认为有调和的必要，并不是男女自觉地要调和。男女儿童，彼此是不自觉，我是男，将来和女有什么关系，我是女，将来和男有什么关系，所以在小学时代，可以说是为两性调和，有男女同学的必要。我们中国虽在小学里，男女学龄也有大的，如其已经知道男女关系，这就不是两性调和，要改为两"心"调和了。要研究男女问题，改革婚嫁制度，当然可以讲两心调和，就是男女社交公开，我也赞成的。但以学校来尽这个义务，除非是大学研究院或毕业同学会中才相当。初中时代，男女学生彼此人格都没有确定，倘提早交接，五年十年以后，一个上进，一个堕落，那什么样！我决不信上进的男或女，始终能和堕落的女或男调和的！古人指腹为婚，现在认为不合理，也无非此男和此女，将来彼此的人格如何不得而知。在初中时代讲男女交际，两心调和，其结果将来彼此人格变更，和指腹为婚的不合理实在相等。所以本校的男女同学要认明白，既不是小学时代的两性调和，又不许同学为男女交际机会，血气未完，力宜警戒！那么本校男女同学为什么呢？事实上是"一举两得"的意思，教育上我可说一句是好学竞争的一种手段。我所知道男女同学良好的经验，如北京美术学校，女生不让男生，男生深恐女生追上前，彼此努力向学，进步都异常神速。我希望本校男女同学的结果，也从这一点表现出来，最为正当！倘聪明误用，以为新文化开放自由恋爱，遂行其浮浪行为，使男女同学的美举一落千丈，不但本校的不幸，也是教育上的罪人。我的责任原是很重，诸位教员极端主张兼收女生的先生，希望特加注意！

我对于男女同学本不怀疑，但觉得我们中国事实上鼓吹这种论调的学生和实行男女同学的学校，很可研究。工业学校没有听到要求男女同学的事情，商业学校也没有，这类学校或是和女子性质不宜，但如医药学校、蚕业学校也竟没有，我觉得很奇怪的。所要求男女同学的，据我所知道，大概是文艺和美术方面居多。原来文艺美术和男女问题相接近吗？甚至以浅薄的文艺美术，来用在构成男女问题的工具，于是男女问题和文艺美术结了不解缘，好像文艺美术只为男女表情用的，口头求爱不好，非利用什么安慰、悲哀等文辞来做引线不可！这种文辞，初级中学国文教授上却是已经采用的，我所以不免过虑！

最后我专对女生特地要说几句话。你们女子好装束，到底为什么？女子的衣服，何以特别华丽，仔细想一想，恐怕和你们女子的人格很有关系！我知道上海某女校，因为学生好装束，屡次训诫不听，结果因此除名，一时社会舆论以为太甚，但我却认为是根本问题。浮浪少年，男子居多，但女子也难免有诱惑的机能，否则说不出异样装束的理由。我认为好装束是自堕女格，希望你们觉悟女子以后在校内应尚素朴。嗣后男生部舍务主任和女管理员全体诸位先生务请随时切实指正！本学年起并非因男女同学问题管束加严，觉得去年经过情形，和青年前途，在社会上有种种不宜之处使你们将来受苦，非在学时期内纠正不可！我现在维兼任宁波四中校事，但和本校关系，非但没有变更，而且比从前在北京在上海来往可以确定，拟每月必到一次，还要时时和你们说话，切勿藐藐听过！

勖白马湖生涯的春晖学生

1924 年 9 月

　　本学年是本校开校以来第三学年了。过去二年中有如何成绩，不敢自夸自信。虽外面或许有赞美我们的，我们只能认为自家人互相协助，在不满本校的，且以为这种都是做屏风罢了！所以我对于本校这二年来经过情形，不愿举出如何优点、如何特色，来做广告。我认为教育事业，到底靠卖广告是无用的。白马湖三字，知道的人已经不少，凡是到过本校的人，没有一个不说风景极好了，所谓"环境"享自然之美，不受外界牵制，诚然诚然。优点不过如此，特色不过如此，但我的顾虑也就寓于此。

　　前学年放学的时候，我曾对全体职员学生演说：本校校风，有不能不应加注意和纠正的地方。学生举止言动，不知不觉露出一种矛盾的人生观。这一种情形，在别的学校，都是不容易得的。说是青年习气，又含有老成模样；说是目光高远，又不脱乡村狭小的风度。此无他，就是白马湖生涯，环境和程度不合的原因，有以构成之。我以二字概括表示，曰"浅"和"漫"。——并非我好玩弄文字，找得两个都是水旁的字，来描写白马湖生涯。"浅"是气量浅狭的浅；"漫"是浪漫的漫。普通为人，如其是气量浅狭的，绝不至于浪漫；如其是浪漫的，他的气量绝不浅狭。就是以水来形容，既浅了哪里能漫，既漫了，绝不浅，所以这二字实在是矛盾的。如此矛盾的人生观，本不应当有，在初中时代的学生，谈什么人生观，并不是太早，实在是人生观尚未确定，因未确定，所以矛盾，我认为不要紧的。

我甚爱白马湖，我所爱的是白马湖自然的环境，极不爱白马湖人的环境。概言之，爱乡村的自然的环境，不爱乡村的人的环境。就是我们应当感化乡村，切不可为乡村所化。乡村生活原是困苦的，能耐苦而不计较，方为乐天知命，或不失为消极的一派人物。但我感到的不是如此，你有饭吃我不平，你多吃一块肉，甚至闹成打架，生活既如此计较，何不出外做事，别图发展。终年享安乐，乡下老"店王"没有一个不刻薄，且依着家声，夜郎自大，这种恶习，最为可恨。白马湖本与近村隔绝，我所谓"浅"何所见且云然？闻上学期因教员另室膳食，学生讥为揩油，几酿口舌。把乡间吃清明饭吃会酒的观念，来对付师长，算什么话。我办学十余年，虽尝感学生对学校争计经费，无微不至，从未闻对教师自费自食，有如春晖学生之表示者。倘因此使教员灰心，减少课外指导的工作，所得者小，所失者大，万万不利。本学期应以极敬诚之意，恢复如旧，我已请代理校长切实矫正，虽区区小事，我认为春晖特色师生和蔼的根本要动摇，望全体学生各自觉悟，切嘱切嘱！

"漫"字从何说起，我和你们平时少接触，并无对我有如何不恭的举动。但观察你们进出游戏，以及宿舍中陈列不整不洁，好像是故意欢喜如此，以随便为舒服。"浅"是不愿他人舒服，"漫"字但求自己舒服，焉有此理？即不然脑筋中横着旧式所谓名士新式所谓诗人的标本，忘却自己现在如何程度，好高骛远，俗语所谓"未到尚书第，先造阁老坊"，这实在是近来青年的通病。但在都会中，有种种刺激，强迫使他觉悟。僻处白马湖，要望碰着自然罚的教训，除荡船不小心落到河中而外，再没有别的机会了。所以慢慢地愈加"漫"起来。你们自己是不知不觉的，也是我所戚戚过虑的。长此过去，渐渐加甚，那时我要叹一声，春晖设在白马湖，铸成大错了。

青年以傲慢为荣，对师长能抗辩，自鸣得意！洵如是，真是教育无能了。我不是愿意压抑青年的人，但决不能听任你们无理的自由。你们不是终老白马湖，社会之大，到处荆棘，将来出去受种种突然的苦痛，那时一定要怪我何不早为指导。藐视一切，算有思想，碰着社会上略有不满意事，便搬出许多不耐的口号，"算什么""没有意思""不承认"，试问这种话徒然说说何用，结果仍是自己烦恼！我此次来杭，列席省自治会议，有许多感触，把来自乡间所谓纯洁的脑筋，不免混乱了。但自觉缺乏社会常识，不能应付，非深自勉励不可！又觉得今后人生，无论何人，不得不加入政治运动。例如近日东南战争，已开火旬日，我就以此事来问白马湖生涯的人，抱如何态度。我料想一定如此说："这是他们军阀和军阀夺地盘，和我们丝毫不相干，谁败谁胜，结果不外以暴易暴。"苏人如何心理，不得而知，浙人反对贿选者，多表示助卢，或且认为别有作用。我以为不论贿选，不论军阀，为什么弄到这步田地，终结一句要归咎于人民自己放弃。何以使他们选可以贿，军成为阀，在未贿未成阀以前，假使有共同严格的监视，何至如此？一般人民程度实在不够，中等以上学生的知识阶级，如其永远抱着脱离政治自命清高的态度，反面就是放胆可以贿选，或比贿选更甚比军阀更暴的行为，何妨任所欲为。在乡村中人，听说外面又打仗了，莫名其妙，不知为了何事。他们要打，我们老百姓能够说一句不准才对，绝不是不可能的。只要人人心目中认为国家事变，和我们有密切关系，自然有一种势力可以制止。事后说什么人民受其荼毒，痛骂不肖官吏、猪崽议员，实在是来不及了！官吏这样腐败，但行政权仍操在他手中；议员这样卑污，但放屁地通过了一案竟要发生效力。非根本地剥夺他们行政权，严厉监督选举不可。这种工作，都要全体人民做的，靠少数人不相干。但因为靠少数人不相干这句话，流为消极，就是放弃公民权的起点，这种态度，近来知识阶级中最多，浙江人尤其有这种怠性！西湖游玩，阿弥陀佛念念，一点振作的气象都没有。所以我认为地理环境，和人生有极大关系。唉！白马湖尤其偏僻吓！

我从今愿从新做学生，我特别表明叫作第二种学生，因为从前做的学生，并没有把这种学生同时做在内。但知专心教科，所谓埋头读书不问世事，算好学生。高谈什么哲理，什么文艺，尤其自命矫矫，哪里知道和社会切要问题，路差得不知多少。白马湖不是避人避世的桃源，是暂时立于局外，旁观者清，不受牵制，造成将来勇猛的生力军的所在。存着如此观念，所读的书，都是经世之学。把我现在才觉悟要想补习的第二种学生，和照例的第一种学生同时用功，同时进步，眼光放得大，度量放得宽，切勿妄思自由——要知道自由是成立于共同生活，绝不能成立于个人理想！又如今日社会纷乱，谁不酷爱和平，要知道和平是成立于全体努力，绝不是成立于袖手享福！我说来说去，无非希望你们从一般的人生观立基础，切不可以特殊的人生观取巧走捷径。今年新招的学生不少，本校情形，不甚明了，以为我讲这番话，究竟有什么用意。我要声明，却是为旧学生头小帽大，暧昧的人生观而发。本来对你们初中学生，或者不必讲如此海阔天空的话，教育上还认为太早。可是我们春晖的初中学生，却有特别速度，已经把人生观提高了，我就利用这个优点，和你们恳切地谈谈。外面有一种舆论，认为白马湖办初中实在不相宜，这倒是明言。但学术程度是程度，人生思想是思想，只要不弄错，提高何妨。今天是中秋，烟雨迷离，遥想山间明月，也不能叫它皎洁如常！省立各校，已受战事影响，明令停学，我们春晖，还能够依然开学，这终算是例外幸福。寄语全体学生，努力进步！

我最近的感触和教育方针

1924 年 10 月

我是向来不注意政治的人，今年本省有自治法会议之举，我"滥竽充数"地由省教育会选出去充代表。自治是何等重要、何等复杂困难的事！教育会也要举代表，已是很可注意的了，这一点足以惊醒教育者不应死谈教育！我本不敢应选，自问政治常识太缺乏。但既要教育会中选出一人，彼此都差不多，所以我以学习的态度，贸贸然到杭州去了。从 8 月 1 日开会，很热的天气，害我生病。勉强出席领教大家宏论，觉得使我增长见识不少，同时使我感触烦恼也不少。老实说，就是江浙战争不发生，这出把戏，也唱不出好东西的，恰巧大会讨论重要议题后，付起草委员起草期中，忽然风云骤紧，到 9 月 3 日竟是开火了。当时大家激昂慷慨地说，无论战争已起，各代表决不要走散，我就怀疑不走散干什么？有什么意思？那时候虽多数还在省城，可是起草已搁起了。天天打听战事消息，报上所载，概括起来，无非"阵线不动"四个大字。我却以新学习的政治浅见，不问谁胜谁败，觉得他们为什么如此自由行动，竟没有人出来阻止，难道所谓政治是如此的吗？

我第一感触，政治竟出于战乱，竟有如此莫大的势力。交通断绝不必说，毁坏公物也不管。大家的生命财产，任意杀夺，法律到这时候，完全失其效力。所谓强权，真正有如此厉害，要什么便什么！军阀何以有如此势力？今天才知道吗？军阀所争的为什么？原来是政治问题。并非军阀有如此势力，实在是政治本身的势力，不过中国近状把政治落在军阀手里就是了。我因此觉到人民的私有权，本是不可靠的，什么我的田、我的屋，只要政治根本上说一句话，我们的私有权，哪里能够保得住？战乱不过政治上恶意的表示，他如苏俄土地国有，定了这一条律例，把无数所有权一笔抹杀了。所以我认为战乱莫大的势力，根本仍是政治的势力。战乱的势力一时可以过去的，政治的势力实在亘古以来本是莫大的，永久存在的。而且将来政治的势力，比过去现在更要增大，差不多人类一切生活，没有不受政治的势力的支配。如此莫大势力的政治，将来更要增大。从何见得？就是人类思想发达，社会趋势，酝酿成功的结果，都从政治表现出来。倘我们自己放弃，被少数人利用了去，就是变乱，否则各自负责，多数人善自享用，就是自治！

所以自治当然是政治问题，要避却政治来谈自治，不是自欺，便是虚饰。政治难免变乱，所谓切实力派，要避却军事来谈自治，也是自欺，也是虚饰。所以我的感触概括起来，是下面三句话：（一）政治人人应当与闻；（二）政治及其变乱莫大的劳力唯自治可以抵抗；（三）要谈自治非先谈自卫不可。

我从此觉悟什么教育家不必与闻政治，完全是欺人的话。人为政治的动物，难道教育家、学生不是人！政治绝不是专门的，而是极普通的常识。帝制时代专指官僚为政治家，这句话如今还能承认吗？如其承认，无异承认帝制。既非帝制而承认官僚为政治家，不如直捷痛快承认军阀为唯一伟人就是了。假使自治真能实现，我可断言军阀当然不能成立，就是鬼鬼祟祟的政治家，也无所施其技了，唉！我们浙江的省自治前途怎样？

据我在杭四十多天开会情形的经过，什么中央，什么国宪，倒不是根本困难问题。现在局面已变不必说，就是从前不阴不阳的独立状况，也并不说中央绝对没有，国宪绝对不要。我所最觉得奇怪的，这次自治法会议，是当时最高行政官所承认的，而且军事当局也赞同的，为什么议到军事一章，大家畏首畏尾，不敢作声，讨论结束，竟把军事略而不谈，认为无须起草。我就知道这次自治法会议，仍不免自欺，不免虚饰，不讲自卫，如何可以讲自治呢！所谓自卫，并不是以自卫军和国军打仗，国军之外，不能有别的什么军，军是唯一的集权这种观念，万万生不出自治的胚胎！平心而论，国军是国军，自治军是自治军，某省自治军，是某省所固有的，国军是全国所共有的，不能以国军分配各省，只有以国军分驻各要防。某省是国的要防，当然应当重驻国军，和自治军全不相关。不是要防，不必驻国军，无所谓每省设一督理的必要，免得如现在争夺地盘。国军的饷，全国共需若干，各省分派，不驻国军的省和重驻国军的省，负职应当平均。不能如现在国军驻在何省，要何省负职军饷，弄得省预算搅乱不定。所以怕谈军事，原是为此，军费要减，事实上不能。据说浙江负担军费要八百万之多，占全省岁入一半以上，今后不知如何！倘没有正当的解决，财政无从整理起，其他事业也无从讲起。老实说自治的美名，要想假冒也断断不成，我常听军事家说，浙江非用兵之地，可知浙江在国防上没有重驻国军的必要。但全国应分担军饷若干，就是不驻国军，也绝不推诿。至为地方自卫计，却非有自治不可。除了定数国军的饷，其余就可办自治军。这自治军也可为国军的后备军。平时所谓某省自治军，和他省自治军，绝对不相联合，我是不懂所谓联省自治，认为自治要联，就是不能自治，一省不能自治，要联起来才能自治，什么道理？譬如一个人不能走路，要两人三人把足绑起来走，岂非颠仆更易吗！各省各自治，和省联自治，意义绝然不同。一人前走，后不继起，一省自治，他省不继起，非各人同时走不可，非各省皆自治不可，绝非绑足走，绝非联省自治。总之自治军丝毫没有军阀的色彩，如其联合起来，难免仍为军阀政家利用。这一点是纯正的自治军最要注意的。无论国军，无论自治军，本是纯正的，就是要利用不好。要杜绝利用，根本的办法，我要主张军和械非分管不可！平时军尽徒手，子弹库分设各地方，由人民保管，国军非经国会会议绝不发给，自治军非经省议会议绝不发给。从前所谓偃武修文，放马于华山之阳，如今要求真和平，非藏械于人民处不可。必如是自治乃可实现，但现在局面能不能做到，我自己先说，无非在会外空谈罢了。

但依人类革进的趋势，非绝对没有可能的希望。所谓"势力"两个字，要分开来讲。依科学的研究和进步，觉得"力"和"势"大有区别。无论战争问题、人生问题，都是由"力"而进行"势"了。这是值得详细说明，我就因此感触到教育方针去。近来盛倡所谓新文化，所谓人生观，弄得青年脑筋里，为什么求学，莫名其妙！趋向于个人谋幸福享安乐，和政治关系，好像愈趋愈远，实在是极大的错误。所谓"势"是超乎"力"之上一种莫大的作用。就人生问题讲，"力"是少数人的特殊表现，"势"是大多数的自然团结。概言之就是政治关系的范围扩大，如专为个人谋幸福享安乐，这种教育，简直是和人类共同目标背道而驰。靠笔头的文化和理想上的人生观，全仗着鼓吹唱高调，立在局外，希望和平自由，真所谓"缘木求鱼"了。其结果"势"字固然达不到，而固有的很微薄的"力"且从此丧失！彼辈军阀，正可永久继续作威作福。这次战争，无论如何结果，可断定绝不能彻底解决，因为人民并没有加入。两军阀相争，无非都是"力"的比较，如人民加入，就有"势"了。这种"势"就是依人民和政治关系的程度而定，它的根源就在教育上。教育与人生，多少密切，能言之者不乏其人，同时政治与人生，其密切关系，可以"人为政治动物"一语概之。所以教育与政治，简直是不可离的了。我可以简单下一句教育的定义，是构成政治关系的"势"。但构成的方法，如现在中等教育酷信自由，听其自然感化，我认为实在是不对的。"不入虎穴，焉得虎子"，把尚武精神，视为军阀特有而摒弃之，平时训练又不讲纪律，将来造成一盘散沙，尔为尔，我为我，专图个人安乐的青年，如何可以负担社会重任呢？我要郑重警告，近年教育趋向，是故意打倒军，唯恐文弱不堪。我浙江人本犯文弱的大毛病。请查此次战争军阀首领，有一个浙江人吗？称为江浙战争，全不对的。两方头脑，都是山东人，此外也都是山东人或奉天人、直隶人。我们浙江不少军人，到哪里去了？呵呵，有的做文人了，有的念阿弥陀佛了，有的在家享福了，直可谓放弃天职！所以浙江人我早知没有"力"，据这次看来，又可叹一声丝毫没有"势"。回顾教育上又是如此以先觉自命似的，不知道要造成无数文人干什么用。从今后我要提倡中等教育，非仍鼓励尚武不可！因为"力"和"势"两字，不是性质不同，是程度进步关系。"力"是明明白白属于武的，或者以为"势"是属于文的，只要运动宣传。决不然！文武二字，并无严格界限，运筹帷幄说是文的，决胜千里算是武的，但我以为运筹帷幄当然也是武的，总而言之，专讲尚文是不成的。从前战术，用刀枪肉搏，后来发明炮弹火药，无论如何勇将，无所施其技了。这是以物质代"力"。现在又有飞机，可从空中利用引力掷下炸弹，这就是超物质的"力"，进步而能利用自然的"势"了。所以"势"是完全属于武的，唯"势"可以制胜"力"。战术上用飞机对炮弹，等于从前初发明火药，以炮弹对刀枪一样，胜败是科学负责的。科学的战争观，飞机以"势"的武，当然能制胜炮弹的"力"的武。同一理由，科学的人生观，群众以"势"的武，必然可以制胜军阀的"力"的武。徒然对时事叹口气，我们没有实力，我们没有实力，怎么办！何如早为之计，从教育着手，力矫文弱积弊，以培养实力。绝不是恢复帝国主义时代的尚武，要认得明白，是群众运动所必需的"势"的尚武！

中等教育上，万不能抛弃人才主义和国家主义。中等学生必须应有一种自命豪杰的期待！我们中国近来极稀贵的少数中等青年学生，个个为地方为国家效用，还不够分配。所谓主人翁要具有主人翁的本领，像主人翁的做法才对！决不可希图享现成太平福，徒以谋个人生活，为求学唯一目的。无穷久长以后的理想世界，地球和其他星球以飞机实行交通。除非那时候，全球合为一个国家以御外，在地球上才可以说废止国家主义。由平面的国家，复而为立体的国家，不然，谈什么世界主义，等于离奇的矛盾的人生观，群育群育，所表现全是为个人权利，但知如何能取巧，如何能偷懒，如何能出风头以博虚荣，"方寸之术可使高于岑楼"，可为近来中等教育写照。未修了初中一年，便妄思进大学，高小学生也想做诗人，种种不按步调的教育状况，是近几年来五四运动以后不良的成绩。青年诸君，五四运动的确是值得纪念的，要知道值得纪念的是什么？便是政治关系的范围大扩充！从这一点去做，就是我们僻处乡间的学校，无不在政治活动可能范围之内。安富尊荣，升官发财，不是人才；幽居湖山，不管沧桑，岂可算人才？自治事业非他，即平凡化的政治生涯，自治军即一般化的义务民军。这次战争吃紧的时候，有人提议组织学生军以充后备，我随口说现在的学生不像了。即有一学生在旁问我为什么，我就问他你去负枪临阵愿不愿，他便说他没有受过这种训练，愿去也不能。新课程中兵式操废止了，就是军事常识，也和学校教育绝缘了，如何能组织学生军？回想光复的时候，学生军颇有些精神，现在情形虽不同，如其要真的讲革命，或者比光复时尤其需要。理想的自治军的领袖，非以中等青年为中坚不可！平时全无指导，不屑学习，而且把耐苦的习惯根本取消，我别无可说，唯有祝贺军阀放胆横行就是了！我竭诚警告中等学生青年，正要"卧薪尝胆"，及早锻炼自己身体，养成勤苦耐劳，来日大难，非献身的担当不可。我们浙江，文人有余，与其做无聊的学者，不如做有作为的土豪；与其做鬼鬼祟祟的政家，不如做磊落光明的军人！教育为什么？求学为什么？仔细想起来，实在不能过了一日、两个半日，糊里糊涂地过去。近来学校精神散漫，无可讳言，愿青年诸君彻底谅解，勿以我忽然改变，倡这种主张，为新教育前途不利。求自由于在学短期中，是无用的！教育即生活，岂能如此写意，永久做学生以度一生吗！本校学风，尤有纠正的必要。在此环境中，我这番话，或者不相适应，但眼光放大一点，需要正是倍数吓！

人生训练之必要

1925 年 11 月

我早欲和你们讲话，但因近来精神不好，没有讲话的兴趣，日事学画消遣。今天适值五夜机会，例有演讲，我将有远行，以临别赠言，来充一次台。

今天所讲的题目，为"人生训练之必要"。首先希望注意人生二字，是人生训练之必要，不仅是学生训练之必要。本校学生近来有一种不好之现象。我并非因此又要来打几句校长官话，你们也不要听到训练二字是限于学生，是什么压迫、专制等的化名。今天一堂在此坐着的，原是学生和教员，我想最好不要拘定这个名称，因为学生和教员这两个相对的名称，近来觉得有些心理传误不好的地方。无论如何，我们年纪大，社会情形也熟悉些，一切事情比你们经验得多，忝为先辈，你们是后辈，彼此以这样关系来说话，范围比较的宽大，所以归着训练之必要，是人生全体的，不仅限于学生。我今天说话，第一层重要意思在此！你们不必说些什么时髦话：学生是主体。主体什么？就是训练的主体，别的事情，你们无所谓主体与不主体。春晖由我办了四年，一切事情，我终负责的，所聘教员，都是你们的先辈，而我矧足以自慰的。

我今天所要讲的，可以分为三层。第一层，你们就当作校长官话听，什么严格主义，什么束缚自由，总而言之，我如果真是压迫、专制，也不来对你们三番四复地解释和开导了，我要怎样就怎样做好了。所以如此舌敝唇焦地来和你们说，终要训练的效果，从觉悟的基础上收得，能如此，无论任何严格即是亲爱，无论如何束缚即是自由。凡人最不愿受他人支配，同时相反的凡人无不想支配他人，这两句话实在自己撞着得厉害，只准我自由浪漫，决不受人支配，这种观念，我极不赞成。就是主张自由浪漫的人，也不能自己赞成，为什么呢，理想的生活，是永赞永不成的！本校现在所抱方针，决不唱高调，主张什么理想教育、自由生活，简单一句话，有训练的人，于将来社会有用，无训练的人，于将来社会无用！我希望造就于将来社会有用的人，有一定方针，我主管一日，决不变更一日。你们如终究不听我的话，尽可不要来这里吧。

我第一层所讲训练之必要，概括起来，无非希望全校师生都要开诚相见。你们学生，对于校里不可生猜忌心，诸位先生也应该原谅学生。偶有不合，爽爽快快训了几句，什么政客式的疏通、道歉，近来盛行于学校中的，实在是不成为教育！认学生为后辈，无事不应原谅。学生做错了一件事，说错了一句话，无论无意识有意识，概予以原谅，无意识或有意识，不过训诫的方法不同，但原谅的境界也有的。就是同一做错的事、说错的话，第一次经过，第二次、第三次又来，那是不行了，不是有意捣乱，定是执迷不悟，不足教诲，你们要以一而再，再而三的手段，想动摇本校的方针，迁就学生，这是不可能的！我忝为校长，不得已多说些话，嗣后最好使我少讲这种话。以上不过是我今天要讲

"人生训练之必要"三层意思的第一层，可以当作学生训练之必要看。

再讲第二层。但是根据伦理学来说，你们现在的程度恐怕有许多不懂。人类是训练的动物。起居饮食，已经大大受了束缚，不如飞鸟游鱼。这种所受束缚，就是告诉我们训练之必要。自然何尝自然！譬如林木，细细看去，一枝向东，一枝向西，第三枝非向南北即必向上，因为第三枝受其他二枝环境的支配使然，哪里有绝对的自然。你们到过普陀吗？那边树的形状如帚，依风生存所以如此。树对人或者还称为自然，树对于风，真正不能自然了。这些思想，你们原能理解的。自然界尚不自然，何况人类。何以人而不如自然乎？伦理是什么，就是支配社会的思想，最近的伦理思潮，简单地说是如此，违反伦理思潮，开倒车的人生观，是不是青年所应走的路？现在的社会坏极了，因为嫌恶现在的社会，就把社会根本否认，发生个人浪漫自由的自由来，我屡见不一见了，可叹这一辈子的人，实在是意志不强，流为消极了，不能认为青年的模范！

我要讲的第三层，就是看透现在如此坏法的社会，更不能不讲训练个人，去应付他，改造他，我敢断言，今后社会，必要支配于有训练的团体精神！有强固的基础，方才可以保存他的庄严，继续他的生长，否则，好比茅屋为西风所破，乱蓬蓬地吹到半天，还说什么浪漫自由，随遇而安，聊以解嘲，岂不可笑！

现在的社会，背后黑云弥漫，惨雾朦瞳……现在所认为最有纪律的是军队，我以为最靠不住的，也是军队，以为他们的训练，真是专制、压迫的。回顾我们各学校的学生，现在没有纪律，没有训练，无可讳言。但我总料想现在最有纪律的恐怕不久最无纪律的是军队，现在虽无纪律希望将来很有纪律的唯学生，唯学生！可使由之不可使知之的训练——军队的训练——他们略有觉悟的军阀，已自认为不可恃，行之非艰，知之维艰的训练——教育的训练——我们稍明时局的青年，应共认为唯一要义才好！

最后我要从团体训练顺便谈谈学生军的话：近来各处学生会自动地提倡得很起劲。我也是赞成之一人。我先要说破一句话，学生自愿发起学生军，学校当局也很赞成这件事，恐怕两下目的不同吧。在学生方面多半是好新，因为枪操久不操了，在学校当局，因为趁此可以约束学生，利用军律二字，想来整顿校风，与其将来误会，不如现在说个明白。我对学生军这件事，很希望它成功。但是不容易成功的，第一点真的编成为军，至少要预备弹子从前胸穿过后背仆地而死，学生中办得到的有几个？你们自己或者有这种血气，但是你们的父母能答应吗？如其假惺惺地出出风头而已，那么，这种学生军，应特地声明，是不能实用的学生军，到底骗谁？第二点军阀当局，万不肯批准，万不肯拨枪械，徒手的学生军，也同是不能实用的。还早，还早，这两点都是很难的。现在一般为父母者，抱着入学校本是弃武尚文，何以反要当兵了，并不知道什么义务民军和少年义勇团之类。但我的意思，学生军不在乎多，凡学生尽数编为学生军，当然可以不必，那么，志愿的，未必个个为父母者都如此。如其真的办起来，应募的或者不少。军阀觉悟，是人的关系。不觉悟武力必不可恃；觉悟不可恃，或有法可恃。学生军可恃，同时可使其他军队也可恃，能明此义，或者由军阀出来提倡也未可知。还有更难的，第三点，现在学校情形，如此酷爱自由如你们一辈子的学生，假定以上两点都解决了，我不敢说办起学生军来，就有如何成绩。我回忆光复的时候，浙江曾经办过学生军。我亲见种种不肯服从不守纪律的状况。但那时候的学生，比你们现在肯屈服得多呢，尚且如此，现在办起来，弄得一塌糊涂，也说不来。凡事必须有相当的基础，譬如浮沙之上，兴大建筑，如何能成功？我今天谈到学生军，本校预备要办，你们也颇高兴。我郑重地说个明白，先希望第三点能够确定，然后再讨论第一点、第二点，所以现在办学生军，应认为必要的训练焉可！

黄炎培

(1878—1965)

生平简介

　　黄炎培（1878—1965），字任之，别号抱一，江苏省川沙县（今属上海市）人。教育家、实业家、政治家，中国民主同盟主要发起人之一。他是我国近代职业教育的创始人和理论家，他将毕生精力奉献于中国的职业教育事业，为改革脱离社会生活和生产的传统教育，建设中国的职业教育，做出了重要贡献。1905年由蔡元培介绍加入中国同盟会，后接替蔡元培出任中国同盟会上海分会会长。民国初，任江苏省教育司司长，筹办东南大学（今南京大学）、暨南大学、同济大学等高校。1917年5月6日联合社会知名人士蔡元培、梁启超等四十八人在上海创立中华职业教育社，次年创建中华职业学校，注重实用教育。五四运动时，发动全市罢市罢课斗争。1921年被委任为中华民国教育总长（部长）而不肯就职。1926年创办《生活周刊》，宣传革命。1939年11月与沈钧儒等秘密组织统一建国同志会，1941年改组为中国民主政团同盟（1944年更名为中国民主同盟），任中央主席。中华人民共和国成立后，任中央人民政府委员会委员、政务院副总理、轻工业部部长，中国人民政治协商会议第二、三、四届全国委员会副主席。1965年12月21日于北京病逝。

赴法美留学生送别会上的演讲

1919 年 8 月 9 日

鄙人代表江苏省教育会及中华职业教育社恭送诸君，有数语相赠。诸君于此数日内所常筹划者，大概不外一问题，曰如何往，如何往。鄙意有不同者，以为诸君当此将往时，更宜筹划一问题，曰如何返，如何返。盖诸君之去，为学也。其所以为学，为将来为社会、国家服务也。虽然，诸君至回国之后，始谋为社会、国家服务，难矣，亦晚矣。近年以来，学成回国者日多，而能实际行其所学者甚少，社会之叹乏材且日甚也。譬之鞋肆制鞋甚多，购鞋者纷纷就肆以求，左右觅配，无一合适。愤而责肆人曰："何鞋之不合用若是？"肆人亦反以相责曰："何天下之足不相似若此？"今之求学者与用人者之间，岂不类此耶？鄙人今日所欲言，即就此平日所感受之困难，而欲为诸君一究此问题之解决法耳。鄙意以为，今后制鞋者，一宜求适切之鞋样，二宜及早与购鞋者接洽。第一说即分科宜细，择类宜专也。就教育界言之，幼稚园需保姆，而专学保姆者甚少；图书馆需管理员，而专学图书馆管理法者寥寥。最多者唯教育理论、教育行政等普通之教育而已。更就学校教育言之，中等教育为极感困难，而至今犹

55

未解决之一问题，无专研究中等教育之人也。小学教员大多数非有精深之研究者，待解决之问题甚多，欲求一能为小学教师之教师者绝鲜。诸如此类，苟诸君之学教育者，能分少许之光阴，精思熟虑，以解决此诸问题，为国家、社会造福多矣。就工界言之，学化学者甚多，学应用化学者甚少。譬如玻璃，吾人日用所需者也，而无制造之者。虽原因甚多，而制造玻璃专门家之缺乏，亦其一重要原因也。数月以来，提倡国货之声，遍于各地，而日用之工艺品，欲求一相当之技师而不得。然而习工科者非不多也，其他各项亦然。鄙人所言，略举一二为例耳。故曰，今后之留学分科宜细，择类宜专也。其第二说，则诸君当于未离国前，或留学一二年普通学科毕业后，常与国内用才者接洽，即以所需何科而择其与己性习或所学相近者，特别研究之。于是用才者得说明其所需要，而求学者得专心以预储其将来切用之知能。隔阂既去，关系自深，学成归国，不必遑遑以求，而即可安心以行其所学矣。以吾所闻，今之购鞋者，渐趋于先期定制之一途，盖鉴于求才之难，多为未雨绸缪之计。苟学者不早日与用者接洽，恐将来之谋事益难耳。诸君乎，苟对于余所提出之两问题而随时欲有所商榷，则鄙人愿为协助诸君者之一。盖近年以来，鄙人固无日不注意此点。同人所创之职业教育社，此点实占社务之重要部分也。诸君乎，来宾乎，其勿视此点为无大关系。人各有特别之才能，本之天赋，苟一一用之于适当之途，与因学之不当、用非其长，或竟学成不用而一一废弃之，两者之一出一入，其影响于国家、社会前途，岂复可以数量计？所谓人才经济问题，吾知诸君固不得不认为重要。而鄙人不敏，实汲汲焉，欲于此点上稍尽义务者也。时间所限，不能多谈。诸君乎，唯愿长途珍重，为国努力。

坚定地和是是非非的群众站在一起^①

1948 年 3 月 21 日

邹秉文先生适才所讲林肯和巴斯德两人成名的故事，不错，天下事绝对不是侥幸所能获致成功的。我以为我人首先对社会要有一个正确的看法，其次提出一种合理的做法。先说我个人对社会的看法。

人类初生，并没有什么分别的，后来逐渐造成了不平。讲知识吧，有高低之分；讲财力吧，有穷富之分；讲地位吧，自然而然地产生出一种特殊的人来，所有权力也就随着集中在他们身上；再如年龄，老一些的，就可倚老卖老，占人便宜。造成种种不平的畸形现象，依我说来，这些都是不应该的。

天生我人，既然都是平等的，为什么会造成这种畸形不平的现象呢？就为人类有一种向上的心理在作祟，求地位的向上，发展成为特殊的权力；求财富的向上，演成贫富悬殊；求教育机会的向上，便形成少数的特出人才，丢下大多数老百姓，做了一世的文盲。

———————————

① 本文是黄炎培对中华工商专科学校毕业生发表的演讲。

人心向上，本来也无可厚非。可是利用了较高的知识，用巧妙的手段，一面掠夺财富，一面攫取高位，到权势造成的时候，早和群众完全脱离了，只觉得我有权可以支配你们一切的一切，你们所有的钱、所有的生命，都是我留给你们的，生杀予取的大权，都在我手里。

抗战以来，我在后方奔走，看到很多大洋房。这些大洋房是谁的呢？中国西部打了二十几年的内战，产生了很多大军人。这些大洋房，就是代表他们的财富。他们的财富，从哪里来的？有两种方法：第一种是从每个士兵身上扣一点粮饷，积少成多；第二种就是吃空额，将士兵的数目，以少报多。大军人做了大富豪，就可以做政治大首领，就可以做大实业家、大金融家。

这种风气，慢慢地扩展到文官群中，就造成了不少贪官污吏，连带到素以清高自命的教育界，也不免有多少沾染。我为参政员，负责揭发贪污，时常有人来向我告发。某次，一群学生来告发校长吃他们的公费额，几位教师也来报告他们校长将教师人数以少报多。我就在参政会上据实提出，明知这位校长有特殊势力，我并且认识他的，没有办法，当众说明。我爱朋友，我更爱国家，可是到底没有得到什么结果。这一类事情多得很。

一般人只要权力在手，就会与群众脱节。什么道理呢？中间有一件东西在作祟，物理学上有一个名词，叫"浮力"，社会也有一种无形的浮力，好像在从中作祟的样子。做工厂经理的，浮了起来，便和工人脱节；做商店老板的，浮了起来，便和店员脱节；就讲学校，诸位看到一种学店么，学店的老板，早浮了起来，和一般学生脱节了，不但脱节，且成为敌对了。诸位同学，你们以后跑进社会里，千万要注意打破这种浮力，不要把一班地位、富力、知识不如你们的人，都变作你们的敌人。

我们学校对这一点，是看得很清楚的，所以学校当局与学生打成一片，想用同甘共苦的精神，来克服一切问题。即如经济，也是这样。

做到一个机关的首长，要不和群众脱节，首须认识清楚群众的意思，大体上倒是不会错的，但有时情感冲动，可能做出过火的事情。做首长的要胸襟广阔，气量宏大，能接受群众的意思；站在群众中间的，也要了解当局的立场。各位同学毕业之后，请记住这几句话。

我有一位老师蔡孑民先生，民国初年任教育部长，后来任北京大学校长。他的气量非常宏大，因此，影响整个国运的五四运动，才能在北大经过了萌芽滋长，终于产生出来。

在五四运动之前，陈独秀是北大文学院长，发行一种《新青年》刊物，一般舆论，都认为要不得。当时还有一种文学改造运动，也在北大酝酿出来，那就是胡适所提倡的白话文。可是想不到在北大里还有两位主张旧文学的老古董存在，一个是译小说的林琴南，一个是中西文都好而挂辫子的辜鸿铭。诸位试想，一方面是陈、胡，一方面是林、辜，都在蔡先生大度包容的领导之下。陈、胡一派的人，质问他为何还用这些老古董；林、辜一派质问他怎么还要这种无父无君、玩弄"他的你吗"的人。我们这位蔡先生，倒一笑置之。我深深了解他有两点理由：有话大家说，一切看群众的倾向怎样，才是民主，这是教育的原则，也就是政治的原则；还有一种理由，当时无法明白表示的，因为那时的北大，尚在北方军阀统治之下，如去掉林、辜，尽用一班新人物，固可取快于一时，但学校成问题了。他这样兼容并包，使人觉得他还没有走到极端，北大才得在这样艰苦危难的情形下支撑过来。蔡先生去世快到十年了，他老先生对于教育、文化、学术思想上贡献了多少，终会使人明了的。这件事对我的影响太深了，群众总是倾向新文学的，蔡孑民先生一生贡献的伟大，到底为群众所了解的。

在学校里，诸位同学是群众，我们要和你们站在一条线上同甘共苦，互尊互谅，绝对不为"浮力"掀动。怎样才能站在一条线上，互尊互谅呢？孟子说得好，"是非之心，人皆有之"。是非之心，就是良心，既然人人皆有，那么我以为是，你也应该以为是，只要诉之良心就行了。最要不得的，是明知做不得，为了某种好处，有的受不住威胁，有的挡不了利诱，终于做出来了，事实上却违背了自己良心。这种人虽躲在群众中间，不久也会给群众打倒的。因为群众是有是非之心，是则是，非则非的缘故。所以我们要切切实实地服从良心命令，它认为对的，一定要做；认为不对的，一定不做。

总之浮力是可怕的。我们要不被它掀动，坚定地和是是非非的群众站在一起。

吴玉章
(1878—1966)

生平简介

　　吴玉章（1878—1966），原名永珊，字树人。无产阶级革命家、教育家、历史学家和语言文字学家，中国人民大学的创始人。1903年留学日本。1905年加入中国同盟会，后被选为中国同盟会评议部评议员。1907年创办《四川》杂志。1911年归国后回到四川，参加了保路运动，并与王天杰一起策动荣县独立，继之又发动内江起义，成立内江军政府。武昌起义后，他参加了中华民国临时政府的成立工作，曾任南京临时参议院议员。1922年到1924年任成都高等师范学校（四川大学前身）校长。1925年在北京加入中国共产党。1927年11月赴苏联学习、任教。1935年11月受派遣去法国巴黎负责《救国时报》工作。1938年回国，次年任延安宪政促进会会长、陕甘宁边区新文字协会会长、鲁迅艺术学院院长、延安大学校长、陕甘宁边区政府文化委员会主任等职。1945年抗战胜利后，任中共四川省委书记。1948年8月，中共中央决定成立华北大学（中国人民大学前身），被任命为校长。新中国成立后，历任中国人民大学校长兼中央社会主义学院院长、中国文字改革委员会主任。从1955年起任中国科学院哲学社会科学部委员。1956年主持汉语拼音工作。1966年12月12日去世。

为社会开一新纪元①

1919 年 3 月 15 日、16 日

一、3 月 15 日的演讲

今天寰球中国学生会，为我们留法勤工俭学会学生开送别会，中法两国人士到会的很多，其热诚可感。鄙人亦倡办勤工俭学会的一人，理当为本会道谢。刚才各位的演说，痛快淋漓，已极佩服。现在鄙人所欲说的，是我们现在的感想与对于诸君的希望。现在的感想是怎么样呢？寰球学生会每年为出洋学生送别不止一次，出洋的学生亦不下数百人，但大都为官费，或自费而资斧充足的。还没有机会与留法俭学会的学生和那勤工俭学会的学生送别，这回是第一次。所以我们应该有一种感想。常人往往听说是俭学会与勤工俭学会的学生，就有一种观念，以为这等学生，苦是很苦，志气是可嘉，然未必能有大成就。就是我们会里的学生，或者也有这种观念，以为我们比那官费自费的阔学生，觉得惭愧得多。其实不应该作如是想。为什么呢？因为工是我们

---

① 本文是吴玉章为欢送留法勤工俭学学生，在寰球中国学生会发表的演讲。

人人应该做的，学是我们人人应该求的，我们因为无多钱求学，才想出一个俭学的法子，俭学尚且无力，又济之以勤工，凡人只要有志求学，勤工俭学的事是无一人做不到的。因为他生产消费，都出在他一身，并无须仰给他人。这等人正是能自立自强，甚是可敬，并不是可耻的。至于说到他的精神志气，比那官费自费有钱的学生，或者还要强些。你看历来自费生的成绩，比官费生好；苦学生的成绩，比纨绔子弟好，就可以想见了。所以我们崇拜势力的观念是要打破的，我们自尊自重的观念，是要拿定的。这回赴法学生，共有八九十人，大都是中学毕业，甚至有由大学退学前往的，其勇往精进的精神，是很可尊贵的。这就是我们今天的感想了。

对于诸君的希望是什么呢？我们试看现在世界的现象，是不是列处都闹米荒粮贵呢？欧洲的面包问题、生计问题，因为此次大战，其恐慌尚在人意内。即我国各处米荒也因内江受许多影响。至于日本则素来平静，因为欧战且大获奇利何以也有闹米的风潮？可见世界的生活困难是到处皆同了。全世界何以生计都困难？无非是生产消费不能供求相应。今要救这恐慌，仍必循生众食寡之道。其道何在？消极的在杜绝靡费，积极的在发达生产。杜绝靡费的方法现有两件事是应该急行的：第一件是去军备。军备为什么要去呢？现在世界财赋之半都用在那军备，如以此人工来从事生产，则生产之收入将增一半。以此财力来供给人民，那人民的疾苦可减一半。有人曾算过，以现在世界的军费转作人民正当的消耗，没有不家给人足的。试问我们要这军备何用？必定有人说：为防乱。我想，那政治不良、政府恶劣、补救无方，人民起来革命，这是应该的，也不是军队所能防止的。至于普通的乱事，大半为生活艰难穷民无告铤而走险而起。然则我们省下军费来，可以家给人足，不是去了乱事的原因吗？若说军备是拿来作国防，以备外人侵凌，所以无论如何穷困，不能不要的，这纯是野心家欺人之言。我们试看德国数十年扩充军备，闹得世界上人人自危，其实德国何尝是自卫，纯是那威廉第二有称雄称霸的野心，故不惜穷兵黩武，所以世界舆论多赞成联军去打破德国的军国主义。帝国主义欧战延到五年，加入英法联军的数十国，虽胜负迭见，终得最后的胜利。如今德国残破，不可收拾，亦可见军备扩充，不唯无益而且有害了。现在欧洲和平会议，虽不能说销兵，大概总要限制军备，将来世界定要做到去兵，方才得永久和平。至于保持治安，有保安警察足矣。第二件是去游民。"游民"二字，从严格地说起来，凡不从事生产的，皆可谓之游民。至那兴风作浪操奇计赢的政客奸商，把社会和金融时时搅得天翻地乱，彼却于中取利，这种人比游民的罪孽还重自不待证，必须锄去。即一般不正当的营业，如我国的钱铺利用币制不统一多方剥蚀以为生活，与那渔利的商人垄断一切，亦当算作游民，在所必去。去之之法，在组合各种协社，以杜中间人之渔利，务期劳力与报酬得正当之分配，以符各尽所能、各取所需的主义。以上两事，虽然做到，亦只算消极的办法。至那积极的发达生产，则在改良农工商各种实业，这就不能不切望于诸君了。现在科学进步，一日千里，我们不从速猛进则无以自立于世界。诸君往法勤工俭学，所负的责任不小，我国近数十年来，每遇一次战争，则风气为之一变。甲午中日战后，国人始注意留学；庚子变后，举国乃谋改革；日俄战后，革命风潮乃烈，民国遂得成立。此次世界大战而后，政治社会革新之声遍于全球，我们国人亦知顺此潮流，研究改革，但是每次新潮发生，随后必有一番阻力，大约坏在两种人：一种是一知半解，或窃得一种绪余之说，以文其盗窃之行；一种是死顽固，恶新学如蛇蝎。有此两端极不相容的势力满布于社会，反使那革新的志士仁人无从着手，徒增慨叹了。所以我们要认定这留学外国，讲求新学，不是趋时附势学点皮毛，想窃得一头衔，以为终南捷径的，纯是我们想各尽所能，以谋个人的生存，即所以谋大多数人的幸福，使品端学粹，那顽固的也不敢轻视，阻力一消自可稍收良果了。故鄙人希望诸君，时时从人类应如何自励，始无害于社会上着想，不愿诸君学得本事，从安富尊荣上着想。现在世界的新思想、新科学及此次世界和平会议，皆在法国。诸君前往，不但能学得物质上的文明，并可养成高尚的理想，将来归国以贡献于吾国社会，而能为社会开一新纪元，其功业自不可限量，这就是鄙人对诸君的临别赠言了。

二、3 月 16 日的演讲

诸君此行鄙人所欲进言者：诸君须抱定宗旨，不可因客观的事实致起失望之心。何以故？第一，诸君登轮后，恐怕就有种种与诸君的预想不同的，这还很小的事。但是我们未到欧土以前，因为平时震惊于欧洲的文明，以为欧洲如天堂一般的乐土；及到了欧洲，看来也不过如是，与平日所揣想的差得很多，于是就发生一种失望，这是诸君最要注意的地方，须先有这种觉悟才好。第二，我们平时揣想，以为在欧洲留学一定与别的地方不同。因为欧洲是学术最进步、最发达的地方，我们留学只要一入学堂，就要学得很高深的学问，到了入学之后，校中所教的也是很平常，并不十分高深，就难免不大失望了。但是诸君须知道，我们只要潜心研究，学必有得，所得必能致用。学校不过替我们指一条路，还要我们自己去行，才能达到目的。这也是希望诸君先有一种觉悟的。最后尚有一层，就是由俭学会去的人往往有起初尚

65

是俭学，渐渐与一班官费生或是经费优裕的自费生结识，见他们何等阔绰，自己家里不是拿不出钱，于是也就挥霍起来，再不俭学了，这岂不是背了初衷吗？所以鄙人希望诸君到了法国之后，总以避去都市，在乡下拣下一个学校，实行勤工俭学。诸君的初衷达到，国家社会就受福不浅了。

勇往直前，察新潮发动之源！[①]

1920 年 1 月 7 日

我们倡办留法俭学会、勤工俭学会已有几年，人数日见发达，这是最高兴的一件事。我们提倡留学的理想，以为学术是天下为公，无种界、国界、男女、穷富之分的。由这理想生出两种观念：第一是要认明学术进步是为大多数人求幸福的，不是为少数人享优先权、谋独占专利的。从前的人看这学问二字是一部分少数优秀的人所专有，欧洲古来有学问的大都属于教士，我国也有所谓士子的一阶级，因此生出贫富贵贱境遇的不同，就使社会上有学术的人为一部分人所独占，并且恃以骄人，不但不谋普及，且唯恐其普及，渐渐就失了学术进步的本旨，社会上对于他亦生一种嫉妒嫌厌之念。其实无论谁何，只要受适宜的教育，必可得相当的学识，岂能因他的境遇不同就定他的优劣。所以我们认定教育是当普及的，教育普及是可能的，所以时时谋教育普及。第二是要认明文明进化是后胜于前，不是一成不变的。从前的学者多以为古圣先贤是后人万不能及的，但是我们如果以人类进化的事物来比较，这个道理似乎不确。为什么呢？因为从人类

---

① 本文是吴玉章在四川留法预备学校发表的演讲。

学上看起来，人类是从高等动物进化而来，其文化也是由野蛮而文明的；由进化学理上说起来，应该是始终是一个趋势，后头比前头高，断没有某个时代进化已到极点，以后就往下落了。拿现在的物质文明，如汽船、火车、飞机、潜艇，是数百年或数十年前的人所未及见的，来细细一想，后人确比前人强。这不是菲薄古人，这是人文进化的阶级时会必由之径路，非贤否智愚的问题。欧洲17世纪以前，也以为古人非今人所能及。自法人笛卡儿提倡怀疑学派，对于前人的学说非经确实证明不轻附和，从此科学革新，政治革命，因以产出18、19世纪的新文明。我辈生于现代，凡事不可盲从，必须经自身考察，决其合乎理性才能认为真理。现在世界开明，交通便利，新思潮像春潮怒发，我辈不可不亲身观察，以定从违。世人往往有主张一种学派，必强人人服从，否则入主出奴，互相谩骂；彼诋此为邪说，此诋彼为妖言，其实皆不免于褊狭。诸君青年，唯当本己之自信心周览世界之学术，必切实证明为真理，而后从而信之，才不负我辈生于今之世界。综合言之，约有两句扼要语：一做先觉的人不可有专制性；二做青年的人不可有奴隶性。同人本这精神，谋教育的普及、学术的进化，提倡种种办法，或译书报，或办学堂，尤以留学外国为切要，这也是因国内政治不良、学校不备的缘故。留学费巨，又设俭学之法；寒士俭学且不能，又倡勤工俭学的办法。这是为谋普及万不得已之举，如家计稍裕，仍以俭学会办法为宜。因以工求学，其事太苦，且亦不易。

现在且略述留学法国情形，以作诸君参考。从前官费生是每月四百佛郎，如果举动须宽裕，自然是仅仅足用，或者且不足用。若是俭省，每月二百余佛郎亦勉强足用。至若格外刻苦，百余佛郎亦可敷衍。所以从前俭学会规定每年六百元，照前几年价约合佛郎一千五六百个；现在佛郎价跌，每一元可买佛郎十一二个，六百元约可买六千多佛郎。现在战后法国物价腾贵，但最近友人来信，每月三百佛郎亦可足用；是从前所规定的六百元一年，现在实觉有多无少。至于路费，由上海到马赛只需一百元，这是法政府特别减价以优待吾国俭学生的。治装费要一百元。至于勤工俭学生，只需船费百元、治装费百元及到法后预备费二三百元。到工场后就可自食其力，工余略求一点学问，或是做工〔得〕一点钱再来求学。这是极辛苦的办法，虽然不是办不到，但总要知道是吃苦的，不是安乐的，以后到了法国才没有后悔的时候。并且在本国必要学语言技术，如金工、木工、石工及机械等普通知识，然后易于入工场；否则徒卖气力，是不能与欧人竞争的了。现在也有人说，不但勤工俭学不行，就是俭学会的六百元也不济事，这未免过激了。但是各人用什么主意留学，就要照什么办法，不要像从前有一二学生，本是俭学出去的，到了巴黎，他见官费生及有钱的学生这样阔绰，他就抱怨我们提倡俭学的人太与他把学费定少了。据兄弟考察，我国在巴黎的穷学生所费尚不及我们俭学生的一半。所以甚希望诸君要打定主意，然后到了巴黎才不失望。

我们何以提倡留学法国？因为法国是欧洲文明中心，世界学术发明多由法国，近又战胜德、奥，其人民性质与吾国颇相似。吾人留学不但专重学术，尤在取得其社会观感，以为本国改良之用。此时吾国混乱已极，学校几有停办之势。去岁湖南各校教习、学生到北京来预备勤工俭学者不下四百余人，彼等谓与其死于沟壑，毋宁往法做极苦之工。国内无良学校，可痛！国内无干净土，尤可痛！近来新思潮颇盛，因为这种时势，更易产生此等思想。俄国革命进步最快，是因为俄国有新党主政。俄国党人无不曾历法国，吾人欲察其发动之源，亦不可不一往考察。诸君遇着这举世混浊之时，新潮汹涌之会，不可不勇往直前，造最新的时势。前途远大，诸君勉之！

中国革命与世界革命的关系[①]

1926 年 9 月

各位同志：

今天兄弟来此讲演，但因有病，所以很觉莫精神；而大家对于革命的理论又很清楚，工作又很努力，所以今天我不过是把一个革命问题同大家来研究，就是中国革命与世界革命的关系。

第一，自 20 世纪科学发达，交通便利，全世界打成一片，成了整个的国际的组织，我们生活在这样的时代中，就不能不受此时代的影响，而闭关可以自守的。第二，科学发达，生产形式（商品生产）变易与经济基础与前不同，则社会状况亦随之而不同。现在的社会是人力胜天然的科学昌盛的时代，然其科学的伟大能力只被少数人利用之以垄断生产机关，形成资本主义，来压迫剥削本国无产阶级和殖民地半殖民地的弱小民族。所以中国也得要受这种势力的支配，绝不能离开世界而独立。那么，中国的问题就是世界问题中的一部分，而中国革命也就是世界革命中的一部分；要解决中国问题，就必要把世界全部的问题一同来解决

---

① 本文是吴玉章在黄埔军校发表的演讲。

才行；世界革命不成功，中国革命也是不会成功的。

解决这世界问题的方法，自一二百年来，有许多大学问家宣下很多的主义。有主张无政府社会主义的，有主张工团社会主义的，有主张基尔特社会主义的，但这些社会主义都不察社会的客观环境，不明社会进化的历程，在现代社会很不适用。唯总理与列宁集此科学学说的大成，故其方法和主张都很彻底。他们认清现在国际资本帝国主义是我们共同的敌人，我们要社会安宁，舍先打倒它这怪物以外，别无路可走。我们知道，帝国主义是资本主义发展的最高形式，及至1914年欧战时为帝国主义完成的时期。但这次战争的结果，并不足以消灭了资本帝国主义者相互间之竞争和解决了社会的种种问题，因为他们没有认出此种积弊，仍欲保持资本主义私有制度的缘故。中山先生与列宁都能认清此点，故有苏俄十月革命之成功。而孙中山先生之要"联合世界上以平等待我之民族"共起打倒帝国主义，拥护工农，谋民族的解放，与列宁站在工农阶级联合弱小民族的主张一样，所以我说他俩的主义都是科学的社会主义。现在非用这种方法来打倒国际资本帝国主义，则弱小民族、被压迫阶级便无从得到解放。

讲到此处，大家必以为科学的社会主义是马克思主义，而更须知道列宁与中山先生都能以客观的见解来看清环境，都是能深明马克思的唯物史观的。所以我说中山主义与列宁主义即是科学的社会主义，而可以解决现代社会问题的。

我们知道，现在是科学发达、人力战胜自然的资本主义社会，即帝国主义侵略剥削的时代，我们要推翻这种势力的压迫，非有强有力的党，我们共同团结在它的旗帜下来与敌人奋斗不可。故苏俄有共产党——第三国际之一分子的组织，来指挥它的群众；中国有联合各阶级的国民党，来指挥着与帝国主义及其工具军阀等搏斗。我们的国民党是合科学法则，有组织、有纪律、有训练的；我们的党军，就是合科学法则而能严密组织、服从纪律、接受训练的。我们处处要能够群众化、科学化。我们的革命不是只有破坏，并能建设，我们是为建设而破坏的。我们要能唤起群众，领导群众，组织群众。党军是党的核心，因它是群众的模范和标本，受过特别军事知识和政治训练的。

我们要明白，我们所要解决的是民生问题，民族、民权都是为解决民生问题的。而要解决这民生问题，就要讲科学的社会主义。那么，我们是不是要实行马克思的共产主义呢？那我们就只有看现在社会物质的条件、进化的过程是不是到了这步境地。马克思曾说过，这个法则如鸡与卵然，到了成熟时就得要破壳而出的，因为这时候此壳已成了它的障碍，故不得不力破之。人类社会的进化也是这个道理，等到客观的条件已具备，我们人力的推动就不得不使之前进，以促其成。决不能违此进化之迹，而不合科学法则的。

我们要知道，中山先生为什么联俄呢？这是因为现在的革命是有世界性的。为什么容中国共产党党员加入国民党呢？这是因为他们是最革命分子。所以中山先生诚心信俄，信共产党员，而欲与之一同来革命。苏俄之所以援助国民政府，共产党员之所以加入国民党，亦是光明磊落，为要促成革命的成功。这是他们应有的一种责任，也可以说这就是他们的自救出路，并不是有别的阴谋。唯帝国主义者、军阀、反动派宜乎造谣反对的；而国民党右派和国家主义派，尚自号革命的、爱国的，也出而反对，那就可知他们是何存心了！

我们知道，在19世纪的欧洲各国及日本盛倡国家主义，就是要用不平等条约以压迫各弱小民族。它的存在条件，是在于用不平等条约来束缚殖民地半殖民地的侵略行为，造成现在的各帝国主义。现在若要取消不平等条约，就先要打倒了帝国主义而后可。这是就理论方面讲的。再就事实上说。他们国家主义的主张是"外抗强权，内除国贼"，而对"五卅"帝国主义之屠杀我同胞，反归咎于共产党。帝国主义的报纸《诚言》诬我同胞是"过激"，是"赤化"，多国家主义的《醒狮》则照样译载出。今年"三一八"，唯《醒狮》派可去在上海租界，这证明它是同帝国主义勾结的。他们骂国民政府，在武昌中华大学捣乱，无不是反革命的行为。我们可叫他一个名号为"安全机"，因为他们不但不革命，反时常要破坏革命以拥护帝国主义。由这些事实看，他们如仍不改变方针，难免不被人称为反动、反革命。他们的这种行为，防止革命的行为，更甚于清朝。他们给帝国主义者当侦探，做走狗，真是尽心竭力。这种退步分子无论何时都有。我们真正革命的同志们，对这少数国际资本帝国主义压迫、剥削世界大多数人的社会要努力打破，以完成我们的革命工作！

国际情势及抗战诸问题①

1938 年

主席，各位先生，各位同志们：

今天各团体代表热烈参加这个集会，这是说明大家了解今天的抗战和救亡图存事业的重大，希望多知道一点现状。兄弟今天简单把这个内容分三项来讲。

一、国际情势

欧战以后，世界发生两大矛盾：一个是战胜国家英、法、美、意和战败国家德、奥之间的矛盾，一个是资本主义各国和社会主义国家苏联的矛盾。这些矛盾使资本主义各国的阵营日益削弱，到了 1929 年世界经济恐慌，资本主义呈崩溃现象。为了挽救自身的灭亡，资本主义各国出现了财政资本专政的法西斯政权，打倒了议会制度，用武力对内压迫人民，对外侵略别国土地，随时以最强暴的手段掀动战争。法西斯是有世界性的，除了

① 本文是吴玉章在成都各界代表茶会上发表的演讲。

74

意大利、德国和军阀主义的日本而外，一切资本主义国家都多少有法西斯的存在。法西斯的国家首先是德、意、日，它们的侵略是一致的。1931年日本强占了我国东三省；1934年至1935年，意大利就吞并阿比西尼亚；接着1936年德、意援助西班牙法西斯叛国的事变也发生了。德、意、日结成了侵略阵线，法西斯在世界猖獗起来，战争的危险日益威胁全世界。在战后得了好处的国家，如英、法、美，为了保护自身已得的利益，已结成了维持和平的和平集团。这些国家，在国内不分党派，不分阶层团结成坚固的反法西斯的阵线，在国际便以集体安全来维持世界和平，反对法西斯的侵略战争，也结成了国际的组织。最近德国以日耳曼民族统一的口号，并吞奥国，威胁捷克，造成世界和平的重大危险，只是靠了捷克和法国和苏联的互助协定，靠了英国所表示的坚强态度，使德国不敢动手。但是法西斯是不会放弃冒险政策的，一有了机会，它随时都可以使用武力挑动战争。在这一切法西斯侵略事件中，中国的问题算是最严重的一个。中国有一千一百万平方公里的土地和四万万五千万的人民，假使日本吞并了中国，它就不但可以独霸远东，而且可以威胁世界。中国被日本灭亡时，英国在远东的利益就根本丧失，澳洲和印度也将不保。日本天天嚷着进攻苏联，日本占领中国，无疑是苏联的重大危险。只有中国抗日成功，日本法西斯的危险才可以解决，欧洲的法西斯才不敢十分乱动，世界和平也才可以维持。现在世界对中国的抗战一致重视，一致重视援助，因为他们认识了中国的斗争也就是他们的斗争，中国的任务也就是他们的任务。战后虚弱的资本主义国家是恐惧战争的，而法西斯却天天以战争威胁他们。他们要打击法西斯，就只有援助首先勇敢抵抗日本法西斯侵略的中国。我们的抗战并不孤独，我们是有十几万万人民的援助的。

二、我们的抗战形势

今天很光荣地得有陈静珊将军①在座。陈将军在抗战中的战绩和王铭章将军的壮烈牺牲，以及上海宝山城的牺牲到最后一人，八百壮士的困守危楼，都是我们抗战精神的伟大表现，是使全世界人士钦佩景仰的。我们抗战中的军队，不管它过去是怎样的系统不同，作战都一样勇敢牺牲，表现出宝贵的民族精神。我们的抗战好像一次一次的比赛，精神是不断地提高。我们的空军从作战以来，一次比一次表现得更好。我们已停止兄弟阋墙，结成共同御侮的统一阵线。这是我们抗战胜利的最大把握，也是日本最怕的事情。……②在抗战中我们的团结日益加紧了，我们的武力日益加强了。我们决无缺乏外援之虞，自开战以来，英国军火不断从香港运来，不管日本对英国多少次的抗议，这一军火运输从未中断，除非日本进攻香港，占领广州，不能阻止这种接济。然而日本今天绝不能够飞也没有力量进攻香港，更不能占领广州。国联虽不能自己实行对日本有效裁制，但它允许了各个会员国自由以实力援助中国，抵制日本。至于苏联的有力支持中国，更是大家知道了的。前星期，蒋委员长在纪念周上也曾明白指示，我们要同苏联更亲密地合作。又说，就是日本今天归还了我们几省土地，都不能停止抗战，我们只有坚决抗战到底，争取最后胜利与最大的胜利。这些话指示了我们必须联合以平等待我的国家抗战到底，日本是不能应付我们的长期抗战的。还在去年开战的时候，就有德国人计算出来，日本每日的战费是一千五百万到三千万，一个月要九万万元，日本的全部武力原是以三分之

---

① 陈静珊，又名陈离，川军爱国将领。
② 此处略有删节。

二对付苏联，三分之一对付我们的，但早已超过了。一切事实指示出我们抗战是有光明前途的。广大的土地、众多的人民、英勇的战斗、统一的意志、有利的国际环境和敌人无法克服的弱点，一件一件都是我们胜利的指标。失地是不要紧的，失地的民众已经拿起武器和敌人作战了。我们的团结不懈，胜利一定是我们的。这绝不是愿望，而是经过冷静研究和事实证明的真理。我们不但可以驱逐日本法西斯的军队，而且可以在抗战中建立我们独立自由的、幸福的新中国。

三、统一战线问题

抗日的统一战线是以国共合作为基础的。国民党和共产党是中国最大和最有力的政党。过去确曾发生过武装斗争。但为了若干年国难日益严重，威胁了民族的全体生存，在卢沟桥事变之后，国民党国民政府号召各党派代表到南京开会，讨论国是，实行共同抗日。十一月以来，用这种统一行动造成了今天抗战的光明前途，得到全世界的同情和信任，证明统一阵线是中国抗战胜利的把握。今后只有更努力去巩固和发展它。目前小小的摩擦是有的，但这是可以克服的。因为这些摩擦是由下列三种原因而起：第一是误会；第二是残余的成见；第三是敌人的挑拨离间。只要大家开诚布公，误会是可以克服的；只要大家深切地觉悟，成见是可以化除的；只要大家亲爱精诚地团结起来，敌人的挑拨是绝不会生效的。我在武汉曾见过蒋委员长，我看见我们各党各派的领袖是非常亲密地团结在最高领袖的领导之下，认定统一阵线的前途必然是巩固的。中华优秀民族、黄帝子孙，世界最古文明的国家，这绝不是偶然的。鸦片战争以来的一百年，我们痛心疾首，切望着民族解放、国家独立、民众幸福。真心爱国爱民的人，想做民族英雄的人，绝不会因小失大，绝对会尽全力以巩固和扩大这个统一阵线。

各位先生，各位同志们，这是什么时代，是民族解放与复兴的时代，是全世界被压迫者翻身的时代。中华民族不但发动了自卫的神圣战争，也做了世界反法西斯和平阵线的先锋，这是十分光荣的历史任务。全世界同情和信任我们，我们首先打倒了日本帝国主义之后，一定可以用和平手段废除不平等条约，取得绝对平等的国际地位。我们有历史上所无的团结统一，我们有广大的土地、英勇的将士、聪明的人民，我们具备了一切战胜的因素。哪怕寇深国危，我们的精神不渝，一定能够胜利建设起新的中国。

在龌龊的社会里，还要学习人品①

1946 年 4 月

本来陶先生（陶行知）、李先生（李公朴）约我好几次，我因病没有来，今天听到各位同学的总结报告，心里很高兴，很感动，在短短第三个半月中有这样的成绩，真是难得。

我们常说文化教育要大众化、民主化、自由化、科学化，在解放区已经照着做了，但大后方做起来却很困难，这还是一个政治问题，中国的教育制度，几十年来完全是抄袭欧美的，尤其是日本的，这完全是一种统制式的教育，所以直到现在中国的教育，还只是有钱的人才能享受，所教育的也并不是为了人才，现在就有好些人才不是学校出来的。而目前呢？连大批特务也钻到学校里捣乱起来了，我们试问教育是为了教好人呢，还是教坏人？不客气地说，官办的教育就是害人，陶先生多年来办的生活教育是一服救药，尤其计划中的八百万社会大学学生，更是对症下药，八百万对于四万万来说，虽然还少一点，但这是重要的第一步。

----

① 本文是吴玉章在重庆社会大学发表的演讲。

这一种社会大学，可以使得老老少少男男女女，有职业的，无职业的，都可以来学习，同时也可以把教育提高到和穿衣吃饭一样的重要。这一种学习的方式对于学生固然很方便，因为他不必丢开了工作而死板板学习，也不致被资格关在门外，哪怕是不识字的还是可以来读。在教授方面也不会受到无理的苛求，只要他研究那一门，就可以来担任那一门，这样学生来学是自愿的，不是来敷衍，不是来弄文凭的。教授来教呢，一方面可以传授自己的心得，一方面也可以从这里得到检讨。

社会大学是改造社会的一个基础，我们对它只有祝颂。所要向各位贡献一点的，就是我们不仅要学习技术，同时我们也要学习人品。现在的社会是龌龊极了，在这里面生活，难免要沾染一点坏习惯，所以我们要发动自我批评，在这个社会里，没有自我批评，就是没有改造社会的武器。

另外，刚才听到各位同学报告，大家对于哲学方面都很感兴趣，这是很好的，我们有了正确的立场，做起事来，也就有了信心，对事情的发展也就有了远大的认识，纵然在黑暗中，我们也能看见光明。所以你不要看有些反人民的家伙，好像是干得轰轰烈烈，到头来还是会给人民推下台来的。

陶先生主张改革中国文字，我是研究中国文字拉丁化的，抗战期间由于物质条件的困难，没有继续推行，将来希望能跟同学们共同研究。

朱希祖
（1879—1944）

生平简介

　　朱希祖（1879—1944），字逷先，又作迪先、逖先，浙江海盐长木桥（今富亭乡）上水村人。国学家、史学家。1906 年入日本早稻田大学攻读历史。1908 年在东京与鲁迅同随章太炎学习《说文解字》。1909 年归国后在浙江两级师范学堂任教。武昌起义后，被推选为海盐县知事，半年后辞职。1913 年赴北京参加教育部国语读音统一会议，后受聘于国立北京大学，同时兼任清史馆编修。1920 年底与郑振铎等发起成立文学研究会。1926 年改任清华、辅仁两大学教授。1928 年返回北大，任史学系主任，并发起成立中国史学会。1930 年入中央研究院，任研究员。1932 年任中山大学教授兼文史研究所所长。1934 年受聘为中央大学（今南京大学）历史系主任，同年任古物保管委员会主任。1935 年、1936 年任高等考试典试委员。1937 年中央大学西迁，他也随校入蜀，先后担任国使馆筹备委员会总干事、考试院考选委员会委员等职。1944 年 7 月因肺气肿病发，逝于重庆。主要著作有《中国史学通论》《明季史料题跋》《汲冢书考》《六朝陵墓调查报告》等。

两汉文艺概论①

1928 年

两汉文艺，有南北两派之别，内容甚为复杂，非一二小时所能罄述。今就其用字造句一端，分为南北两大派，列论于下：

北派多散文，南派多骈文。春秋以前，中国文学，北方极盛，大抵句调参差；春秋以后，南方文学始发达，句调较为整齐。盖散文求其真，骈文求其美，故就历史上观之，散文乃发生于北方，而骈文则发生于南方也。迄于秦汉，南方地方扩大，土宇统一，南人欲知北方文学，故必研究古训；北方则语言多合古训，于此不甚注重。然南人因研究古训，为文乃喜用古字，流为风气；北派则反是，其作文以合乎实用为主。

南派以司马相如为始，而以北人学南派之班固为殿；北派以司马迁为始，而以南人学北派之王充为殿。

司马相如，蜀人也。为文好用奇字，盖相如深通小学，明于古训（作《凡将篇》，见《汉书·艺文志》），故其所作赋颇多难识之字。《郊祀歌》十九章，亦大半为其所作，当时通一经者不

___

① 本文是朱希祖于1928年寒假在北京平民大学发表的演讲。

能读，多汇集五经家乃能通之，然此犹就其韵文言之耳。至其散文，若《封禅文》，若《上书谏猎》，若《谕巴蜀檄》，其句调多整齐近骈，其用字多饰以古义。如"深恩广大"之为"湛恩庞鸿"，"设官治事"之为"展采错事"，"悦怿"之为"闿泽"，"广散"之为"曼羡"（皆见《封禅文》），其例不胜枚举。然相如虽泽古好骈，但句调均自创造，所谓自铸伟辞，不事模仿，此其所长也。

汉武帝嗜文学，读相如文，谓恨不与生同时。及相如入长安，武帝常令其视草，盖尝慕其文而学之也。然武帝不谙小学，而欲泽古，其造句用字，乃不得不模仿古书，运用成语。观武帝之诏令，润色诗书，与高、惠、文、景之诏令殊异。其册《三王文》，模仿《尚书》，下开扬雄潘勖之风，此显而易见者也。

扬雄亦蜀人，其辞赋皆拟相如，亦深通小学，著有《训纂篇》及《别字》十三篇（见《汉书·艺文志》），《别字》盖即《方言》，故其作文，亦好用奇字。其辞赋乃近乎骈丽之文，无论矣。《法言》已学北派之散文，然仍好用奇字，如《法言·序》之"蠢迪检柙"即"动由矩规"，"倥侗颛蒙"即"无知顽愚"。《法言》本文中，句调虽似《论语》，而奇文怪字，例不胜举。不特此也，雄之造句，专工摹古，辞赋拟相如，已言之矣；他若《反离骚》摹屈原，《百官箴》摹《虞人箴》，《解嘲》摹东方朔《答客难》，甚至《太玄经》摹《易》，《法言》摹《论语》，此又文艺之一变也。

至于后汉，如班固者，本为北人（扶风安陵人），仿《史记》作《汉书》，而其为文，亦喜用古字，好为骈文，且工摹拟。盖固亦深通小学也。《汉书·艺文志》言扬雄作《训纂篇》，"顺续《苍颉》，又易《苍颉》中重复之字凡八十九章，臣复续扬雄，作十三章，凡一百三章"，《隋书·经籍志》所载班固《太甲篇》

《在昔篇》，盖即在十三章之内。其辞赋中好用古字无论矣，即其《汉书》，亦多用古字，《后汉书·曹世叔妻（名昭，即曹大家）传》云："时《汉书》始出，多未能通者，同郡马融，伏于阁下，从昭受读。"足见其字义难通矣。固生平最喜司马相如、扬雄文，不特其赋模仿二人，即其散文及《汉书》序论，亦皆模仿之。试读相如、扬雄之散文，与固文声调节奏，大抵相同，而其《典引》之摹拟相如之《封禅文》，扬雄之《剧秦美新》，《答宾戏》之摹拟扬雄《解嘲》，犹显而易见者也。——以上南派。

司马迁生于夏阳龙门，时相如为文，好有奇字，武帝为文，润色诗书，艰深之尚，拟古之端，已由此而启。迁乃一反其所为，造句参差不齐，纯任自然，用字贵乎合时，不尚笃古，重创造，而非模仿，颇与司马相如相同。观《史记》所述唐虞三代之事，其涉于《尚书》者，往往以通用之文，易古语，或以浅显之词易奥义，言明且清，而不失本旨：如"允厘百工，庶绩咸熙"（《尚书·尧典》），易为"信饬百官，众功皆兴"（《史记·五帝本纪》）；"允迪厥德，谟明弼谐"（《尚书·皋陶谟》），易为"信其道德，谋明辅和"（《史记·夏本纪》），此所谓易古语也。"曰：明明扬侧陋。师锡帝曰：有鳏在下，曰虞舜"（《尚书·尧典》），易为"尧曰：悉举贵戚及疏远隐匿者。众皆言于尧曰：有矜在民间，曰虞舜"（《史记·五帝本纪》）；"下民昏垫，予乘四载，随山刊木，暨益奏庶鲜食"（《尚书·皋陶谟》），易为"下民皆服于水，予陆行乘车，水行乘舟，泥行乘橇，山行乘檋，行山刊木，与益予众庶稻鲜食"（《史记·夏本纪》），此所谓易奥义也。试以《尚书》与《史记》对读，其例甚多，不胜枚举。近开王充指意难睹之戒，远启韩愈词必已出之条（唐李商隐《韩碑》诗云："点窜尧典舜典字，涂改清庙生民诗。"正谓韩愈学《史记》耳）。其启迪后人之功，盖非浅鲜也。

至于汉后，如王充者，本为南人（会稽上虞人），而其作文主张颇与司马迁相似。作《论衡》八十五篇，其《自纪》篇云："口论以分明为公，笔辨以获露为通，吏文以昭察为良。深覆典雅，指意难睹，唯赋颂耳。经传之文，圣贤之语，古今言殊，四方谈异也。当言事时，非务难知，使指闭隐也，后人不晓，世相离远，此名曰语异，不名曰材鸿。"又曰："笔语欲其易晓而难为，不贵难知而易造。"此反对用古字也。《自纪篇》又云："文士之务，各有所从，或调辞以巧文，或辨伪以实事，必谋虑有合，文辞相袭，是则五帝不异事，三王不殊业也。美色不同面，皆佳于目，悲音不共声，皆快于耳。酒醴异气，饮之皆醉，百谷殊味，食之皆饱。谓文当前合，是谓舜眉当复八采，禹目当复重瞳。"此反对摹拟也。自王充出，于是魏晋以后，竞以易识字为文章之科条矣。（梁沈约有三易之说，言易识字，易见事，易句读也。）——以上北派。

此两派影响于后世者甚巨。从大体言之，魏晋南北朝衍南派，多骈文，句贵自造，此司马相如之风也。唐宋元明清，衍北派，多散文，句亦贵自造，此司马迁之风也。而用古字摹古辞，自魏晋以迄清末不断。作骈文及散文者皆有之，盖各得扬雄之一体者也。

吴贯因
（1879—1936）

生平简介

吴贯因（1879—1936），原名吴冠英，别号柳隅。广东澄海人。清代举人。语言学家、历史学家。早年设塾授徒，1907 年赴日留学，就读于早稻田大学史学系，获政治学士。回国后于 1912 年和梁启超在天津创办《庸言日报》和《庸言月刊》，任编辑。1913 年任北洋政府卫生司司长、币制厂厂长。1914 年在中华书局任编辑。1916 年，袁世凯复辟帝制，他追随梁启超南下两广，揭起反袁的旗帜。1919 年任内务部参事兼编译处处长。1927 年弃政从学，任华北大学副校长兼教授，平民大学、燕京大学史学教授，沈阳东北大学教育学院、文学院院长等职。晚年曾受陈济棠聘请，多次到广东讲学。1935 年起，在天津创办《正风》半月刊，发表史论专著多种。1936 年病逝于北平，终年五十七岁。主要著作有《史之梯》《中国经济史眼》《中国经济史略》《中国语言学问题》《中国文字之原始及其变迁》等。

现于《论语》《孟子》两书中
与儒教相反之政治思想①

1928 年

儒家最重要的著作，莫如《论语》和《孟子》。这两种书可以说是儒家思想的代表。然儒家注重用世，所以政治方面的思想，实占儒家重要的地位，我们要研究儒家学说，不能不研究它的政治思想。但政治上的主张，同时必有相反的学说，非参观对照，则真理何在，没法知道。所以要研究儒家的政治思想，更不能不研究和它相反的政治思想。明白了反对的主张是怎样的，然后儒家政治思想的价值，才能确定。然而《论语》一书，由孔子的弟子们分别记录而成，《孟子》一书却是自己所纂述。两书都成于儒家之手，因此关于政治的主张，只叙自家的学说，对于反对者的议论，却以避实击虚的手段概行抹杀。虽有强固的理由并不给他转载。因此我们要研究反对者的主张怎样，资料实在缺乏。可是正面的反驳论，就可以见出反面的反对论。虽是一鳞一爪，很不完全，而借这一斑未尝不可引申来窥探全豹。所以我要

---

① 本文是吴贯因于 1928 年寒假在北京平民大学发表的演讲。

叙出《论语》和《孟子》两书内和儒家相反的政治思想。

一、荷蓧丈人的政治思想

荷蓧丈人是一个关心民物的有心人，孔子和子路也都承认他。不过古书不曾详细记载他的学说。所以自汉以来，只认他是个消极的隐逸家。其实他正是个积极的实行家。丈人的政治思想，在当时是别树一帜的。虽然《论语》上叙得不详细，但就他和子路问答一章看来，已经可以发现他和儒家主张不同的地方有三点。列论于后：

A. 丈人主张劳农自给而反对做官待哺

儒家的政治思想，是以"致君"为目的，其结局不能不作"做官"的生涯。所以孔子奔走七十二君之廷，席不暇暖，而对子贡问士，答以"使于四方，不辱君命"的话。对子张问仁，又答以"能行五者于天下为仁"。所谓"五者"：如"宽则得众，信则人任，惠则足以使人……"，这都属做官者的事情。问"士"和"仁"，和做官毫无关系，而告诉他做官的事。由这点可知儒家是把做官为生涯的了。因其把做官作为生活的中心，所以孔子对季康子问从政人物，就指出仲由、子贡、冉有几人可以从政。甚至"佛肸以中牟畔"，"公山弗扰以费畔"，来召孔子，孔子都打算去。像这种割据称雄的乱臣贼子，一纸相邀，便想攀附，如此热衷，出处之间，未免太苟且了。虽说孔子有可经可权之才，就和他周旋，未必就为权奸所利用；但寻常之士，辗转仿效，把从政作生活的根本而不顾其他，流弊所及，使拜官主义，浸淫于文人学士的脑中。凡能给我以官，虽赤眉、黄巾，皆可上表劝进。或则北走胡南走越，做顺民以事外国，亦觉无可无不可，不必客气。这是儒家末流所必然的弊端！

荷蓧丈人眼见当时以做官为谋生的，人格日趋污下，所以起来倡劳农自治主义，希望因此挽回颓风。他对子路所问"子见孔子"一段，特意严词告诫他说："四体不勤，五谷不分，孰为夫子？"他的意思，以为当时风气之坏，实由为士者不以劳力谋生而以做官为生的缘故。一方面既启钻营奔竞的风气，使政治污浊；一方面又使说客游民，日见滋蔓，国民经济，因此涸竭。中国地大物博，农业很可以做生活的源泉，故亲自耕稼，"植杖而耘"以示子路，是想把劳农自给主义替代做官待哺主义。假使他的学说盛行，人人都向田间谋生，不向宦海谋活，不但政治上可为国民提高人格，而经济上亦可为国民发达富力，这真是一种高尚的理想。

B. 丈人主张人民自治，反对君主代治

儒家以尊君为政纲，故说国家不可无君，无君则国不治。而且把君臣之义，列入五伦，这就是儒家的政治思想。荷蓧丈人反对君臣之伦，要把民治代替君治，虽《论语》不肯详载他的学说，但就子路的驳论看来，知道他确抱有这种思想。子路说："长幼之节不可废也；君臣之义，如之何其废之？"子路既是把君臣不可废的话驳丈人，可知丈人定是主张君臣之义可废，因为子路把君臣的关系看同父子一样。丈人在杀鸡款待子路的时候，使二儿出见，这是知道有父子之伦了；独于君臣之义提倡废止，所以子路将此驳他，这正是"以子之矛，攻子之盾"。其实儒教政治思想的根本谬误，就在认君和父一律。因为父子是血统的关系，这是由天性而来，应随人类以终始；君臣是政治的关系，是由人事而来，应随时代而变迁。儒家认君和父为一体，臣和子又为一体，因此四冲八撞，不能突出政治的难关，要把这个反驳丈人，正像以卵投石，岂能攻破。而且儒家说国家不可无君，考察历史，这话更不能成立。现在欧洲德、法、俄、瑞等国，都没有君主，其国何以存在？南北美洲许多共和国，亦未有君主，又何以存在？十六年来的中华民国，亦未因没有君主，而不存在，但

89

此还属近代事情。雅典当共和时代，本无君主，而国家何以很强盛？罗马当共和时代亦未有君主，何以也非常的强呢？所以子路要将"尊君论"攻击丈人的"废君论"，不过一时环境所拘的谬见而已。实则民治代替君治，是人类进步应有的产物，由政治进化史上看来，我们不能不左袒荷蓧，尊为我国的先觉。

C. 丈人主张不仕以抗暴政，而反对出仕以助虐政

君主的作恶，并非他自身有万能的力量，实因有人做他的爪牙，才能逞其淫威，蹂躏生民。譬如虎豹狮象所以能伤害人类，乃因人类的体力，不足和它抵抗的缘故。假使所谓暴君，仅单独一人和人民为敌，那么一个人的力量，也就足以打倒他了。但因有一班不肖官吏，助他作恶，于是暴君的势力，始猖獗起来，至于才俊之士，所以热衷于做官，实由儒家对于仕进的鼓吹。如说："古之人三月无君则吊。"又说："士之失位，犹诸侯之失国家。"儒家既以做官为安心立命的基础，于是凡所谓"士"，皆与"仕"为缘。然而人人都要出仕，以媚惑一人，在专制的君主，因此得乘机操纵，施其作威作福的计划，这便是虐政的本源了。

荷蓧丈人知道当时政治的症结，就在"士"和"仕"为缘，于是大唱下仕主义。他的意思，假使为士者，人人不吃官饭，退而为老农，不难团结民力来抵抗暴政。这种主张，虽《论语》未尝明白载出，但也可以由子路所说的反面看出来。子路驳丈人说："不仕无义。"子路驳论，既是以仕为义，可想丈人的主张，定是以不仕为义了。假使当时没有儒家和丈人作梗，不仕的主义，能够风行于海内，所谓才俊之士，人人弃官归农，那么君主变为独夫，国民革命的成功，或当早见于二千年之前了，还待20世纪才提倡吗？印度的甘地倡不合作主义，唤醒印人，为全球讲平民主义的人所崇拜。岂知荷蓧丈人的不仕主义，也就是一种不合作主义。我们想提倡不合作，来抵抗暴政，与其借外人的甘地

来号召，不如借先觉的荷蓧丈人更好。荷蓧丈人当留宿子路，挑灯夜谈时，对于政治，定有详明而且重要的主张，所以第二天子路回去把丈人的话，告诉孔子时，孔子急使子路回见丈人。可惜当时门人记载此事，未曾请求子路，详述丈人的主张。我们现在读《论语》到了这一章，觉得未能窥见全豹，深为憾事。但就上述三点观之，可知荷蓧丈人，实是一个政治哲学大家。

二、接舆及长沮、桀溺之政治思想

接舆曾警告孔子说："往者不可谏，来者犹可追，已而已而，今之从政者殆而。"这也是抱一种不合作主义，希望儒家赞同这个主张，脱离政界的生活，而营社会的生活，借此孤单恶政府的势力。至于长沮、桀溺，"不仕而耕"，他的"重农主义"，正与荷蓧丈人一样。桀溺说："且而与其从避人之士也，岂若从避世之士哉？"孔子历登七十二君之廷，以为乃择贤而事，不滥助恶君之故，似可自圆其说；然而滔滔者天下皆是，哪有好君主呢？所以桀溺的意思，避人不如避世，这是他别有一种理想。他的心目中在梦想一乌托邦，以为避去这个浊世，就可求得一理想的乡村，来营养理想的生活。他们两人共耕，正表示人类平等，无有君主的压迫，如"不出粟米麻丝以事上则诛"的弊端。后世陶渊明亦曾有这种梦想，所以《桃花源记》，就是写他理想的境界，理想的生活，想借这乌托邦，试验他美满的社会主义。现在中国乱机四伏，全国皆兵，"朝避猛虎，夕避毒蛇"，疆域虽大，无可容身。假使有可以躲避祸乱的安静地界，我想四万万人都不愿从避人之士，而愿从避世之士如桀溺者，同入桃花源乌托邦了。

欧洲人也有抱这种理想的，法兰西人贾璧（Cabet）著有《意那利亚航海记》，描写一个理想的乡村，许多读者几疑世界上真有这个安乐国。后来贾氏要实现他的理想，在美国某州，买了百万爱克（英亩）的地方，召集同志六十九人，想在那个地方建设一理想的新村。这正与陶渊明梦想桃花源的境界，借此引起一班希望乐土的人，从他避世一般。然而追溯避世主义的创造者，不得不以桀溺为鼻祖了。

当时荷蓧丈人、长沮、桀溺等人，所以攻击儒家的，以为儒家不从事职业，只是求食于人，与游民无异，所以提倡"实业食力主义"，来打倒儒家的"虚业待养主义"。以后这种学说渐占势力，孔门弟子亦有被它所冲动的。如樊迟请学稼，孔子答以"吾不如老农"，又请学为圃，孔子答以"吾不如老圃"。樊迟所以愿学农学圃，实已倾向"重农主义"，知"虚业的士"必须兼做"实业的农"，才可以安生活的基础。但孔子答以不如老农、不如老圃，虽说他的志气大，不愿亲操末艺，终因攻击的人，逐渐多起来，也就不能不受影响。所以经达巷党人的讥笑，乃有"吾何执，执御乎，执射乎？吾执御矣"的话，知道职业是不可少的，想操一糊口之技，以免却游民待养的讥讽。现在"职业政治""职业选举"的论调，已成为20世纪最有力的政治学说。然而上溯源流，为这种政论最先放一曙光的，正是荷蓧丈人啊。

三、许行的政治思想

以前所讲的，是春秋时代的政治思想，现在要讲到战国时代的政治思想了。

许行是战国时代"重农学派"的巨子，他的学说，在社会上亦很占势力，所以从楚国到滕国，有门徒数十人，和他同进退。陈良的门徒陈相和他的弟弟陈辛并且很远地从宋国前来，抛弃以前所学，来师事许行。由此可知许行学说的价值了。许行在重农学派的地位，本属相对的创作者，但恐没有可征信的证据，学说不容易发展，所以他提倡"并耕"，必远托神农，和孟子"道性善"必远托尧舜，都是一种利用偶像的政策。许行学说的要旨，是认劳农为人生的天职，不劳而食，就是惰民。社会对这班寄生虫应该讲究防疫的政策。劳动的事业，以农业为最正当，其次则属工业。至于策士和说客，高谈阔论，不从事生产，只知蚕食农工，应该在排斥之列，不得借"劳心者治人"的话替这班高等游民辩护。许行的主张正和儒家立于相反的地位，所以孟子抨击他。虽然在孟子书上，关于许行有理由的主张，都被略去不载，但我们就孟子的驳论和学术看来，许行的学说，实有不可埋没的精义在。现在列论于下：

A. 许行主张官吏应为义务职，使官不病民，民不腊官

孟子主张"劳心者治人，劳力者治于人"。他所谓劳心，就是专指君主和官吏，其实劳心的并不全是做官。譬如新闻记者和教员，也都是劳心。建筑工人，虽是劳力，但工程师须计划如何建筑，这也是劳心，不是劳力，孟子对于劳心的解释，未免太偏了。因孟子那样一提倡，于是乎一般读书人都希望着做官。在中国做官本来事甚简便而薪俸优厚，已经足以启人的侥幸心了，所以不肯劳力的人，都存着猎取官吏的念头。这就是官吏的数目所以增加，和人民的负担所以越重的缘由啊！当孟子游说列国时，高车驷马，随从如云，每到一国，诸侯都送他很厚的礼物。齐国送他"兼金"（据朱注，兼金是价值兼倍于平常的好金）百镒（《淮南子》：以一镒为一金重一斤），宋国送他七十镒，褊小如薛国，亦送他五十镒，齐宣王甚至有享以万钟之议（一钟六斛四斗）。官的可爱如此，那么凡是能够摇唇鼓舌、舞文弄墨的人，安得不一心希望着呢？然而国家的财政，因此大膨胀了。稍能活动的人，都以为从事实业，将来无法应付官吏的诛求，不如改头换面，趋到做官一途，还可以掠夺民财来养活，不必劳力来养人。祸害的驱迫，和权力的诱惑，就造成弃民就官的风气了。一般读书人在窗下苦读时，已存着做官的梦想，口头上虽说要"致圣主于尧舜"，而目的都在博"裘马之轻肥"。这种思想，弥漫全

国，使人人都成为分利的人，而没有生利的人了，国民经济，还有发展的希望吗？许行观察当时的政治现象，以为儒家"重禄劝士"的政策，若任它蔓延，不但会酿成政治腐败，且足以促经济破产。为铲除这种弊害起见，于是提倡"并耕"，以为替国家服务的，无论为君的或为宰相的，都应作为名誉职，不支薪俸。至于普通官吏，更不必说。所以他规诫滕文公说："贤者与民并耕而食，饔飧而治，今也滕有仓廪府库，则是厉民以自养也。"假使当时没有孟子作梗，滕文公能采用他的学说，使政府不虐待人民来养活自己，废去官俸，无论哪种官吏都属名誉职；且同人民一同耕田，各谋生计，那么国家的岁费，可以减少十分之七八。替人民解除了这项重大的负担，国民经济的发展，当然一日千里，这种民主政策，岂是后世借减租薄赋来市恩的，可以和他较量的吗？而且按此进行，凡是做官的，都因爱国而来，不是为着俸禄。那么仕途的澄清，当比玉泉山天下第一泉还要透彻了。做官的既然不虐取民财来养自己，在人民当然也神明一般地尊敬做官的了。在这种政治之下，人民绝对没有"斩木揭竿"来打倒政府的事，所谓国家万年太平的基础，就是这个了。这种"治人不食人"的政治，比较孟子"治人者食人"的政治，清浊的差度岂止万里？

许行这种政策，虽然事实上不容易实现，可是现在各立宪国的自治团体，职员多采名誉职制度，就是英国的国务总理，亦是名誉职，并无官俸（但若兼做财政总裁，则支财政总裁的薪俸），这个正合许行的学说。而且这种政治学说，说他理想太高还可，但孟子比他为夷狄，未免类于"桀犬吠尧"，太昧于政治原理了！

B. 许行重农工而轻商贾，但只反对垄断市利的买卖，并不反对互通有无的交易

许行的经济政策，以农业居生产的第一位，但一国土地有

限，而城市和乡村的人口分配，疏密往往大相悬殊。许行知道不能驱使全国的人，尽数从事农业，所以将工业来辅助农业。苏俄当革命时代，不承认商人阶级的存在，以后觉得不好，才实行新经济政策，许行仅反对市侩，并不绝对反对商业，比苏俄高得多了。许行在滕国时，和他几十个门徒，以捆屦织席做生活。农工并重，正是许行关于经济政策的根本思想。但许行所谓生产事业，虽不包含商人，但并没有反对交易。近今社会党人，为注重农工，竟主张禁止商人贸易，这未免太趋极端，往往妨害人民实际的生活。苏俄试行的失败，可作殷鉴。许行以为经济原则，在乎畅通，最怕阻塞。垄断市利的奸商，固然应该打倒，但交换有无，这却断不可废。所以主张以粟米交换械器，不必以一身兼备百工。就陈相和孟子的问答看来，知道许行虽必衣褐，但无须自己织布，可以把粟去交换，虽必戴冠，也无须自己织冠，可以把粟去交换；至于釜甑以及其他的铁器，都是日用必需的东西，但都可以把粟去交换，不必亲自制造。由此可以知道许行的经济政策，不但认农产物是生产的根本，并且认为兼有货币的作用了。试考察货币的历史，在古时候多以米粟当作货币。周官旅师职"掌聚野之锄粟屋粟间粟而用之"。管子"谷贵则万物必贱，谷贱则万物必贵"。周朝初年和管子那时代，都是以粟米兼作货币之用，故粟价和物价，常立于相反的地位。许行生于战国时代，当时社会的经济，还在幼稚状态中，而许行又主张以农业为生产的根本，那么把粟米兼作货币，当然不致有大害，但许行以为既然有交易，就不必以耕兼作百工，这是就经济方面立论。孟子驳他说："百工之事，不可耕且为。""治天下岂可耕且为？"是把经济论和政治论，混为一谈了。这种比附，未免不伦不类。无论何人，绝不能终身都做官。有政治活动时代，亦有经济活动时代，以经济活动时代余下的钱，补充政治活动时代之用，未尝不可；

若说义务职绝对不可行，那是把官吏看作商业，专发挥人类的恶德，不提高人类的美德。这却是政治家所不该说的啊！

C. 许行主张划一市价，以防资本主义的流弊

商业上的恶德，就是把基础建筑于资本主义之上。所以垄断居奇，操纵物价，使一般人民受其逼胁，生活不得安全，这就是社会党人所以谋推倒商人阶级的意思。许行以为要铲除商业上的弊端，第一招就在于划一市价，所以主张："布帛长短同，则价相若；麻缕丝絮轻重同，则价相若；五谷多寡同，则价相若；市价不二，则国中无伪，虽使五尺之童适市，莫之或欺。"既然不能上下其手，以欺罔市利，那么商人阶级，虽还存在于社会，亦就没有大害了。许行这种经济政策，施行时能否没有弊病，固然还待研究，可是重农工而轻商业，持论实有一贯的精神。孟子将"巨屦小屦同价，人岂为之哉"的话驳他，这样地非难，可谓牛头不对马嘴了。因为许行只说屦的大小相同，价格才一样，没有说大小不同，也是一样的价格。若说画〔划〕一物价，其事绝对不可行，那么今日各国的百货公司（Department store）货物的价目，都是一定的。凡属同种类同分量的东西，都划一卖价，这正是"虽使五尺之童适市，莫之或欺"的办法。孟子疑它不能行，可惜当时没有此项商店，可作佐证。假若孟子生在现代，得见上海的永安公司、先施公司和北京的一五一公司，那他或也承认许行的理想，不难实行，而自己的驳论，倒未免少见多怪了。

而且许行的"重农学说"，到现在还有不可埋没的价值，因为他能始终贯彻重农的宗旨。欧洲当18世纪时代，亦曾发生重农学派。首先提倡的是法国人宝牛伯（Boisguillebert），但欧洲的重农学派，把农业当作国富的源泉，所以主张征收"土地单一税"，而豁免其他租税。结果名为重农，实则反为苦农。许行是主张"君相和人民并耕而食，饔飧而治"。废除仓库府库以减轻

民的负担，他重农的宗旨，首尾一贯，这是他较优于欧洲重农学派的第一点。欧洲的重农学派，认为工业商业都不是生产；许行虽轻视商业，但对于工业并认为生产。所以和他门徒捆屦织席来养活，农工并重，不但是合于经济的原理，亦可以促产业的进步，这又是他较优于欧洲重农学派的第二点。欧洲的重农学派，发生于现代，它的学说，尚有很多弱点；许行生于二千多年之前，他细密的地方，尽可补欧洲重农学派的缺点，思想如此精辟，我虽不好古，对于许行却不得不有崇拜古人的诚意了！

许行的学说，还有应注意之点，就是他的经济政策，是要依照人民自治的能力来施行的，而不愿政府干涉。苏俄十月革命之后，土地收归国家公有，工业收归国家经营，甚至人民的生活资料，亦由国家分配，行极端的集产政策。结果全国经济，呆滞而不活动，反妨害人民实际的生活，这是干涉政策的罪过。许行却是主张将粟米交换械器，可由各人自由交换，不必劳政府的干涉。自由生产，自由贸易，不必国家负经营和分配的责任。他对经济政策的运用，是采取分权制，不采集权制。可以减轻旧阶级的反抗，而且照此施行，人民得以解放，政府不能干涉。就发扬民治之点来说，比苏俄实在高得多多了！

孟子驳许行说："尧舜之治天下，岂无用其心哉？亦不用于耕耳。"其实尧舜虽然不暇耕田，但未尝虐取于民间。试观察尧舜的生活，所谓宫室，是"茅茨土阶""朴桷不斫""素题不枅"。没有像秦时的阿房宫，汉时的建章宫，那样五步一楼、十步一阁的讲究。他的衣食，是"纯衣黎藿""饭于土簋"，衣破了才换过，没有像后世的帝王"玉食万方，品必八珍，衣不重浣的奢侈"。他的臣子禹，亦像孟子所说，"八年在外，三过其门而不入"，胼手胝足，劳苦甚于耕稼。到了登帝位时，依然"卑宫室，恶衣服，菲饮食"。所以孔子称赞他说"吾无间然"。当时的官吏，哪有立谈之间，就获得"兼金百镒，美禄万钟"呢？而且许行"政论"的根本，在乎"君相不得厉民以自养"，而他生活的来源，可以不问。所以许行虽是主张重农，但以捆屦织席为业，生活的根据，实在于工业，原不必专限于耕。假使政府官吏，不取民财来养自己，那么他所借以生活的，可以从农，亦可以从工。若是已经有了财产，足够使用，就不农不工也可。这是许行持论的本旨，孟子对于当时各国诸侯建筑仓廪府库，厉民自养一层，置之不论，但将"无暇耕"的话驳许行，这是弃根本而就枝叶。譬如"蚍蜉撼大树"，欲将此推翻许行学说，那真难了。

孟子的驳论，还有一可笑之点，孟子说陈相从许行学，是"用夏变夷"。他所谓夷夏之界，就是指北方为夏，南方为夷，这种乡土的谬见，岂有辩论的价值。孟子又说："陈良楚产也，北学于中国，北方之学者，未能或之先也。"像是把中国的文明专限于北方。其实当孟子那时候，南方的学者，已经很多。就是远考古代，如汉族所用的五刑，是创自苗族的。书《吕刑》："苗民弗能灵，制以刑，唯作五虐之刑曰法。"既然名作法，当然不只仅有刑名，定然更有法典了。这种法律，是世界最古法系之一，发明的人，乃是一南方的苗族，并非北方人。又中国金属武器，多发明于苗族，历史书上有"蚩尤好兵喜乱，作刀戟大弩"。又《山海经》有"蚩尤作兵，伐黄帝"。《管子·地数篇》："蚩尤受金作兵。"《史记·五帝纪》《正义》，引《龙鱼河图》曰："蚩尤兄弟八十一人，并铜头铁额。"实则头戴盔胄。汉族原没有这种东西，所以疑是铜头铁额。由这几点看来，蚩尤所发明的武器，计有三种：一是刀兵戟，这是用来冲锋的。二是弓弩，这是用来射远的。三是盔胄，用来自卫的。发明的，都是南方的蚩尤，不是北方的人。我以为论政衡才，应当根据真理，不能拘泥于乡土的见解，也不能专以成败论是非。譬如犹太虽亡，耶稣不可埋没。印度虽亡，释迦不可埋没。中国古代，南方的民族，虽给北方民族所征服，但它所发明的文明，不能一概抹杀，反叫它蛮夷。从前章太炎曾评论某君说："某君北产也，南学于上海，南方之学者，未能或之先也（原文清末曾登上海报，今不能记其首尾）。"孟子说中国学术的中心点，在于北方，而南方乃是蛮夷。太炎说中国学术的中心在于南方，北方为落伍。这都是存有地域的偏见，所谓未免为乡人。孟子把乡下人的眼光，来批评许行带有革命性的"劳农学说"，安能不像"蜀犬吠日"惊为不经之谈呢？

孟子说："以天下与人易。"天下可由君主一人授受，是把天下看作君主一人的产业了。所谓"普天之下，莫非王土"，这是儒家政治思想的根本错误。许行主张君民并耕而食，饔飧而治，不但看"天下为公"，不是君主私有的，而且提倡平等，替政治开一最高的理想境界。一公一私，一陂一平。两相比较，许行的政见，的确比孟子高明得多了。

四、杨朱墨翟的政治思想

孟子对杨朱和墨翟的驳论是："杨氏为我，是无君也。墨氏兼爱，是无父也。无父无君，是禽兽也。"这种驳论，到底是否合于真理，却有两个先决的问题：

A. 禽兽是不是无父无君的？

我不是生物学专家，禽兽的伦理究竟怎样，不很明白，但就所知道的说，禽兽中的鸽，是一夫一妇的，小鸽当然知道有父亲；非洲的大猩猩，也是一夫一妇，也知道有父母；水底的巢鱼也如此。照这样看来，禽兽未必没有父亲，昆虫类中，蜂有蜂王，蚁有蚁王，它们拥戴君主，和专制时代的人民一样。昆虫尚且如此，能说禽兽中一定没有君主吗？人类以外的动物，既然不少有父亲有君主的，孟子竟武断地说禽兽是"无父无君"，不但他的政治论不合逻辑，关于生物学上的学识，也就太缺乏了。

B. 无父无君的是不是禽兽？

（1）关于无父一层，不能不知古代婚姻的状态。人类的婚姻史可分作五个时期：第一期是杂婚时代，第二期是赘婚时代，第三期是掠婚时代，第四期是卖婚时代，第五期是自由结婚时代。从掠婚时代以后，妻子住在丈夫家里，夫妇的关系，至此固定，子女才从父姓，因为到了这时候子女才知道有父亲。但是当杂婚时代，男女野合，聚散无常，子女都不知道有父亲。到了赘婚时代，丈夫是住在妻子家里的，家庭中，以妇为主，一般学者称为"女性中心时代"，当时夫妇的关系，还是没有固定。所以子女，仍是不知有父亲，而从母姓。中国古代姓氏，如姚姒姬姜妫嬴姞嬛……都从女字旁，这就是子从母姓的明证。在杂婚时代和赘婚时代，事实上既然常使子女没法知道有父亲，那么个人的道德怎样和知道有父亲没有，是绝无关系的。试看古代帝王，史书上常常只记述他的母亲，而没有叙到他的父亲。如伏羲氏，历史上说他的母亲住在华胥国的小洲上，踏着巨人的足迹，意有所动，虹又绕着她，因而怀孕，生伏羲于成纪的地方；女娲氏，史书上说她和伏羲同一母亲，但没说到他们的父亲。又史书说黄帝的母亲名附宝，走到祈野地方，看见电绕北斗枢星，因而怀孕，二十四个月后，生黄帝于轩辕之丘，所以名为轩辕氏。下到商朝，《吕氏春秋》还说伊尹是由空桑生出来的，母亲还没有，何况父亲呢？这都是当杂婚和赘婚时代，他们的父亲，究竟是谁，无从查考，史家乃假托感天怀孕，或感物怀孕的话，把腐朽化为神奇，然而他们不知道有父亲，却是无讳言的。但是这班人物，后世都称为圣君贤相。就是孟子，也一样赞同。现在忽然把历史的事实，一概抹杀，强说没有父亲的人就是禽兽，未免太诬蔑古圣贤了！这是孟子的驳论不能成立的第一点。

（2）关于无君一层，当问君是否绝对不可无，孟子主张一君和基督教主张一神，迷信的程度都觉太强。孟子说"天无二日，民无二王"，但古代的斯巴达，就有两个王。孟子的一君教，从历史上观察，已经失了根据。至于说君主不能没有，那么雅典和罗马，当共和时代都没有君主。现在欧洲美洲许多共和国家，以及我中华民国，亦都没有君主。我四万万国民，除了少数前清遗老之外，从孟子的眼光来批评，都成为禽兽了。试问这种逻辑，在政治学上，还有丝毫的价值吗？这又是孟子的驳论不能成立的第二点。以上两大前提已经解决，可以进一步来讨论杨朱和墨翟学说的是非。

孟子认"为我"就是"无君"，"兼爱"就是"无父"，试问"为我"和"无君"有什么干系？"兼爱"和"无父"，又有什么干系？这种八股式的搭题，勉强牵合，未免过于突兀了。所谓"为我"，换句话说，就是自私。自私本是个人的恶德，亦是人类的通病，在帝政时代，犯这种毛病的，至少占百分之九十，未必没有君主在。而且自私的人，常想利用君主，以便达他升官发财的目的，他们承认有君主，比较平常人热衷更甚。至于一班意志清高的人，没有钻营利禄的私心，往往看不起王侯，自己看得太高，不愿做官，爱隐居山林，这才是真正无君的人。其次所谓"正直之士"，情愿做国民的公仆，不愿做暴君的走狗，往往因为谋平民的幸福，不辞"揭竿斩木""讨伐独夫"，这也是无君的人。这两种人都是大公无我，并非挟私为我，和孟子所说的话，正立于反对的地位。所以要将"无君"来攻击杨朱，未免近于深文周纳，故入人罪了。从前子贡曾问过孔子，关于博施济众的事情，孔子回答他说：这不仅是仁者的事，乃是圣人的事，就是尧舜还怕做不到。按说"博施济众"就是"兼爱"的代名词。在孔子说是大圣人的事，而孟子却认为是逆伦的人，理由何在，实在费解！而且孔子主张"泛爱众"，泛爱和兼爱，名词虽稍有不同，归终还是一样。孔子说泛爱可以治千乘的国家，而孟子说兼爱是大不孝的人，尤其离奇！所以将"无父"来攻击墨翟，理由亦不成立。

孟子讥笑杨朱的"为我"，说他"拔一毛而利天下不为"。这种断章取义的攻击，更未免有伤忠厚！杨朱的政见，本不止"拔一毛而利天下不为"的片面而已。《列子·杨朱篇》说"古之人损一毫利天下不为也，悉天下奉一身不取也"。于一毛不拔的消极主义外，更将"悉天下奉一身不取"的正义来补助，对于战国时代的虐政，未尝不是对症施药之一个方法。因为当时的暴君都是"厚敛横征"虐取人民的钱财，来养活一己，反说人民践他的土，食他的毛。其实喧宾夺主，所谓君主，是真正的践人民的土地，食人民的毛的啊！暴君天天践民土而食民毛，一般人民，都很慷慨地输纳租税，像九牛失了一毛似的，而且把"悉天下以奉一人"看作分所应为的事，于是乎暴君，以为人民柔弱易于欺负，不仅"践土食毛"而已，更进而大刮地皮。孰不知"皮之不存，毛将安附？"横征暴敛的结果，老弱转死沟壑，丁壮奔散四方，膏腴的区域不得不变为不毛之地了。假若一般国民，觉悟暴君"悉天下以奉一身"的弊端，是发生于"践民土，食民毛"，人人奋起自卫，爱惜羽毛，甲不肯拔一毛，乙不肯拔一毛，乃至丙、丁、戊、己、庚、辛、壬、癸，都一毛不拔，像坚固自己的防线，不让敌人掠夺一般，来拒绝恶政府的诛求，那么暴君"悉天下以奉一身"的噩梦，定何〔可〕以打破了。到了人民羽毛既然丰厚的时候，何难将"民治"代替"君治"呢？所以他说"人人不损一毛不利天下，天下治矣"，杨朱的话，难道不能自圆其说吗？《诗经》上说："德辅如毛，毛犹有伦"。这是人人能不拔一毛，来反抗苛税如毛的恶政府，所谓"仁民之德"，正在这里边。这是毛所以可比于德，不但有辐可用，抑且有伦可见呢。

杨朱的政论，薄名誉，贱清贫；重现在，轻将来（详见《列子·杨朱篇》）；足以损害人坚苦的节操，足以阻止人进取的意志，流弊诚然不少。但是它的弊端，别有所在，不是在"一毛不拔"。从前非难八股文的人，说他好割截题目，是侮辱圣贤，像孟子这样攻击杨朱，亦是割截"一毛不拔"一句话，就武断他必定到无君的地步。其实杨朱所以提倡一毛不拔，是想借此抵抗苛税如毛的暴君。假使他的学说能行，打倒了君主，孟子虽讥笑他是无君的罪人，国民却要尊他作革命的伟人。所以孟子将这个攻击杨朱，绝对不能动他的毫毛。

孔子尝说，"身体发肤，受之父母，不敢毁伤"，杨朱仅说毛不可拔而已，可否毁伤，还有商量的余地。孔子更说不可以毁伤，伤且不可，何况拔呢？但孟子因杨朱主张毛不可拔，便认为罪大恶极，那么孔子主张发不可伤，罪过究竟到了什么程度呢？我以为商榷政见，应当从大处落墨，不该毛举细故，若是舍本逐末，仅仅撷拾一毛不拔一句话来做铁证，事情太小，与大旨毫无关系，纵使道理得直，亦就轻如鸿毛了，岂足以攻破政敌的壁垒吗？孟子论墨翟的劣点，在于"摩顶放踵利天下为之"。假使人人都肯摩顶放踵，以利天下，那么自私自利的斗争，一定可以免除，公德能这样发达，那真是太平的时代了，一般社会党人所梦想的"乌托邦"，恐怕还不能达到这个境界哩。孟子却骂他是"无父"，这种无情搭题的过渡，岂非风马牛不相及吗？说兼爱是无父，理由本不能成立。若按照孟子的眼光，加以搜索，可以指为无父的嫌疑证据，这就是墨翟主张的"薄葬"了。

孟子非难薄葬的话是："上世尝有不葬其亲者，其亲死，则举而委之于壑，他日过之，狐狸食之，蝇蚋姑嘬之，其颡有泚，睨而不视，夫泚也，非为人泚，中心达于面目，盖归反虆梩而掩之。掩之诚是也，则孝子仁人之掩其亲，亦必有道矣。"这种理由，只可以攻击"不葬"。墨翟只主张"薄葬"，不是主张"不葬"，将这个来非难，未免去题太远，安能推倒人的根本？况且中国的厚葬，实有改良的必要。儒家讲究葬礼，不但衣衾棺椁，必须美备，并且建筑宏伟的坟墓，荒冢累累，占着很大的地方，而山林间的天然景致都因此一概抹杀了。况且一国的土地有限，人口的增加不已，据马尔萨斯的《人口论》说，每二十五年，人口就可以增加一倍。假使这话是对的，那么我们中国四万万人口，每二十五年，就要增加二万万以上的坟墓。（人口的增加，虽不必像马尔萨斯所说那样快，但逐年增加的趋势，却无可疑。）死人有穴可以埋身，活人却无地可以耕种，国民经济，又安得不因此而破产！而且厚葬的结果，风水的迷信定必因而发生，当战国的时候，已经有了这种迷信，《史记》载樗里子的话有"后世当有天子之宫夹我墓"，是为"风水"的起源。儒家很相信风水，汉时的刘向奏："王氏埋在济南者，树皆交柯连叶，上高出屋，有立名起柳之象。"这也是一种关于风水的话。宋儒程伊川，他论风水说"培其根本，而枝叶白茂"，这种迷信，哪有理由可说？所以陈同甫驳蔡季通说："古人皇氏定九州，尚无百官，先有山川，不知何者为靴山，何者为笏山。"朱晦翁当时也在座，终于低首没话可说。又蔡元定好地理，贬谪道州去，有人作诗讥笑他说："先生果有尧夫术，何不先言去道州。"这都是对于宋儒迷信风水的当头棒喝啊！但这些事实，都在后世，孟子没曾见过。现在再说古代的事，从前王季的坟，曾给滦水冲坏，而武王终于打倒商纣，创立八百年的王业，风水还有可以相信的余地吗？孟子当时是不是迷信风水，书上没说，不敢武断，可是厚葬的结果，定和"风水"为因缘，这是势所必然的。中国今日南方各省，常常因为争风水，至于涉讼械斗，以致倾家破产。而良田变为荒冢，人民既没地方可以住居，又没有田地可以耕稼。活人让死人所驱迫，不得已走到南洋群岛以及非洲、澳洲、美洲各处，外人种种的虐待，都含泪忍受，但求得到一容身的地方。"风水"为害，一至于此，现在正该提倡墨翟薄葬的学说，将半儒半堪舆的诬世惑民的风水论，一扫而空，才可以除去这种弊害。所以按照近代科学的眼光来批评，我们又不能不左祖墨翟而右祖孟子了。

概括而论，杨朱所主张的"损一毫利天下不为，悉天下奉一身不取"，就是"一介不与，一介不取"的意思。墨翟所主张的"摩顶放踵利天下为之"，也就是"博施济众"的意思。一介不苟，儒家说是义，博施济众，儒家说是仁，"仁义之说"得以通行，人民才有安宁的希望。否则暴君污吏，策士说客，鱼肉小民，择肥而噬，那是正所谓"仁义充塞，率兽食人，人将相食"的状态了。孟子不将这个攻击蚕食人民的阶级，反把这个加在杨朱和墨翟的身上，岂非太过吗？

五、彭更的政治思想

孟子说："逃墨必归于杨，逃杨必归于儒。"以为当时只有儒道最大，各派都得悔悟而来归附它。其实脱离杨朱、墨翟来归附儒教的，可说没有；而脱离儒教，归附"劳农学派"的，却是很多。如陈相、陈辛，都是离开儒教去从许行的，上一节已经说过了。在陈相、陈辛之后，打算"逃儒"的，还有一个人，就是彭更了。

彭更本是孟子的学生，他曾讽谏孟子说："后车数十乘，从者数百人，以传食于诸侯，不亦泰乎？"彭更所以发这种议论，就是醉心于"劳农学说"的缘故。以为人生的天职，在于勤劳，衣食的代价，在于劳动，若是无所事事，而讲究好衣好食，剥削百姓的脂膏，供给一个人挥霍，这是正义所不许的，所以说"士无事而食不可也"。孟子回答他的话，是"如其道，则舜受尧之天下，不以为泰"。殊不知若是没有职业，"道"这个字，终究不能做衣食的代价。假若掠夺人民的金钱，来供养自己，可以借"为道"来解说，那么无业的游民，都要做一个"道"字的招牌，来代替谋生的资本，像这样的"道"怕要和"盗"一般了（孔子曾有"君子谋道不谋食"的话，这亦是借道字的招牌，替"无事而食"辩护的）。而且一个微小的读书人，就可以"后车数十乘，从者数百人，以传食于诸侯"，像这样的奢华阔绰，人民的力量有限，怎么负担得了呢！万一一般所谓"士"的因此成了一种风气，都"结驷连骑"，到处蚕食社会，那么士这个阶级，简直成了祸民之蠹了，岂止奢侈而已？至于说"舜受尧之天下，不以为泰"，认为得天下是借以生活的工具，这简直是专制君主"臣妾亿兆，玉食万方"的思想，按之政治原理，没有一点儿价值。所以彭更存了很深的疑团，想脱离儒教，归附"劳农学派"。

孟子又说："入则孝，出则弟，守先王之道，以待后之学者。"如果这样就可以不劳而得食，那是把孝悌认作一种商品，可以转卖给人，做交换衣食的代价了。这种逻辑，除非只有读书人才能孝能悌，而一般自食其力的工人，都是不孝不悌的，理由才能成立。但实际上，读书人未必都是能孝能悌的，而一般的工人，亦未必都是不孝不悌的。读书人能孝能悌，就可以让人养他，而他可以不必养人家；一般工人能孝能悌，就不能食人家的，必须给人家食，按照人类平等的话，未免太不公了！况且读书人纵使不孝不悌，亦可以食人家的，不必养活他人；而一般工人，就是能孝能悌，还是不能食人家的，反要输纳租税，来供养不孝不悌的读书人，按照人类平等来说，是更没有公理了。所以从孟子的伦理学推求，社会是可以分作两种阶级的：一是"被食阶级"，一是"蚕食阶级"。被食阶级，就是勤于职业的人；蚕食阶级，就是无所事事的人。社会如果有了这种畸形的状态，怎么

106

能不让怀疑的人发生革命的思想呢？这就是彭更所以把"泰"字讽刺孟子的缘故。

孟子说社会养人，"食功"不"食志"，这倒合于真理。因为"功"是见得出来的，而"志"却没有凭证。可是功的标准，仍在职业。凡是有职业的，能替社会服务，就是有功于社会的人；没有职业的，又不为社会服务，那就是无功于社会的人了。工人能制造各种器具，应社会的需要，这不能不说他有功于社会，借此交换衣食，于心既安，于理亦合。至若无所事事的所谓士，只知攫取人民的钱来养活自己，这是罪过，安得有功？况且取食于人时，不只一人果腹而已，还要后车几十辆，侍从几百人，这样地挥霍，岂不太过吗？

彭更"无事而食不可"一句话，实在合乎生活的原则。一天不做事，就一天不许食，假使人人都能按照这个原则来谋生，那么社会上，绝没有"被食阶级"和"蚕食阶级"的分别了。阶级斗争，可以消灭，而人人都是生产者，没有仅属消费的人，那么国民经济的发展，必定一日千里，还有不富的国家和穷困的人民吗？

彭更对于生活原则，完全了解，所以说"士亦不可无事而食"。士尚须以劳动换食，其他阶级，必须自食其力，那就可不烦言而解了。而当时卫国人商鞅，就只了解一半，认为只有兵可以"无事而食"，其他的人都不能够。所以他所著《商君书》的《垦令》篇上，有下面一段话："禄厚而税多，食口众者，败农者也。凡人主之所以劝民者，官爵也，国之所以兴者，农战也。今民之求官爵，皆不以农战而以巧言虚道。农战之民八千，而有诗书辩慧者一人焉，千人者皆怠于农战矣。今世主皆忧其国之危，而强听说者，说者得意，道路曲辩，……纷纷焉小民乐之，故其民农者寡，而游长者众。众则农者殆，殆则土地荒（此处所谓

107

战，就是兵的意思）。"重责诗书辩慧之人，而于兵则优而恕之，这不能不说是商君的偏见。后世韩愈亦似乎只了解一半，说只有士可以无事而食，而释家道家都不可以，所以极力辟佛。又说"农之家一，而食粟之家六"，这是说除了士农工商四个阶级外，又添出二种无事而食的释道二阶级。释道无事而食固为社会之害虫，难道士无事而食，便是天赋的权利吗？古来儒家多半"无事而食"，所以孔子游说盗跖的时候，盗跖斥孔子说："不耕而食，不织而衣，摇唇鼓舌，擅生是非，以迷天下之主。"又叱孔子说："亟去走归，无复言之。"孔子随即"再拜趋走，出门上车，执辔三失，目茫然无见，色若死灰，据轼低头，不能出气"。庄子这段记事，其揶揄孔子，固未免太过，但不耕而食不织而衣，却是儒家的通病，盗跖之论，正不能以人废言哩。

《孟子》书上，曾载有匡章的名字，但没有匡章的议论。《吕氏春秋》上，却载有匡章在魏王面前和惠子说的几句话，是："蝗虫农夫得而杀之，奚故？为其害稼也。今公行多者数百乘，少者数十乘，步者数十人，此无耕而食者，其害稼亦甚矣。"匡章所以发这种议论，当然亦是抱劳农思想。他的政见，和许行大略相同，而他的口吻，却又像彭更的论调。因为这几句话，不载在《孟子》书上，所以没有详细地讨论，但由此可知劳农思想的势力，在当时社会，已是咄咄逼人了。

六、陈仲子的政治思想

陈仲子的生活方式，和孟子正立于相反的地位。孟子是"后车数十乘，从者数百人"，这是以平民的身份模仿贵族的生活。陈仲子本齐国的世家弟子，他的哥哥名戴，享受着万钟的俸禄。而仲子躲避大哥，离开母亲，自己情愿受穷，这是以贵族的身份而营平民的生活了。当战国时，贵族政治，还不曾消灭，而陈仲子竟逃出上层阶级，走到下层阶级去，可以说是自动破坏贵族政治的健将了。从政治进化史上观察，的确是一个不可埋没的人啊！匡章称陈仲子作"廉士"，这不过赞美他生活的简朴，而没有观察他在政治上的影响怎样，这种赏识，不能说是知己。孟子所以轻视他，不外乎"奢侈者"对于"俭约者"的一种轻薄话。实则陈仲子所抱的理想，并不止独善其身而已。他是要把"劳力自己"主义，替代贵族的"后民自养"，这正是矫正时弊的政策。因为当时的贵族，破坏"井田"的制度（井田制度的好坏，是另一问题），广占土地，驱使小民替他做农奴，又借很高的利率，吸取人民的金钱，来供他挥霍。如果尽管这样，结果定有平民革命军起来，高揭打倒贵族的旗帜了！

孟尝君的食客冯欢，是当时明了贵族和平民应该调和的一个人，所以当他替孟尝君收债于薛国的时候，直集债务人，把债券书数烧了。这不仅替孟尝君市恩，乃是明了贵族"高利贷"的手段不可以行，所以行这种社会政策，一而敦促贵族的觉悟，一而融和平民的感情。陈仲子因为了解这一点，所以进一步，提倡"自食其力"主义，希望借此矫正贵族坐食的弊病。就是他住那很破陋的屋子，食那很不堪的食物，都得把自己"织屦"和妻子"辟纑"的代价去交换。至于他哥哥的家屋，哥哥的粟米，却不愿要，因为没有代价的缘故。孟子驳他说："仲子所居之室，伯夷之所筑欤？抑亦盗跖之所筑欤？所食之粟，伯夷之所树欤？抑亦盗跖之所树欤？是未可知也。"这种驳论，实没有一顾的价值。生活是否正常，当看主观方面，有没有相当的代价，而不必问客观方面，是谁筑的，和是谁树的。如果陈仲子所住的房子，是由相当的代价所换来的，那么无论是伯夷所建筑的也罢，盗跖所建筑的也罢，都于廉洁无伤。又陈仲子所食的粟米，如果是费去相当劳力的代价所购买的，那么无论是伯夷所种的也好，是盗跖所种的也好，亦都无损于廉。若像孟子那样，无事而食，而且后车几十乘，侍从几百人，那么他所住的房子，由盗跖所建筑的，固然不可，就是由伯夷所建筑的，亦未见得可以。所食的粟米，由盗跖所种的，固然不可，就是由伯夷所种的，又安得可以？大凡不是从劳力换得的东西，按之正义，就带有掠夺的性质，岂止不廉而已？

孟子说："充仲子之操，则蚓而后可者也。"蚯蚓饥食壤土，渴饮黄泉，总算自食其力，很廉洁的了，而且蚯蚓不但自食其力而已，还大有益于世间。据生物学专家说：蚯蚓吞食土壤，所排泄的粪土，比原来的土质更肥，凡是蚯蚓经过的地方，土质翻松。地面上的空气，得以侵入，植物因此容易滋长。由这样看来，蚯蚓的生活，不仅自食其力，并且直接有益于植物，间接就有益于人类，这正是"仰不愧天，俯不怍人"的生活，孟子却没有观察到这一点。陈仲子的生活，也就如此。仲子住的房子和食的粟米，都是由他自己织屦、妻子辟纑的代价所交换的。自食其力的精神，和蚯蚓一般，而且居贵族阶级的地位，过平民阶级的生活，替贵族开一新生面，于风俗人心，有很大的裨益，生活的正当，莫过于此。一般以儒生的身份，而后车几十乘，侍从数百人，徒开社会奢侈的风气的人，和陈仲子一比较，岂不相差太远吗！

石 瑛
（1879—1943）

生平简介

　　石瑛（1879—1943），字蘅青，湖北省阳新县燕厦（今通山县燕厦乡）人。革命家、教育家，中国同盟会会员，"湖北三杰"之一，被誉为"民国第一清官"。1901 年中秀才。1903 年湖北乡试，中举人。1904 年放弃会试，赴比利时，继而转入法国海军学校，又入伦敦大学学习铁道工程。1905 年参与组织同盟会欧洲支部。1911 年协助孙中山在英国开展革命活动。1912 年担任孙中山的军事秘书和机要秘书、全国禁烟公所总理、全国同盟会总部干事、湖北同盟会支部长。"二次革命"失败后再次赴英国，入伯明翰大学学习矿冶，获硕士学位。1922 年回国，应蔡元培之邀任北京大学教授，常与李四光、王世杰等精心研讨治术政论之学。1923 年任武昌高等师范学校（今武汉大学）校长。1924 年被孙中山亲自指定为北京代表，南下广州参加中国国民党第一次全国代表大会，并当选为第一届国民党中央执行委员。1925 年为孙中山抬灵。1929 年冬任武汉大学工学院院长。1930 年 12 月任浙江省建设厅厅长。1932 年担任南京特别市市长。1943 年 12 月4 日去世，国葬于湖北省九峰山烈士陵园。蒋介石撰祭文颂道："勋留党国，亮节清风。"《中央日报》曾这样评价他："在古人之中，我们爱一位汤斌；在今人之中，我们爱一位石瑛。"

学习孙总理的为人处世①

1930 年 2 月 23 日

今天没有别的话讲，只把本党总理的生平做人特点，据自己所见到的概略地讲几句。

一国的文化，与政治是有密切关系的。政治不良，必形成文化的落后，所以办理教育的人其目的与使命，固然在于提高文化，同时对于政治，不能不有相当的注意。但是，一个政治的转变时代，必定要有一个中心人物，在政治上，能领导群众，把他的人格与理想，取得全国人士的信仰和助力以完成政治革新的事业。不然，政治上失了中心人物，是难免攘成纷扰的局面来的。

中山先生在短促的一个时期，能造成绝大的政治势力，推翻清朝的专制政体，建出一个新的民国，这原因就是由于他的人格与理想成了中国政治上的中心，围绕着他的有全国优秀的知识分子，以他们的信心和努力去追随。然而，一个领袖是有他许多特点的，何况创造民国的中山先生？我们在这里仅把关于中山先生的人格的几个特点，略讲几句：一、刻苦。二、勤学。三、百折

①　本文是石瑛在总理纪念周发表的演讲。

112

不挠的精神。四、大公无私的态度。

一、刻苦　提到中山先生的刻苦精神，他毕生都表现着。他自从香港医学校毕业之后，看到清政府的无望，便从事革命的宣传。谁都知道最初的革命是要在荆天棘地中产生的。不仅政治上的压迫，即个人生活的维持也是到极困难的境地。按照个人的观点上说，中山先生本可以医为生的，然而以革命为职业者的中山先生，哪能过安闲的生活？不能安闲地去生活，一定要做猛烈的宣传。宣传愈是猛烈，清政府布置的法网也愈严密。而中山先生遂过他各处亡命生活了。最初的亡命，一般地都为有关系者所惧怕，何况当时的中山先生是清政府的大敌，别人更望而生畏。当然，以他的人格和学识，是能博得当时有识者的精神和物质上的帮助的，不过这种帮助，终是很少。在这种很少的帮助之中，中山先生奋斗着，把革命的精神提高，把生活的需要减低。少数人送着款去，他拿去做军事运动了，或者拿去买书了。记得他在英国伦敦的时候，住在一个很贫穷的人家内，每星期的房饭洗衣等款合在一块不过是二十多先令，二十多先令只合当时的中国的银币十余元。试问以那微小的数目，能过得什么舒服生活？记得他从英国到美国的华侨中去宣传的时候，为了筹备渡过大西洋的旅费，不知费了多少力量。后来，总理到美洲去了，住的总是在极贫苦的华侨家里。在那里，以总理高尚的人格、至诚的热心，得到了许多精神上及经济上的帮助，这是在革命时代谁都知道的。但是总理的个人，总算是刻苦至极，受苦至极了。他的意思是只要革命成功，纵是再大的苦也所甘心的；只要是能解决国民的"衣食住行"的问题，纵是自己缺乏了衣食也不要紧的。反观近来有些冒革命者的招牌者，其操行究竟如何？国民的衣食住行，他们不管，但是自己无上的舒适是在所必要的。只要想到这上头，对于总理的刻苦精神，更是不得不崇奉、回忆，而"感慨系之"了!

二、勤学 在中山先生的整个革命生活中，除了与党员商量革命事情之外，总是手不释卷的。据我个人所知，中国革命党里个人购书恐怕算他是最多呢！这从日本书店的统计表上就可查到。只就这事实看来，中山先生的革命行动，确是根据他精到的理论的，也唯靠他精到的理论，才能指挥本党的动作。所以，当他身故之后，除了他手创的党国而外，私人的财产，只有一栋旧屋、几万卷藏书。再从这点看来，不又是我们的模范？反看现在吧，有些误解革命的以为革命只要喊口号贴标语就够了，书是尽可不读的，所以把一切事情弄得东倒西塌，变成四不像的人物。在这里，想到总理在困穷时代、万忙时代，犹能手不释卷地逸事，能毋慨然？

三、百折不挠的精神 革命不能一革就成的，总要经过许多失败；在东西方的革命史中，尤以总理的失败次数最多。在每次失败之后，有些党员或不免灰心丧气。只有总理当每次失败之后，又能更激励奋发。他时常告诉党员说，只要我们能继续奋斗，革命没有不成。他预言着清朝必然要覆亡的命运；他激励着推翻清朝的革命者，是需要有高尚的道德、深湛的学识和百折不挠的精神。因之许多党员都能在他的精神统率之下，从事着革命事业。诸位记得，总理的最后的几句话吧！

四、大公无私的态度 在最初的革命时代，是要号召着一切群众来参加的。而在兴中会、同盟会期间，为着分子数量的扩大，当然党员性质有些不纯。记得有许多人一经填上名字以后，便动摇害怕起来，要退出的有，要陷害中山先生的有。但是，当推翻了清朝政府在南京建设新的国都以后，对于往日陷害他的人，他依样量材录用，就是反革命的，只要一经改悟之后，仍然允许他效力。他时常说："人有错误不要紧，只要肯悔改，哪怕你昨天是反对革命，只要今天改悔过来，依旧可以做好党员。"这可见他大公无私的态度了。他对于政治上的意见也是一样，他的政策要别人讨论、参加、改正。固然也有时他不愿牺牲己见的，那是因为他当时觉得很对的，他一有发现不对的地方，便自己声明改正了。关于这点，我自己几回都亲自看到过。也唯有这种精神，能使党内没有意见和纠纷。世界上有许多革命党到了将近成功的时候，便志骄意满，排挤倾轧，不计党国的利害，只计个人的威福。结果上下蒙蔽、贪污腐败的分子，互相援引勾结而政治遂造成无希望的局面了。我们翻开世界革命史来看，有几多不是这样功败垂成的呢？在这里想起总理的大公无私的态度，更是值得中外人都崇拜的。

本来，总理的生平及为人是为国人所共知的，但上述几点是值得特别在这里表彰出来。

武汉大学工学院应注重什么[①]

1930 年 5 月 5 日

应着时代的需要，武汉大学便有工学院的产生。工学院本来是大学中四院之一，其发展是要与其余三院平行，并且是与其余三院有密切关系的。但是工学院要特别注意几点，现在姑且简单地说明于下：

一、注重设备。过去十余年中，国内大学数目的增加，几乎像雨后春笋一般，但一提到设备，则不免令人非常的失望。尤其是工科方面，学生除了从书本上求知识而外，几乎没有机会去实地练习。这样的大学虽然很多，每个大学所收的学生虽然很多，但是对于青年影响如何，究竟是造就他们还是贻误他们，是可以不言而喻的。武汉大学工学院在筹备期间，即指定一笔定款为购买机器及仪器之用。现在铁工间已备有车床十余部，虎钳十余部，铣床、钻床、万能磨刀机各一部，还有几部较大的车床及刨床，牛头刨床正在议价之中。木作间的车床、锯床，不日即可运到。打铁间及翻砂间的房屋，已经做成。总发动机系二十匹马力

---

① 本文是石瑛在总理纪念周发表的演讲。

116

的柴油机，现在很可够用，将来新校舍成立，工科学生的人数增多，各种机器尚需添置，总发动机的马力自然也要加大。至如测量仪器，凡应有者现在已完全订购，并且有一部分已经交货。还有材料试验机及各种电气机器，此后也须陆续具备。总之工学院除特别购置外，每年预备添购价值两万元左右的设备。工欲善其事，必先利其器，我们总想把用脑不用手的习惯，把只尚空谈不求实际的习惯，渐渐矫正过来。

二、注重实习。大学的设备，当然不是一种装门面壮观瞻的东西，是要学生利用这种设备去增长他们的经验，提高他们的技术的。我曾经参观国内几个工艺学校，它们也有一点设备，但是有些工厂主任对我说：学生多半不愿动手。他们长袍大袖地来到工厂，远远站在机器旁边，要工人动手，他们静看。就是有时万不得已，做的实习，他们也是敷衍了事。一件工作没有完成，便半途而废了。我们中国人有种习惯，凡事不愿躬亲，总是指挥人家命令人家去做，所以不独军界，就是工程界也有只想当指挥当司令的，很少想当兵的。这样训练生疏、经验缺乏的分子，与人家做工业上的竞争，当然不待交战，便不免弃甲曳兵而走了。国内有些工业学校，于学生之外，兼收艺徒，他们的艺徒，倒是有些成绩很好，离了学校之后，也很为工厂所欢迎。学生就不同了，在校既未得到切实的本领，出了校后，除了钻营及捣乱以外，很难得到一个位置。这样的结果，办学校的人当然不能不负领导不力贻误青年的责任，同时学生本人也未免为浪漫疏懒的习惯所误，以致机会一失，此后也就追悔不及了。这一点是凡有志于学工程的人，都应该切实矫正的。

三、注重人格。人格丧失了，无论你法律、经济、政治、文学、科学或是工程学得怎么好，都是于社会于国家没有益处的，甚至利用他们的知识去做坏事，于国家社会反大有妨碍。你们看这十余年来，为军阀官僚做新式走狗的，是否有归国的留学生或国内大学与专门学校毕业生在内？他们为腐败堕落的社会所转移，为怠惰奢侈的习惯所沾染，没有抵抗的力量，没有独立的精神。我们当知道社会上最大的危险，就是没有中坚的人物，就是狂流之中，没有能做砥柱的人物。青年学生，奴颜婢膝地去捧军阀、拍官僚，那些军阀官僚还有丝毫顾忌么？中国的前途还有一线曙光么？我们学工程的人，对于理论上实习上丝毫不肯放松，不是完全为个人的，是准备出去为国家社会服务的。我们出去做事，要有十二分的责任心，要有大无畏的精神，中国的实业才有发展的希望，同时现在这种此争彼夺、用枪杆夺地盘、弄得兵匪遍地民不聊生的伤心的事实，也庶几可以渐渐减少。

大学生应该有一个远大的目标和理想^①

1930 年 9 月 22 日

　　兄弟是本校新校舍建筑委员会的一分子。近来在外面听得各界人士多以为武大很有希望，原因是说新校舍可以成立，物质上的各种设备一定很好。本来，此点很可以这样说下去的，但是我们若仅仅只靠建筑了几栋洋房，就以为有希望，是不行的。中国人近来只知注重物质，不重精神，从前的贪污风气，到现在更嚣张了，原因都是因为物质欲过甚而造成的。中国古时先儒的箪食陋巷的精神，现在简直没有。本来，一个居住的地方要有好的光线和环境是可以的，但是一定要洋房才行，则未免受物质文明之毒过深。各位同学毕业后多到乡村中去服务的，因为今日中国言治，必先从乡村中着手。但是，乡村中的居处和生活，各位是知道的，我们现在就应该养成这种习惯才好。

　　现在中国的大毛病，就是政府内做官的人们的生活，与一般平民的生活相隔太远，以致上下不能了解，施政方面无从着手。学校的生活与社会中一般普通的生活，也未免相隔太远。在这个

---

　　① 本文是石瑛在总理纪念周发表的演讲。

119

暑假期内，我会找一个朋友，他在军界、政界都担任过重要职务，但是他现在并没有什么蓄积。关于他现在的日常生活，说起来几至令人不信，洗衣弄饭甚至于斫柴的事都是他自己做，而每日还要读几点钟的书。他的旧学很好，尤其对于陆王之学深有研究。此外，他每天都有三点钟的运动时间，他的运动功夫就是修路、挖土挑石。前汉口某小报说他在庐山黄龙寺斫柴，这是误会，他斫柴的地方，在太乙村附近，不是黄龙寺。像他这样，有两种好处：第一，可以养成高尚的人格。人家钻营奔竞，他却闭户读书，就是有人请他出山，他还要再三审慎，看对方的人是否可以共事。第二，他的饭食极简单，蔬菜淡饭，几至令我们学生也不容易吃下的，可是他的身体因受了劳动的训练，反而比从前壮健得多了。这些，我们学生都应该效法的。

我刚才说过，学校只有洋房不为功。我希望各位还要用心读书，修养自己的人格；不然，徒取科学的皮毛，而养成了不好的心术，如社会上一班人士讥大学为养成流氓之所，那是多么可耻。另一方面，教授们也不是仅仅一星期上了几小时的课就算了事，总要以全部精神贯注到学生身上去才好。

青年中有好多都是漫无目的地过着生活，这也是不对的。我们应该有一个远大的目标和理想。这里，我有一个故事对各位讲：化学中有一种元素为 Radium（镭），原是 Curie（居里）夫人发明的。她原是波兰人，以恢复波兰祖国为己任。其夫在未结婚以前，便以改革社会为己任。他们两人常在一块儿讨论这些问题。某日，男以函告女，谓科学为促进社会进步及解除人类痛苦的工具，彼此应该终身相伴，共同研究。这样，他们结婚的目的，除了爱情以外，还有一种高尚的理想。结婚后 Curie 夫人得其夫之助，不久即发现 Polonium（钋）与 Radium 两种元素。科学家从前认为原子是极小而不可分解的，自 Radium 发现后，这种观念，完全推翻。在这个故事里面，我是要告诉同学们，对于无论什么事都应该有一种理想的目的，不要糊糊涂涂地过着日子。

总之，现在建筑的新校舍固然很好，但是我们须得要怎样地用功、修养，抱怎样的志愿，才对得住这个新房子，对得住为这新房子出款的老百姓。

社会经济之繁荣[①]

1932 年

南京在未奠都以前，社会经济状况即非常穷困。自奠都以来，表面上虽骤然增加不少公务人员，似较前繁荣，但实际上，公务员仅仅以有限之薪水，维持各个人及其家庭之生活，对于整个社会经济之发展，固无所补。而人民方面，除大部分均系小商人及农工苦力外，实无大规模工商业之可言。况值以国难期间，全国经济凋敝，影响所及，本市社会经济，遂更形衰落，几每一市街，皆有不少商铺倒闭，而一般人之生计问题，于是益加严重。在市府方面，颇欲筹集巨款救济此辈难以维持之商铺，但以市府现在之财政力量，殊难达到此种愿望。以前社会局虽曾召集银行界及商界代表，讨论调剂金融恐慌及互相援助办法，当时银行界未尝不允尽力援助，但结果力量仍非常薄弱，其原因约有两点：

（一）本市商店缺乏团结，而各个商人又不能具有相当之信用担保，向银行借得巨款；

---

① 本文是石瑛在市府总理纪念周发表的演讲。

（二）在银行方面，所有款项，均系各存户及各股东所投资，在此商务不振、生产衰落之时，不敢轻率放款。

今日中国之社会经济情形，一方面农村崩溃，小工商业破产；一方面拥有资金者，鉴于经济状态之下不安定，遂相率资金存入可靠之银行，以致在大都市中银行之存款过度膨胀，而无法贷出。在内地因缺乏资本，农工商业一蹶不振，似此情形，殊于国民经济前途大有妨碍。救济之策，仍当在银行方面求之。银行界对于比较有希望之商铺及农村，应极力援助，尽量放款，否则不特于国民经济无补，且在银行家自杀政策。又近年中国银行界卖买公债之风气特盛，对于内地生产事业，反不愿投资，长此以往，终有周转不灵之一日。关于此点，亦望银行界能及早觉悟。

至于人民本身方面，大凡社会之能日趋繁荣，首在社会上一般人均能从事生产。所谓生产广义言之，即事之有益于社会者；其次在能提倡国货，以塞漏卮；又其次在能铲除种种不良之习惯，如烟酒嫖赌等等，以养成刻苦耐劳之精神。本市据最近调查，鸦片及赌博之事项，仍未能绝迹，甚至草棚之内，亦当有赌博之设。参加赌博者，均系车夫苦力之徒，以彼辈之经济力量，尚欲以博赌为工余之娱乐，其麻木不仁，可谓至于极矣。至于娼妓，则私娼充斥，其原因甚复杂，然根本仍在经济问题。凡此种种，皆为本市之隐忧，自治进行之障碍，而亟待设法救济者也。

本市社会经济之穷困，现如上述，因社会经济之穷困，而产生无智识无道德之分子，政府自负有补救之责任。现代国家有两大条件：一即教育机会平等，一即工作机会平等。所谓教育机会平等，其基础胥在小学，使人人皆有受基本教育之机会。所谓工作机会平等，即使人人皆有工作之机会。今日吾国失业者之多，殊难数计，即胜任工作者，亦求工作而不可得，殊非工作机会平等之道。至于教育，全国失学儿童，超过受学儿童之上。本市去年为救济失学儿童起见，特创办义务小学二十余所。至于各普通小学，一则增加学校，计其收容失学儿童七八千人，但仍有二万余学龄儿童，无法收容，下年度当再扩充，以资救济。现已开办之义务小学，有数校名额未满，良以一般穷苦人民，每命其子弟帮助生产，义务小学虽可免费入学，但彼辈仍不愿其子弟离开家庭入校读书，而失却生产之助手。似此情形，虽广设学校，仍有不少贫苦儿童无法入学。再各小学低年级部分，大多名额满足，高年级部分，则名额不足，盖贫寒子弟，俟初级小学毕业后，即无力继续升学，急欲谋生。是以际此社会经济极度恐慌之时，职业教育实应加倍注重。本市下年度对于职业学校及农业学校，拟于财力可能范围以内，尽量扩充，以应社会需要。

总之，本市社会经济之穷困，已达极点，一般人对于种种不良之习惯，熏染殊深。欲图救济，在政府方面，固应切实负起责任，积极从事教育工作；在人民方面，尤应振作精神，力矫过去萎靡之弊病。

航空对日要做进攻的计划[①]

1933 年

此次日本之侵略，政府的责任，固然要极力抵抗，但是人民应该与政府合作。我们航空不仅要做防守的计划，并且对于日本要做进攻的计划，我觉得日本从什么地方进攻，我们在什么地方防守，这种方法，是错误的。因为日本失败了依然可以回去，我们虽然胜利，最多只能收复失地，而人民的生命财产，已经损失不资。所以今后的政策，不仅要取守的政策，并且应该要取攻的攻策。大家知道，日本为蕞尔岛国，我们进攻非航空着手不可。同时日本以工立国，我应该炸毁它的工业区，以制其死命，仅仅保守，问题还是不能解决。去年上海之役，我们损失达二十万万，我们还可支持，如果日本几个大工业区，悉被炸毁，马上不了。所以我觉得对于航空，必须特别发展攻的政策。

讲到航空救国，当然不能只凭目前的热血行动，买几架飞机，而没有永久的计划。我们一方面固然要买飞机以救目前之急，同时还要设立大规模的修理飞机厂，可以在最短期间制造飞

[①] 本文是石瑛在南京航空救国宣传周发表的演讲。

125

机，因为一旦对日开战，飞机便没有进口，这一点是应该注意的。还有一点，对于国防上很重要不亚于飞机厂的，就是要设立钢铁厂。我们知道现在的世界，是钢铁的世界，没有钢铁，平时已无办法，到了战时，更是不了。兄弟从前在兵工厂担任过战务，很知道中国的武器的原料，多是从外国来的，譬如生铁是制造军器的必需品，而现在所用的生铁，都是日本货。从前汉阳所产的生铁，都卖完了，同时生铁不能军用一种，须掺和几种生铁，其性质方才适宜。如买英国的、美国的生铁，价值昂贵，没有办法，只好买日货。其次我们做枪弹壳子所用的铜，也是日本货。我们知道世界产铜最多者为美国，铜价之高低，差不多由美国规定。美国价贵，日本价廉，所以只好去买日货。而且做子弹的铜性质须极纯净，所含的杂质，不宜超过千分之二三。本来中国产铜之地甚多，类如云南，藏量颇富，可惜运输不便，铜的性质尚甚不适宜于造弹壳。再讲到制造火药所需要的原料，一种是硝酸，一种是硫酸，而硝酸硫酸又都是从日本来的。所以在这种局面之下，国家没有方法可以存在。本来硝酸为战时必要之品，上海曾经有人开办硫酸厂，汉阳兵工厂也在制造，但是生产数量不多，总之中国政府对于这一点应该努力。

我觉得除飞机厂以外，我们最低限度，要把中国已有的生铁厂，设法开工，能设新钢厂更好。如果万一不能，也应在化铁厂内附设炼钢炉，并且飞机厂对于长途汽车、运输汽车，也要附带地制造。现都买人家现成的，一到战时，便不得进口。日本与美国福特公司合办了一个厂，所有长途汽车、运输汽车，都可以由这个厂子来经营。所以我们现在举行航空救国宣传周，第一要使人民知道，日本国家朝野上下，以侵略中国为目的，谋打破它自己经济上的难关。因为日本政府负债达一百万万元，比之中国负债八万万元十二倍有余，人民方面，农业负债达七十万万元，这个局面，一天一天严重，今年一定要达到一百万万，这二百万万的债务，日本人没有方法可以偿还，国际的信用宣告破产，没有人再去买它的债券。所以日本现在第一个办法，是实行纸币膨胀政策，纸票不兑现，现金不出口，这种办法，行之于最短期间还可解决，但终非长久之计。所以日本第一步要夺取满洲，希望开发满洲的富源，以补救日本的财政；第二步再侵略中国的全部。所以中国问题，第一点要国人从此下决心，第二点持久。如果有了五年的计划，不买日货，整顿内政，扩张国防，那么日本在这五年的难关，绝无方法可以渡过。一方面我们要乐观，一方面尤其要努力，全国国民无论如何，要牺牲一部分钱财，来保障自己的生命，保障自己的财产，这一点凡是中国人民应该明白的。

最近中央政治会议有一个议案，即将提出，所以党政军警公立学校，服务人员的薪水，要抽出一部分，一方面全国人民都要自动地拿钱出来，购买大批战斗机、驱逐机、侦察机、爆炸机；同时要定永久的计划，因为普通一个飞机的寿命，不过三年，所以要时加修理，并且要自己之制造。我们从今天起，要抱着非打败日本不放手的决心，非把它的工业区炸得一塌糊涂不可。中国本来是讲人道和平的国家，并不是把自己的父母妻子永远与人家残杀蹂躏来讲和平，中国是为生存而战，不是为侵略而战，这一点我们可向世界公告的。

各位今天来举行航空救国扩大纪念周，我们要公开地宣传全国，不买日货。兄弟觉得我过去的政策太软弱，为什么日本可以强占我们的土地、残杀我们的人民，我们不可以高呼抵制日货呢？全国同胞应该总动员，不买日货，马上可致日本死命，因为日本二百万万的债务，无论如何没有办法的。

今天兄弟没有多的话讲，希望各位同志对这两点：一种是无论公务人员或是一般平民，大家出钱订立永久计划，向日本进攻；一种是对于日货，无论如何不去买，那么日本财政的危机，便不能挽回。最近二三月内日本通过几个救济农村的议案，依兄弟看来，是绝对没有办法的。就是日本各党的首领，也都知道难关不容易渡过。我们不但要记得日本吞东三省等于吞炸弹，一定要爆发，并且还要多购飞机，多送炸弹到日本国内去，让日本人大家饱吞几顿。

柳诒徵

（1880—1956）

生 平 简 介

柳诒徵（1880—1956），字翼谋，亦字希兆，号知非，晚年号劬堂，江苏镇江人。学者，历史学家、古典文学家、图书馆学家、书法家。十七岁中秀才，后曾就读于三江师范学堂。卒业后曾任教江南高等商业学堂、江南高等实业学堂、宁属师范学堂、两江师范学堂、北京明德大学等，并一度主持镇江府中学堂校政。1914 年 2 月应聘为南京高等师范学校国文、历史教授。1925 年北上，先后执教于清华大学、北京女子大学和东北大学。1927 年任江苏省立国学图书馆馆长。1929 年重返南京，任教中央大学，并曾任南京图书馆馆长、考试院委员、江苏省参议员。抗战期间先后任教于浙江大学、贵州大学和重庆中央大学，兼任国史馆纂修。新中国成立后，执教于复旦大学，并兼任上海市文物管理委员会委员。1956 年 2 月 3 日在上海去世。曾主编《江苏省立国学图书馆图书总目》《江苏省立国学图书馆现存书目》，著作有《中国文化史》《国史要义》《东亚各国史》《印度史》等。

汉学与宋学

1923 年

今日讲题为"汉学与宋学"。实则汉学、宋学两名词，皆不成为学术之名。类如有人号称英学或德学，人必笑之。若曰吾所研究者，为英国之文学，或德国之哲学，方成一个名词，此论学必先正名也。余今之所讲，实当题曰非汉学与非宋学。然布告若言所讲曰非汉学非宋学，人必诧异。故不得已仍沿旧名，标名汉学与宋学。诸君须先认清此义，知余今日所讲者，非普通所谓汉学宋学，实系一段非汉学与非宋学之讲话。

虽然，余并非有意非难此种学术，不过非难此种名词。因此种学术自有其正确之名词，从来误用一种不通之名词，吾人当为矫正，不可再行沿讹袭谬。然今之学者，往往有以此种名词高自期许，互相标榜。或者以此菲薄他人，如曰某人世讲汉学，则尊之为学者。或曰某人所讲者是宋学，则有鄙夷不屑之意。缘此种名词，自满清以来，言者所含之意，久有轩轾之见存于其间，故沿用至今，不必问其所讲者若何，第曰某人讲汉学，某人讲宋学，言外已可见其学术之高下，此不可不辨也。

汉学讲家法，有今文家法，有古文家法。有讲训诂、声韵

130

者，有讲典礼、制度者，有讲经籍义例者。若不通家法，便非汉学。宋学讲宗派，有程朱学派，有陆王学派，有种种学派。若不守宗派，便非宋学。余系非汉学非宋学者，故于所谓家法宗派，皆所不谈。第就其学术性质言之，以商榷其名词耳。

汉学不必是汉人之学，前人已有此言。余则谓清人所谓汉学，实不足以尽赅汉人之学。盖汉人之学术，途径甚多，并非只有清人所讲诸种学术也。即就清人所讲之诸种学术言之，实系由汉以来递演递进之学，绝非汉之一朝所可专有。例如讲求训诂、声韵，为汉学家最要之事。所谓不通小学，不能治经学也。然余观汉志、小学实兼书、数二种，不是专讲文字。盖汉人所谓小学，本是由周代保氏小学六艺而来，故书数皆谓之小学。清人专指文字之学为小学，已为偏而不合矣。然其所讲文字之学，又不过汉人所讲文字之学之一部分。汉人所讲之文字学，其先不过《仓颉》《凡将》《训纂》《滂喜》诸篇，有如后世《千字文》之类，取便记诵而已，以授童蒙，且可随时增造，以应时用。而后来汉学家所讲小学，并不如是，唯先从事说文。故吾谓汉学家所讲文字之学，不过汉人所讲文字之学之一部分也。且许叔重撰《说文》，志在以文字明道。所谓始一终亥者，将以知化穷冥。故开首即曰"唯初太极，道立于一"，自示部以下，皆有其叙述之统系。后世唯以说字之书重之，专事寻求六书义例，大非许君原旨。此学者所不可不知者也。又如讲求文字，归本声韵，虽名汉学，实系六朝以来之学。韵书及字母，皆出于汉以后，汉人初未知之。即以古韵分别部居，谓古代至汉之人所作文字天然有此部居则可，谓汉人故尝以此为学则不可也。故以历史眼光观之，此种文字学，实自汉以来递演递精，六朝唐宋，代有作者。虽号称治汉学者，不能不研究宋人之书，如大徐校定《说文》，司马光《切韵指掌图》，皆宋人所作也。讲汉学者，皆尝读之，何以不曰讲宋学，而曰讲汉学乎？

汉学家以许郑并尊。郑氏之学，最精于三礼。考求古代典章制度，实为其学术之中心。然三礼之学，又为六朝唐宋以来，累世讲求之学，亦非汉一代所独有。清人之讲三礼者，寻求通例，钩稽名物，号为宗汉，实则袭宋人之法。宋李如圭撰《仪礼释宫》，或谓出于朱子，要皆宋人之作也。清人法之，于是有《礼经释例》《弁服释例》等书，是实以宋人之法讲汉人之注耳。又如讲汉学者，斥伪孔传及孔氏书疏之不善，别求汉人之学说，以彰今古文家之家法。实则所采汉人之说，多出于孔氏疏中。唐人所见者系全书，然尚不足重。清人第从唐人书中抄录其所引不全之书，从而推阐引申，便卓然超越唐人，斯实至可笑之事也。讲汉学者，尤以疑古为一大事，一若辨别古书之真伪，非汉学家不能者。不知疑古之风，最以宋人为盛。欧阳文忠不信《十翼》，不信《河图》《洛书》。朱子不信伪古文《书经》，不信《毛诗》小序。皆汉学家之先河也。清人承其后，又从而详细考订，是亦讲学之法，递演递精之例。乃欲美其名曰汉学，而提及宋人，便有不屑称道之意，是又何故乎？

汉人之讲《春秋》，注意科条，如公羊家"三科九旨"之类，颇有近世科学家剖析综合之法。后世讲《春秋》者，皆不之迨。即清代讲《春秋》者，亦未能出汉人之范围。吾谓寻求《春秋》义例，是一种考究史书文字之法。如穀梁注重时日，例何事书日，何事不书日，其中似有绝大经纬，实则不过推求当时所以如此书法，为便于读者计耳。吾尝综合后世所谓汉学者之性质观之，凡考究文字训诂、声韵之类，皆属于文字学。凡考究典章、制度以及古书之真伪史书之体例者，皆属于历史学。故汉学者非他，文字学耳、历史学耳。与其名为汉学，使人误认为一代之学，若后世之所未有，世界之所绝无者；何如名之为文字学、历史学，使人一闻而知其性质，且可贯通历代表明讲学者之随时进化乎？又汉人之讲《易经》，有种种神秘之说。齐诗亦然。然清人之讲汉学者，于此概未有所发明。虽有惠氏之《易汉学》《易例》等书，其风不盛，不过辑述逸文，以明某时代某家讲易有此等学说，亦历史中学案之性质耳。

宋学之派别至多，由元及明，赓续相承，亦不限于自宋一代。且世人多以为宋人专讲理学。一言宋学，即可知为理学之别名。实则宋人之讲文字学、历史学等，亦不逊于其他朝代。梁任公近尝语余朱子之学，实不可及。凡后人所疑之伪书，朱子皆尝言之。如《楞严经》之为中国人伪撰，《朱子语类》中亦疑之。此可见一朝代一个人不限于一种学术，而一种学术即不足以赅括一朝代之若干人或一个人矣。然吾即以普通观念所谓宋学者言之，大致可分为二：

其一为伦理学。凡宋元明诸儒所讲十九为实践伦理，然亦为吾国自古以来相承之学说，初非宋人特别创造以误后人者。第宋人研究此种道理，较秦汉以来尤有进步。由人身推至于宇宙之大原，贯通一致。如张子《西铭》曰："乾称父，坤称母，予兹藐焉，乃混然中处。故天地之塞吾其体，天地之帅吾其性，民吾同胞，物吾与也。"此是何等气象。其言功夫则曰："言有教，动有法，昼有为，宵有得，息有养，瞬有存。"其言作用则曰："为天地立心，为生民立命，为往圣继绝学，为万世开太平。"学者得谓所言之非，而不用此种功夫存此等志愿乎。宋人之学说类此者至多。如陆象山谓"上是天，下是地，人居其间，须是做得人方不枉"，又曰"宇宙内事乃己分内事，己分内事乃宇宙内事"，皆是教人充满其人格，与天地合德。亦由其人自身体验如此，故言之亲切有味。故吾辈今日不必区分某家某派之学，须知凡讲宋学者，皆是教人实实做人，即今日所谓实践伦理也。

其一为心理学。宋人讲求实践伦理，故多从心性上用功。世或目为禅学。如朱子《大学》注曰："明德者，人之所得乎天，而虚灵不昧，以具众理，而应万事者也。但为气禀所拘，人欲所蔽，则有时而昏。然其本体之明，则有未尝息者。"其言虽似佛家议论，然吾心实实有此虚灵，但须用功体认。不用功体认，而斥为禅学，是门外汉乱道耳。明儒研究心学益精。有主静中养出端倪者，有主随处体验天理者，有主致良知者，有主慎独者。要皆从其自身心理之现象，研究有得，而示人以用功之法。此种学术，虽与近今西洋所讲心理学不同，然吾以为是实自证的心理学。凡治心理学者，不可不知也。

由是言之，所谓汉学，可以分为文字学、历史学。所谓宋学，可以分为伦理学、心理学。诸君试思，吾人今日在学校中，各治数种科学，有治文字学者，有治历史学者，有治伦理学者，有治心理学者，或以一兼他，或互为主辅，要之无碍于为学也。然而讲汉学讲宋学者，则不然。一若讲汉学，即不可讲宋学。讲宋学，即不可讲汉学。入主出奴，互有轩轾，是亦不可以已乎？余于汉宋学皆是门外汉，故大胆为此言。愿诸君认此等学术，即是学校中之某种某种学程，不必分别朝代、分别界限。余既说明此种学术之名词，后亦不复讲汉学、宋学之名词矣。至于清代亦有主张调和两种学术者，如陈兰甫著《汉儒通义》，谓汉人亦讲理学；而于《东塾读书记》中，又极言朱子之讲《小学》。余并非主张调和两派者，故亦不必申其意焉。

石陶钧
(1880—1948)

生平简介

石陶钧（1880—1948），号玉峰，改号醉六，湖南省邵阳县和安乡（今新邵县潭府乡）大树村人。1898 年入长沙时务学堂，与蔡锷等同为梁启超弟子。1903 年 2 月留学日本，与黄兴、陈天华等交往密切，倡议革命。1905 年加入同盟会。1907 年入东京日本陆军士官学校第五期炮兵科学习。1909 年毕业回国，应蔡锷邀请，任广西讲武学堂学生队队长兼战术教官。1911 年武昌起义后，参加汉口保卫战，任革命军督战指挥官，旋返湘助谭延闿编练湘军。1913 年 7 月，黄兴出任南京讨袁军总司令，宣布独立，任命石陶钧代理参谋长。"二次革命"失败后与黄兴一同逃往日本。1915 年 12 月随蔡锷到云南发动护国战争，任护国军第一军总参议，代理护国军参谋长，进军四川。1920 年客居上海，担任暨南大学教授，不久回湘任长沙市政厅长。1923 年秋，谭延闿奉孙中山之命，为湖南讨贼军总司令，石陶钧任参谋长。1927 年 4 月出任中央陆军军官学校长沙分校校长。同年 12 月任中国出席日内瓦裁军会议代表。1930 年春任国民政府参军处参军，后任军事参议院参议，授勋四等云麾章。1946 年 12 月 25 日云南起义纪念日，在邵阳协坪里蔡公祠举行的集会上做了精彩演讲。晚年闭门谢客，从事著述，有《谈兵》《中国今后三十年》等著作刊行于世。1948 年病逝，享年六十八岁。

在上海蔡锷追悼会上的演讲

1916 年 12 月 14 日

先生出京后，在上海遇非常危险，仅买一报。后由香港到云南时，已有病在身，因精神上所受的、身体上所受的皆足致死。然其志不稍懈，故到滇卒立大功。我常偕行。到云南，大局已布置定当。然当夕各方面的人，均以为军队甚难，因散处各方，未易聚集。先生计划与精神，我初见时气色不佳，问其理由，他说精神刺激之故。布置后，由云南出发，先生誓师时早有必死之心，愿大家同归于尽。其日天气甚佳，唯云最多，故曰云南。先生动身之日无云，亦是奇事，云南人以为从古未有。路途艰难，云南为最，由云入川，其苦可知。每天一站，重了上去，兵力日渐增多，自己不能不先走。还有贵州龙建章，所有军队实放心不下，所以刻刻留意。究竟先生为总司令，是应走否？总司令官并非指挥军队过了埠头，在后动身，唯须先行，然后军敢跟上，故知当日困苦情形。但身体上所受的苦，没有精神所受的大。每日五点记簿，七点膳，八点走路，中间经贵州界多日高山，非常艰难。那时自己病已深入。到四川后，最奇者，平日多雨，路又甚窄，故多各为难之甚矣。早膳后安排一切，午膳休息。因先生抵川后，每于膳后将余剩之饭盛贮匣中，饥时取食，每见其咽哽，

136

我知其喉病已重。且先〔生〕对于军事报告、电报公事，手自披阅，又不多时，又要上马，一天步的路非常崎岖，平人坐轿，先生则不能〔不〕走。

总总方面看起来，先生所做的人人可做。将来电报印出后，方知所注的皆是先生手笔。且军中处处装电话，先生亲接。譬如三里路外有警告，则有电话来去，岂不灵便。天天在风霜雨露中牺牲。一日到了毕州，是贵州重要的地方，有火神庙，该地方水汽非常之重，住了几天，雪大非常，陷于苦境。4 日报告来，先生自己要去，参谋长说不要去。9 日到了，又有剧烈的战争，清早亲到炮兵处四十分钟，望远镜望之，距敌甚近。警告来时，兵士皆愿赴前敌（青龙镇）。敌人所据最坚固处，先生督军前进。敌人见我人没有携枪，因军火少，故先用枪刺冲锋，不轻易发弹也。所有的军官皆愿牺牲生命，故以后无论如何皆能由命，但敌人的枪弹范围敌不远。

我们先生做事非常精细，有一天正在吃饭，见一城楼为敌人最好目标，先生以值时军书旁午，安排军事如功课一般，因敌人有坚固营垒三处，我们部下兵力单薄，恐难取胜，先生即想一退兵诱敌方法，徐图再进，借此休息，训练兵士，振作士气。故后来泸州、纳溪之战，虽二面受攻，均获奇兵制胜。先生为中国最有学识之军官，神妙不测。但唯一以诚心为用，是后来军中指挥官之模范。处此危境，能获胜者甚少，先生独能以少胜多（因军士不及敌人四分之一），且支持日久。最有价值之胜仗，系在三月初七一天，乘敌人暇怠，出兵战胜，夺获军械及机关枪不少。彼时我军没有机关枪，即用敌人之枪弹，于 17 日并力攻打，自早上三时战起，至八时已经克复占领敌地。他们炮兵见我们去，大叫红帽兵来了，大家便走。现在纪念品尚在那里。此役战胜，先生方说为常胜军矣。到了 3 月下浣，帝制取消，就此停战。随又料理善后，颇非易事。先生虽精神困惫，料事如常，无论患难，毫无畏缩。故知其精神百倍，而病益伏于此矣。

李叔同
（1880—1942）

生平简介

　　李叔同（1880—1942），即弘一法师。俗姓李，幼名成蹊，谱名文涛，字叔同，又号漱筒，弘一是他出家后的法号。祖籍浙江省平湖县。我国新文化运动的前驱，近代史上著名的艺术家、教育家、思想家、革新家。1880年10月23日出生于天津河东地藏庵（今河北区粮店街陆家胡同）一官宦富商之家。1898年戊戌变法后，受康党之嫌，避祸上海，不久加入城南文社。1901年奉母命入南洋公学就读。1905年东渡日本，次年加入同盟会。1910年回国，先后执教于天津高等工业学堂、浙江省第一师范学校、南京高等师范学校。1918年在杭州虎跑寺出家，法号弘一，法名演音。后往返于青岛、温州、厦门等处讲经、弘扬佛法。1942年圆寂于泉州不二祠温陵养老院。作为中国新文化运动的早期启蒙者，他一生在音乐、戏剧、美术、诗词、篆刻、金石、书法、教育、哲学、法学等诸多文化领域中都有较高的建树，并先后培养了一大批优秀艺术人才。名画家丰子恺、音乐家刘质平等文化名人皆出其门下。作为中国近现代佛教史上最杰出的一位著名高僧，他被尊为南山律宗大师、律宗第十一世祖，享誉海内外。赵朴初先生评价大师的一生为："无尽奇珍供世眼，一轮圆月耀天心。"

万寿岩念佛堂开堂演词

1934 年 9—10 月间

今日万寿禅寺念佛堂开堂，余得参末席，深为荣幸。近十数年来，闽南佛法日益隆盛，但念佛堂尚未建立，悉皆引为憾事。今由本寺住持本妙法师发愿创建，开闽南风气之先。大众欢喜，叹为稀有。本妙法师英年好学，亲近兴慈法主讲席已历多载。于天台教义及净土法门悉能贯通。故今本其所学，建念佛堂弘扬净土，可谓法门之龙象，僧中之芬陀矣。

今念佛堂既已成立，而欲如法进行，维持永久，胥赖护法诸居士有以匡辅而助理之。

考江浙念佛堂规则，约分二端：一为长年念佛，二为临时念佛。

长年念佛者，斋主供设延生或荐亡牌位，堂中住僧数人乃至数十人，每日念佛数次。

临时念佛者，斋主或因寿诞或因保病或因荐亡，临时念佛一日，乃至多日，此即是水陆经忏之变相。

以上二端中，长年念佛尚易实行。因规模大小可以随时变通，勉力支持犹可为也。若临时念佛，实行至为困难。因旧日习惯，唯尚做水陆诵经拜忏放焰口等。今遽废此习惯，改为念佛，非易事也。

印光老法师文钞中，屡言念佛胜于水陆经忏等。今略引之《与徐蔚如书》云：

> 至于七中，及一切时，一切事，俱宜以念佛为主，何但丧期。以现今僧多懒惰，诵经则不会者多。而又其快如流，会而不熟亦不能随念。纵有数十人，念者无几。唯念佛则除非不发心，决无不能念之弊。又纵不肯念，一句佛号入耳经心，亦自利益不浅，此余决不提倡做余道场之所以也。

又《复黄涵之书》数通中，皆言及此。文云：

> 至于保病荐亡，今人率以诵经拜忏做水陆为事。余与知友言，皆令念佛。以念佛利益，多于诵经拜忏做水陆多多矣。何以故？诵经则不识字者不能诵，即识字而快如流水，稍钝之口舌亦不能诵，懒人虽能亦不肯诵，则成有名无实矣。拜忏做水陆亦可例推。念佛则无一人不能念者，即懒人不肯念，而大家一口同音念，彼不塞其耳，则一句佛号固已历历明明灌于心中，虽不念与念亦无异也。如染香人，身有香气，非特欲香，有不期然而然者，为亲眷保安荐亡者皆不可不知。

又云：

> 至于做佛事，不必念经拜忏做水陆，以此等事，皆

属场面，宜专一念佛，俾令郎等亦始终随之而念，女眷则各于自室念之，不宜附于僧位之末。如是则不但尊夫人令眷实获其益，即念佛之僧并一切见闻无不获益也。凡做佛事，主人若肯临坛，则僧自发真实心，倘主人以此为具文，则僧亦以此为具文矣。

又云：

做佛事一事，余前已详言之，祈勿徇俗徒作虚套，若念四十九天佛，较诵经之利益多多矣。

又《复周孟由昆弟书》云：

做佛事，只可念佛，勿做别佛事，并令全家通皆恳切念佛，则于汝母、于汝等诸眷属及亲戚朋友，皆有实益。

又云：

请僧念七七佛甚好。念时，汝兄弟必须有人随之同念。

统观以上印光老法师之言，于念佛则尽力提倡，于做水陆诵经拜忏放焰口等，则云决不提倡。又云念佛利益多于诵经拜忏做水陆多多矣。又云诵经拜忏做水陆有名无实。又云念经拜忏做水陆等事皆属场面。又云徒作虚套。老法师悲心深切，再三告诫，智者闻之，详为审察，当知何去何从矣。厦门泉州诸居士，皈依印光老法师者甚众。唯望禀遵师训，努力劝导诸亲友等，自今以后，决定废止拜忏诵经做水陆等，一概改为念佛。若能如此实行，不唯闽南各寺念佛堂可以维持永久，而闽南诸邑人士信仰净土法门者日众，往生西方者日多，则皆现前诸居士劝导之功德也。幸各勉旃！

律学要略^①

1935 年 11—12 月间

我出家以来，在江浙一带并不敢随便讲经或讲律，更不敢赴什么传戒的道场，其缘故是因个人感觉着学力不足。三年来在闽南虽曾讲过些东西，自心总觉非常惭愧的。这次本寺诸位长者再三地唤我来参加戒期胜会，情不可却，故今天来与诸位谈谈。但因时间匆促，未能预备，参考书又缺少，兼以个人精神衰弱，拟在此共讲三天。今天先专为求授比丘戒者讲些律宗历史，他人旁听，虽不能解，亦是种植善根之事。

为比丘者应先了知戒律传入此土之因缘及此土古今律宗盛衰之大概。由东汉至曹魏之初，僧人无归戒之举，唯剃发而已。魏嘉平年中，天竺僧人法时到中土，乃立羯磨受法，是为戒律之始。当是时可算是真实传授比丘戒的开始，渐渐达至繁盛时期。

大部之广律，最初传来的是《十诵律》，翻译斯部律者，系姚秦时的鸠摩罗什法师，庐山净宗初祖远公法师亦竭力劝请赞扬。六朝时此律最盛于南方。其次翻译的是《四分律》，时期和《十诵律》相去不远，但迟至隋朝乃有人弘扬提倡，至唐初乃大

---

① 本文是弘一法师在泉州承天寺律仪法会发表的演讲。

143

盛。第三部是《僧祇律》，东晋时翻译的，六朝时北方稍有弘扬者。刘宋时继《僧祇律》后，有《五分律》，翻译斯律之人，即是译六十卷《华严经》者，文精而简，道宣律师甚赞，可惜罕有人弘扬。至其后有《有部律》，乃唐武则天时义净法师的译著，即是西藏一带最通行的律。当初义净法师在印度有二十余年的历史，博学强记，贯通律学精微，非至印度之其他僧人所能及，实空前绝后的中国大律师。义净回国，翻译终毕，他年亦老了，不久即圆寂，以后无有人弘扬，可惜！可惜！此外诸部律论甚多，不遑枚举。

关于《有部律》，我个人起初见之甚喜，研究多年；以后因朋友劝告即改研《南山律》，其原因是《南山律》依《四分律》而成，又稍有变化，能适合吾国僧众之根器故。现在我即专就《四分律》之历史大略说些。

唐代是《四分律》最盛时期，以前所弘扬的是《十诵律》，《四分律》少人弘扬；至唐初《四分律》学者乃盛，共有三大派：一、《相部律》，依法砺律师为主；二、《南山律》，以道宣律师为主；三、《东塔律》，依怀素律师为主。法砺律师在道宣之前，道宣曾就学于他。怀素律师在道宣之后，亦曾亲近法砺道宣二律师。斯律虽有三大派之分，最盛行于世的可算《南山律》了。南山律师著作浩如烟海，其中《行事钞》最负盛名，是时任何宗派之学者皆须研《行事钞》；自唐至宋，解者六十余家，唯灵芝元照律师最胜，元照律师尚有许多其他经律的注释。元照后，律学渐渐趋于消沉，罕有人发心弘扬。

南宋后禅宗益盛，律学更无人过问，所有唐宋诸家的律学撰述数千卷悉皆散失；迨至清初，唯存《南山随机羯磨》一卷，如是观之，大足令人兴叹不已！明末清初有蕅益、见月诸大师等欲重兴律宗，但最可憾者，是唐宋古书不得见。当时蕅益大师著述有《毗尼事义集要》，初讲时人数已不多，以后更少；结果成绩颓然。见月律师弘律颇有成绩，撰述甚多，有解《随机羯磨》者，毗尼作持，与南山颇有不同之处，因不得见南山著作故！此外尚有最负盛名的《传戒正范》一部，从明末至今，传戒之书独此一部，传戒尚存之一线曙光，唯赖此书；虽与南山之作未能尽合，然其功甚大，不可轻视；但近代受戒仪轨，又依此稍有增减，亦不是见月律师传戒正范之本来面目了。

南宋至清七百余年，关于唐宋诸家律学撰述，可谓无存；清光绪末年乃自日本请还唐宋诸家律书之一部分，近十余年间，在天津已刊者数百卷。此外续藏经中所收尚未另刊者，犹有数百卷。

今后倘有人发心专力研习弘扬，可以恢复唐代之古风，凡蕅益、见月等所欲求见者今悉俱在；我们生此时候，实比蕅益、见月诸大师幸福多多。

但学律非是容易的事情，我虽然学律近二十年，仅可谓为学律之预备，窥见了少许之门径；再预备数年，乃可着手研究，以后至少须研究二十年，乃可稍有成绩。奈我现在老了，恐不能久住世间，很盼望你们有人能发心专学戒律，继我所未竟之志，则至善矣。

我们应知道，现在所流通之传戒正范，非是完美之书，何况更随便增减，所以必须今后恢复古法乃可；此皆你们的责任，我甚希望大家共同勉励进行！

今天续讲三皈、五戒乃至菩萨戒之要略。

三皈、五戒、八戒、沙弥沙弥尼戒、式叉摩那戒、比丘比丘尼戒、菩萨戒等，就普通说，菩萨戒为大乘，余皆小乘，但亦未必尽然，应依受者发心如何而定。我近来研究《南山律》，内中有云："无论受何戒法，皆要先发大乘心。"由此看来，哪有一种戒法专名为小乘的呢！再就受戒方法论，如三皈、五戒、沙弥沙弥尼戒，皆用三皈依受；至于比丘比丘尼戒、菩萨戒，则须依羯磨文受；又如式叉摩那，则是做羯磨与学戒法，不是另外得戒，与上不同。再依在家出家分之：就普通说，在家如三皈、五戒、八戒等，出家如沙弥比丘等，实而言之，三皈、五戒、八戒，皆通在家出家。诸位听着这话，或当怀疑，今我以例证之，如明灵峰蕅益大师，他初亦受比丘戒，后但退作三皈人，如是言之，只有三皈亦可算出家人。

又若单五戒亦可算出家人，因剃发以后，必先受五戒，后再受沙弥戒，未受沙弥戒前，只是五戒之出家人。故五戒通于在家出家，有在家优婆塞、出家优婆塞之别；例如明蕅益大师之大弟子成时、性旦二师，皆自称为出家优婆塞。成时大师为编辑《净土十要》及《灵峰宗论》者，性旦大师为记录弥陀要解者，皆是明末的高僧。

八戒何为亦通在家出家？《药师经》中说比丘亦可受八戒，比丘再受八戒为欲增上功德故。这样看起来，八戒亦通于僧俗。

以上略判竟，以下一一分别说之。

三皈：不属于戒，仅名三皈。三皈者：皈依佛，皈依法，皈依僧。未受以前必须要了解三皈道理，并非糊里糊涂地盲从瞎说，如这样子皆不得三皈。

所谓三宝有四种之别：一理体三宝，二化相三宝，三住持三宝，四一体三宝。尽讲起来很深奥复杂，现在且专就住持三宝来说。三宝意义是什么？佛，法，僧。所谓佛即形象，如释迦佛像、药师佛像、弥陀佛像等；法即佛所说之经，如《法华经》《楞严经》等，皆佛金口所流露出来之法；僧即出家剃发受戒有威仪之人。以上所说佛、法、僧道理，可谓最浅近，诸位谅皆能明了吧。

皈依即回转的意义，因前背舍三宝，而今转向三宝，故谓之皈依。但无论出家在家之人，若受三皈时，最重要点有二：第一要注意皈依三宝是何意义。第二当受三皈时，师父所说应当十分明白，或师父所讲的话，全是文言不能了解，如是绝不能得三皈；或隔离太远，听不明白亦不得三皈；或虽能听到大致了解，其中尚有一二怀疑处，亦不得三皈。又正授之时，即是"皈依佛""皈依法""皈依僧"三说，此最要紧，应十分注意；以后之"皈依佛竟""皈依法竟""皈依僧竟"，是名三结，无关紧要；所以诸位发心受戒，应先了知三皈意义，又当正授时，要在先"皈依佛"等三语注意，乃可得三皈。

以上三皈说已。下说五戒。

五戒：就五戒言，亦要请师先为说明。五戒者：杀，盗，淫，妄，酒。当师父说明五戒意义时，切要用白话，浅近明了，使人易懂。受戒者听毕，应先自思量如是诸戒能持否，若不能全持，或一，或二，或三，或四，皆可随意；宁可不受，万不可受而不持！且就杀生而论，未受戒者，犯之本应有罪，若已受不杀戒者犯之，则罪更加重一倍，可怕不可怕呢！你们试想一想，如果不能受持，勉强敷衍，实是自寻烦恼！据我思之，五戒中最容易持的，是不邪淫，不饮酒，诸位可先受这两条最为稳当；至于杀与妄语，有大小之分，大者虽不易犯，小者实为难持；又五戒中最为难持的莫如盗戒，非于盗戒戒相研究十分明了之后，万不可率尔而受。所以我盼望诸位对于盗戒一条缓缓再说，至要！至要！但以现在传戒情形看起来，在这许多人众集合场中，实际上是不能如上一一别受；我想现在受五戒时，不妨合众总受五戒，俟受戒后，再自己斟酌取舍，亦未为不可；于自己所不能奉持的数条，可以在引礼师前或俗人前舍去，这样办法，实在十分妥当，在授者减麻烦，诸位亦可免除烦恼。另外还有一句要紧的话，倘有人怀疑于此大众混杂扰乱之时，心中不能专一注想，或恐犹未得戒者，不妨请性愿老法师或其他善知识，再为重授一次，他们当即慈悲允许。诸位！你们万不可轻视三皈五戒！我有句老实话对诸位说：菩萨戒不是容易得的，沙弥戒及比丘戒是不能得的，无论出家或在家人所希望者，唯有三皈五戒，我们倘能得三皈五戒，那就是很好的了。因受持五戒，来生定可为人；既能持五戒，再说念阿弥陀佛名号，求生西方，临终时定能往生西方极乐世界，岂不甚好。就我自己而论，对于菩萨戒是有名无实，沙弥戒及比丘戒决定未得；即以五戒而言，亦不敢说完全，只可谓为出家多分优婆塞而已。这是实话。所以我盼望诸位要注意三皈五戒；当受五戒，应知于前说三皈正得戒体，最宜注意；后说五戒戒相为附属之文，不是在此时得戒。又须请师先为说明五戒之广狭；例如饮酒一戒，不唯不饮泉州酒店之酒，凡尽法界虚空界之戒缘境酒，皆不可饮。杀，盗，淫，妄，亦复如是。所以受戒功德普遍法界，实非人力所能思议。

宝华山见月律师所编《三皈五戒正范》，所有开示多用骈体文，闻者万不能了解，等于虚文而已；最好请师译成白话。此外我更附带言之：近有为人授五戒者于不饮酒后加不吸烟一句，但这不吸烟可不必加入；应另外劝告，不应加入五戒文中。

以上说五戒毕，以下讲八戒。

八戒，具云八关斋戒。"关"者禁闭非逸，关闭所有一切非善事。"斋"是清的意思，绝诸一切杂想事。八关斋戒本有九条，因其中第七条包含两条，故合计为八条。前五与五戒同，后三条是另加的。后加三者，即第六，华香璎珞香油涂身，这是印度美丽装饰之风俗，我国只有花香，并无璎珞等；但所谓香如吾国香粉、香水、香牙粉、香牙膏及香皂等，皆不可用。第七，高胜床上坐，作倡伎乐故往观听。这就是两条合为一条的；现略为分析："高"是依佛制度，坐卧之床脚，最高不能超过一尺六寸；"胜"是指金银牙角等之装饰，此皆不可。但在他处不得已的时候，暂坐可开。佛制是专为自制的须结正罪，如别人已做成功的不是自制的，罪稍轻。作倡伎乐故往观听，音乐影戏等皆属此条，所谓故往观听之"故"字要注意，于无意中偶然听到或看见的不犯。以上高胜床上坐，作倡伎乐故往观听，共合为一条。受八关斋戒的人，皆不可为。第八，非时食。佛制受八关斋戒后，自黎明至正午可食，倘越时而食，即叫作非时食。即平常所说的"过午不食"。但正午后，不单是饭等不可食，如牛奶、水果等均不可用。如病重者，于不得已中，可在大家看不到地方开食粥等。

受八关斋戒，普通于六斋日受；六斋日者，即初八、十四、十五、廿三及月底最后二日；倘能发心日日受，那是最好不过了。受时要在每天晨起时，期限以一日一夜——天亮时至夜，夜至明早。——受八关斋戒后，过午不食一条，应从今天正午后至次日黎明时皆不可食。又八戒与菩萨戒比较别的戒有区别；因为八戒与菩萨戒，是顿立之戒。（但上说的菩萨戒，是局就《梵网》《璎珞》等而说的；若依《瑜伽戒本》，则属于渐次之戒。）这是什么缘故呢？未受五戒、沙弥戒、比丘戒，皆可即受菩萨戒或八戒，故曰顿立；若渐次之戒，必依次第，如先五戒，次沙弥戒，次比丘戒，层层上去的。以上所说八关斋戒，外江居士受得非常之多；我想闽南一带，将来亦应当提倡提倡！若嫌每月六日太多，可减至一日或两日亦无不可；因仅受一日，即有极大功德，何况六日全受呢！

沙弥戒：沙弥戒诸位已知道了吧？此乃正戒，共十条。其中九条同八戒，另加手不捉钱宝一条，合而为十。但手不捉钱宝一条，平常人不明白，听了皆怕；不知此不捉钱宝是易持之戒，律中有方便办法，叫作"说净"，经过说净的仪式后，亦可照常自己捉持；最为繁难者，是正戒十条外于比丘戒亦应学习，犯者结罪。我初出家时不晓得，后来学律才知道。这样看起来，持沙弥戒亦是不容易的一回事。

沙弥尼戒：即女众，法戒与沙弥同。

式叉摩那戒：梵语式叉摩那，此云学法女；外江各丛林，皆谓在家贞女为式叉摩那，这是错误的。闽南这边，那年开元寺传戒时，对于贞女不称式叉摩那，只用贞女之名，这是很通；平常人多不解何者为式叉摩那，我现在略为解释一下：哪一种人可以受式叉摩那戒呢？要已受沙弥尼戒的人于十八岁时，受式叉摩那法，学习二年，然后再受比丘尼戒。因为佛制二十岁乃可受戒，于十八岁时，再学二年正当二十岁。于二年学习时，僧作羯磨，与学戒法；二年学毕乃可受比丘尼戒；但式叉摩那要学三法：一学根本法，即四重戒。二学六法，染心相触，盗减五钱，断畜命，小妄语，非时食，饮酒。三学行法，大尼诸戒，及威仪。

此仅是受学戒法，非另外得戒，故与他戒不同。以下讲比丘戒。

比丘戒：因时间很短，现在不能详细说明，唯有几句要紧话先略说之。我们生此末法时代，沙弥戒、与比丘戒皆是不能得的，原因甚多甚多！今且举出一种来说，就是没有能授沙弥戒比丘戒的人；若受沙弥戒，须二比丘授，比丘戒至少要五比丘授；倘若找不到比丘的话，不单比丘戒受不成，沙弥戒亦受不成。我有一句很伤心的话要对诸位讲：从南宋迄今六七百年来，或可谓僧种断绝了！以平常人眼光看起来，以为中国僧众很多，大有达至几百万之概；据实而论，这几百万中，要找出一个真比丘，怕也是不容易的事！如此怎样能受沙弥比丘戒呢？既没有能受戒的人，如何会得戒呢？我想诸位听到这话，心中一定十分扫兴；或以为既不得戒，我们白吃辛苦，不如早些回去好，何必在此辛辛苦苦做这种极无意味的事情呢？但如此怀疑是大不对的。我劝诸位应好好地、镇静地在此受沙弥戒、比丘戒才是！虽不得戒，亦能种植善根，兼学种种威仪，岂不是好；又若想将来学律，必先挂名受沙弥比丘戒，否则以白衣学律，必受他人讥评。所以你们在这儿发心受沙弥比丘戒是很好的！

这次本寺诸位长老唤我来讲律学大意，我感着有种种困难之点，这是什么缘故？比方我在这儿，不依据佛所说的道理讲，一味地随顺他人顾惜情面敷衍了事，岂不是我害了你们吗！若依实在的话与你们讲，又恐怕因此引起你们的怀疑，所以我觉着十分困难。因此不得已，对于诸位分作两种说法：（一）老实不客气地，必须要说明受戒真相，恐怕诸位出戒堂后，妄自称为沙弥或比丘，致招重罪，那是不得了的事情！我有种比方，譬如泉州这地方有司令官等，不识相的老百姓亦自称我是司令官，如司令官等听到，定遭不良结果，说不定有枪毙之危险！未得沙弥比丘戒者，妄自称为沙弥或比丘，必定遭恶报，亦就是这个道理。我为着良心的驱使，所以要对诸位说老实话。（二）以现在人情习惯看起来，我总劝诸位受戒，挂个虚名，受后俾可学律；不然，定招他人诽谤之虞；这样地说，诸位定必明了吧。

更进一层说，诸位中若有人真欲绍隆僧种，必须求得沙弥比丘戒者，亦有一种特别的方法；即是如蕅益大师礼占察忏仪，求得清净轮相，即可得沙弥比丘戒；除此以外，无有办法。故蕅益大师云："末世欲得净戒，舍此占察轮相之法，更无别途。"因为得清净轮相之后，即可自誓总受菩萨戒而沙弥比丘戒皆包括在内，以后即可称为菩萨比丘。礼占察忏得清净轮相，虽是极不容易的事，倘诸位中有真发大心者，亦可奋力进行，这是我最希望你们的。以下说比丘尼戒。

比丘尼戒，现在不能详说。依据佛制，比丘尼戒要重复受两次；先依尼僧授本法，后请大僧正授，但正得戒时，是在大僧正授时；此法南宋以后已不能实行了。最后说菩萨戒。

菩萨戒，为着时间关系，亦不能详说。现在略举三事：（一）要有菩萨种性，又能发菩提心，然后可受菩萨戒。什么是种性呢？就简单来说，就是多生以来所成就的资格。所以当受戒时，戒师问："汝是菩萨否？"应答曰："我是菩萨！"这就是菩萨种性。戒师又问："既是菩萨，已发菩提心否？"应答曰："已发菩提心。"这就是发菩提心。如这样子才能受菩萨戒。（二）平常人受菩萨戒者皆是全受；但依《璎珞本业经》，可以随身分受，或一或多；与前所说的受五戒法相同。（三）犯相重轻，依旧疏新疏有种种差别，应随个人力量而行；现以例说，如妄语戒，旧疏说大妄语乃犯波罗夷罪，新疏说，小妄语即犯波罗夷罪。至于起杀、盗、淫、妄之心，即犯波罗夷，乃是为地上菩萨所制，我等凡夫是做不到的。

所谓菩萨戒虽不易得，但如有真诚之心，亦非难事；且可自誓受，不比沙弥比丘戒必须要请他人授；因为菩萨戒、五戒、八戒皆可自誓受，所以我们颇有得菩萨戒之希望！

今天律学要略讲完，我想在其中有不妥当处或错误处，还请诸位原谅。最后我尚有几句话：诸位在此受戒很好。在近代说，如外江最有名望的地方，虽有传戒，实不及此地完备，这是这里办事很有热心，很有精神，很有秩序，诚使我佩服，使我赞美。就以讲律来说，此地戒期中讲沙弥律、比丘戒本、梵网经，他方是难有的。几年前泉州大开元寺于戒期中提倡讲律，大家皆说是破天荒的举动。本寺此次传戒之美备，实与数年前大开元寺相同；并有露天演讲，使外人亦有种植善根之机缘，诚办事周到之处。本年天灾频仍，泉州亦不在例外，在人心惨痛、境遇萧条的状况中，本寺居然以极大规模，很圆满地开戒，这无非是诸位长老及大护法的道德感化所及；我这次到此地，心实无限欢喜，此是实话，并非捧场；此次能碰着这大机缘与诸位相聚，甚慰衷怀，最后还要与诸位恭喜。

青年佛徒应注意的四项①

1936 年 2 月

养正院从开办到现在，已是一年多了。外面的名誉很好，这因为由瑞金法师主办，又得各位法师热心爱护，所以能有这样的成绩。

我这次到厦门，得来这里参观，心里非常欢喜。各方面的布置都很完美，就是地上也扫得干干净净的，这样，在别的地方，很不容易看到。

我在泉州草庵大病的时候，承诸位写一封信来，各人都签了名，慰问我的病状；并且又承诸位念佛七天，代我忏悔，还有像这样别的事，都使我感激万分！

再过几个月，我就要到鼓浪屿日光岩，去方便闭关了。时期大约颇长久，怕不能时时会到，所以特地发心来和诸位叙谈叙谈。

今天所要和诸位谈的，共有四项：一是惜福，二是习劳，三是持戒，四是自尊，都是青年佛徒应该注意的。

---

① 本文是弘一法师在南普陀寺佛教养正院发表的演讲。

一、惜　福

　　"惜"是爱惜，"福"是福气。就是我们纵有福气，也要加以爱惜，切不可把它浪费。诸位要晓得，末法时代，人的福气是很微薄的；若不爱惜，将这很薄的福享尽了，就要受莫大的痛苦。古人所说"乐极生悲"，就是这意思啊！我记得从前小孩子的时候，我父亲请人写了一副大对联，是清朝刘文定公的句子，高高地挂在大厅的抱柱上，上联是"惜食惜衣，非为惜财，缘惜福"。我的哥哥时常教我念这句子，我念熟了，以后凡是临到穿衣或是饮食的当儿，我都十分注意，就是一粒米饭，也不敢随意糟掉。而且我母亲也常常教我，身上所穿的衣服，当时时小心，不可损坏或污染。这因为母亲和哥哥怕我不爱惜衣食，损失福报，以致短命而死，所以常常这样叮嘱着。

　　诸位可晓得，我五岁的时候，父亲就不在世了！七岁我练习写字，拿整张的纸瞎写，一点不知爱惜。我母亲看到，就正言厉色地说："孩子！你要知道呀！你父亲在世时，莫说这样大的整张的纸不肯糟蹋，就连寸把长的纸条，也不肯随便丢掉哩！"母亲这话，也是惜福的意思啊！

　　我因为有这样的家庭教育，深深地印在脑里，后来年纪大了，也没一时不爱惜衣食。就是出家以后，一直到现在，也还保守着这样的习惯。诸位请看我脚上穿的一双黄鞋子，还是民国九年在杭州时候，一位打念佛七的出家人送给我的。又诸位有空，可以到我房间里来看看，我的棉被面子，还是出家以前所用的；又有一把洋伞，也是民国初年买的。这些东西，即使有破烂的地方，请人用针线缝缝，仍旧同新的一样了。简直可尽我形寿受用着哩！不过，我所穿的小衫裤和罗汉草鞋一类的东西，却须五六年一换。除此以外，一切衣物，大都是在家时候或是初出家时候制的。

从前常有人送我好的衣服或别的珍贵之物，但我大半都转送别人。因为我知道我的福薄，好的东西是没有胆量受用的。又如吃东西，只生病时候吃一些好的，除此以外，从不敢随便乱买好的东西吃。

惜福并不是我一个人的主张，就是净土宗大德印光老法师也是这样，有人送他白木耳等补品，他自己总不愿意吃，转送到观宗寺去供养谛闲法师。别人问他："法师！你为什么不吃好的补品?"他说："我福气很薄，不堪消受。"

他老人家——印光法师，性情刚直，平常对人只问理之当不当，情面是不顾的。前几年有一位皈依弟子，是鼓浪屿有名的居士，去看望他，和他一道吃饭。这位居士先吃好，老法师见他碗里剩落了一两粒米饭，于是就很不客气地大声呵斥道："你有多大福气，可以这样随便糟蹋饭粒！你得把它吃光!"

诸位！以上所说的话，句句都要牢记。要晓得，我们即使有十分福气，也只好享受二三分，所余的可以留到以后去享受。诸位或者能发大心，愿以我的福气布施一切众生，共同享受，那更好了。

二、习　　劳

"习"是练习，"劳"是劳动。现在讲讲习劳的事情。

诸位请看看自己的身体，上有两手，下有两脚，这原为劳动而生的。若不将它运用习劳，不但有负两手、两脚，就是对于身体也一定有害无益的。换句话说，若常常劳动，身体必定康健。而且我们要晓得，劳动原是人类本分上的事，不唯我们寻常出家人要练习劳动，即使到了佛的地位，也要常常劳动才行，现在我且讲讲佛的劳动的故事。

所谓佛，就是释迦牟尼佛。在平常人想起来，佛在世时，总以为同现在的方丈和尚一样，有衣钵师、侍者师常常待候着，佛自己不必做什么；但是不然，有一天，佛看到地下不很清洁，自己就拿起扫帚来扫地。许多大弟子见了，也过来帮扫，不一时，把地扫得十分清洁。佛看了欢喜，随即到讲堂里去说法，说道："若人扫地，能得五种功德……"

又有一个时候，佛和阿难出外游行，在路上碰到一个喝醉了酒的弟子，已醉得不省人事了；佛就命阿难抬脚，自己抬头，一直抬到井边，用桶汲水，叫阿难把他洗濯干净。

有一天，佛看到门前木头做的横楣坏了，自己动手去修补。

有一次，一个弟子生了病，没有人照应。佛就问他说："你生了病，为什么没人照应你？"那弟子说："从前人家有病，我不曾发心去照应他；现在我有病，所以人家也不来照应我了。"佛听了这话，就说："人家不来照应你，就由我来照应你吧！"就将那病弟子大小便种种污秽，洗濯得干干净净；并且还将他的床铺，理得清清楚楚，然后扶他上床。由此可见，佛是怎样的习劳了。佛绝不像现在的人，凡事都要人家服劳，自己坐着享福。这些事实，出于经律，并不是凭空说说的。

现在我再说两桩事情，给大家听听。《弥陀经》中载着的一位大弟子——阿㝹楼陀，他双目失明，不能料理自己。佛就替他裁衣服，还叫别的弟子一道帮着做。

有一次，佛看到一位老年比丘眼睛花了，要穿针缝衣，无奈眼睛看不清楚，嘴里叫着："谁能替我穿针呀！"佛听了立刻答应说："我来替你穿。"

以上所举的例，都足证明佛是常常劳动的。我盼望诸位，也当以佛为模范，凡事自己动手去做，不可依赖别人。

三、持　戒

"持戒"二字的意义，我想诸位总是明白的吧！我们不说修到菩萨或佛的地位，就是想来生再做人，最低的限度，也要能持五戒。可惜现在受戒的人虽多，只是挂个名而已，切切实实能持戒的却很少。要知道，受戒之后，若不持戒，所犯的罪，比不受戒的人要加倍的大，所以我时常劝人不要随便受戒。至于现在一般传戒的情形，看了真痛心，我实在说也不忍说了！我想最好还是随自己的力量去受戒，万不可敷衍门面，自寻苦恼。

戒中最重要的，不用说是杀、盗、淫、妄，此外还有饮酒、食肉，也易惹人讥嫌。至于吃烟，在律中虽无明文，但在我国习惯上，也很容易受人讥嫌的，总以不吃为是。

四、自　尊

"尊"是尊重，"自尊"就是自己尊重自己。可是人都喜欢人家尊重我，而不知我自己尊重自己；不知道要想人家尊重自己，必须从我自己尊重自己做起。怎样尊重自己呢？就是自己时时想着：我当做一个伟大的人，做一个了不起的人。比如我们想做一位清净的高僧吧，就拿《高僧传》来读，看他们怎样行，我也怎样行，所谓"彼既丈夫我亦尔"。又比方我想将来做一位大菩萨，那么，就当依经中所载的菩萨行，随力行去。这就是自尊。但自尊与贡高不同。贡高是妄自尊大、目空一切的胡乱行为。自尊是自己增进自己的德业，其中并没有一丝一毫看不起人的意思的。

诸位万万不可以为自己是一个小孩子，是一个小和尚，一切不妨随便些；也不可说我是一个平常的出家人，哪里敢希望做高僧、做大菩萨。凡事全在自己做去，能有高尚的志向，没有做不到的。

诸位如果作这样想：我是不敢希望做高僧、做大菩萨的。那做事就随随便便，甚至自暴自弃，走到堕落的路上去了，那不是很危险的么？诸位应当知道，年纪虽然小，志气却不可不高啊！

我还有一句话，要向大家说。我们现在依佛出家，所处的地位是非常尊贵的，就以剃发、披袈裟的形式而论，也是人天师表，国王和诸天人来礼拜，我们都可端坐而受。你们知道这道理么？自今以后，就当尊重自己，万万不可随便了。

以上四项，是出家人最当注意的，别的我也不多说了。我不久就要闭关，不能和诸位时常在一块儿谈话，这是很抱歉的。但我还想在关内讲讲律，每星期约讲三四次，诸位碰到例假，不妨来听听！

今天得和诸位见面，我非常高兴。我只希望诸位把我所讲的四项，牢记在心，作为永久的纪念！

时间讲得很久了，费诸位的神。抱歉！抱歉！

谈写字的方法①

1937 年 3 月 28 日

我到闽南这边来，已经有十年之久了。

前几年冬天的时候，我也常常到南普陀寺来，看到大殿、观音殿及两廊旁边的栏杆上，排列了很多很多的花，尤其正在过年的时候，更是多得很，多得很。

其中有一种名叫"一品红"的（闽南人称为圣诞花），颜色非常的鲜明，非常的好看，可以说是南国特有的一种风味，特有的色彩。每当残冬过去、春天快到来的时候，把它摆出来，好像是迎春的样子，而气象确也为之一新。

我于去年冬天到这里来，心中本来预料着，以为可以看到许多的"一品红"了。岂知一到的时候，空空洞洞，所看到的，尽是其他的花草，因而感到很伤心。为什么？以前那么多的"一品红"，现在到哪里去了呢？找来找去，找了很久，只在那新功德楼的地方，发现了三棵，都是憔悴不堪，颜色不大鲜明很怨惨的样子，也没有什么人要去赏玩了。于是使我联想到佛教养正院：

———————————

① 本文是弘一法师在厦门南普陀寺佛教养正院发表的最后一次演讲。

159

过去的时候，也曾经有很光荣的历史，像那些"一品红"一样，欣欣向荣，有无限的生机；可是现在，则有些衰败的气象了。

养正院开办已经三年了，这期间，自然有很多可纪念的事迹，可是观察其未来，则很替它悲观，前途很不堪设想。我现在在南普陀这里，还可以看到养正院的招牌，下一次再来的时候，恐怕看不到了。这一次，也许可以说是我"最后的演讲"。

一

这一次所要讲的，是这里几位学生的意思——要我来讲"关于写字的方法"。

我想写字这一回事，是在家人的事，出家人讲究写字有什么意思呢？所以，这一讲讲写字的方法，我觉得很不对。因为出家人假如只会写字，其他的学问一点不知道，尤其不懂得佛法，那可以说是佛门的败类。须知出家人不懂得佛法，只会写字，那是可耻的。出家人唯一的本分，就是要懂得佛法，要研究佛法。不过，出家人并不是绝对不可以讲究写字的，但不可用全副精神，去应付写字就对了；出家人固应对于佛法全力研究，而于有空的时候，写写字也未尝不可。写字如果写到了有个样子，能写对子、中堂来送与人，以做弘法的一种工具，也不是无益的。

倘然只能写得几个好字，若不专心学佛法，虽然人家赞美他字写得怎样的好，那不过是"人以字传"而已。我觉得出家人字虽然写得不好，若是很有道德，那么他的字是很珍贵的，结果都是能够"字以人传"；如果对于佛法没有研究，而且没有道德，纵能写得很好的字，这种人在佛教中是无足轻重的了，他的人本来是不足传的。即能"人以字传"——这是一桩可耻的事，就是在家人也是很可耻的。

今天虽然名为讲写字的方法，其实我的本意是要劝诸位来学佛法的。因为大家有了行持，能够研究佛法，才可利用闲暇时间，来谈谈写字的法子。

关于写字的源流、派别，以及笔法、章法、用墨……古人已经讲得很清楚了，而且有很多的书可以参考，我不必多讲。现在只就我个人关于写字的心得及经验，随便来说一说。

诸位写字的成绩很不错。但是每天每个人只限定写一张，而且只有一个样子，这是不对的。每天练习写字的时候，应该将篆书、大楷、中楷、小楷四个样子，都要多多地写与练习。如果没有时间，关于中楷可以略掉；至于其他的字样，是缺一不可的，且要多多地练习才对。我有一点意见，要贡献给诸位，下面所说的几种方法，我认为是很重要的。

二

我对于发心学字的人，总是劝他们，先由篆字学起。为什么呢？有几种理由：

（一）可以顺便研究《说文》，对于文字学，便可以有一点常识了。因为一个字一个字都有它的来源，并不是凭空虚构的，关于一笔一画，都不能随随便便乱写的。若不学篆书，不研究《说文》，对于字学及文字的起源就不能明白——简直可以说是不认得字啊！所以写字若由篆书入手，不但写字会进步，而且也很有兴味的。

（二）能写篆字以后，再学楷书，写字时一笔一画，也就不会写错的了。我以前看到养正院几位学生所抄写的稿子，写错的字很多很多。要晓得，写错了字，是很可耻的——这正如学英文的人一样，不能把字母拼错一个。若拼错了字，人家怎么认识呢？写错了我们自己的汉文字，更是不可以的。我们若先学会了篆书，再写楷字时，那就可以免掉很多错误。此外，写篆字也可以为写隶书、楷书、行书的基础。学会了篆字之后，对于写隶书、楷书、行书就都很容易——因为篆书是各种写字的根本。

若要写篆字的话，可先参看《说文》这一类的书。有一部清人吴大澄（清代文字学家，江苏吴县人，精于古文字学，著有《说文部首》《字说》《说文古籀补》等文字学著作多部，在字学上颇具创见）的《说文部首》，那不可缺少的。因为这部书很好，便于初学，如果要学写字的话，先研究这一部书最好。

既然要发心学写字的话，除了写篆字而外，还有大楷、中楷、小楷，这几样都应当写。我以前小孩子的时候，都通通写过的。至于要学一尺二尺的字，有一个很简便的方法：那就可用大砖来写，平常把四块大砖拼合起来，做成桌子的样子，而且用架子架起来，也可当桌子用；要学写大字，却很方便，而且一物可供两用了。

大笔怎样得到呢？可用麻扎起来做大笔，要写时，就可以任意挥毫。大砖在南方也许不多，这里倒有一个方面可以替代：就是用水门汀拼起来成为桌子。而用麻来写字，都是一样的。这样一来，既可练习写字，而纸及笔，也就经济得多了。

篆书、隶书乃至行书都要写，样样都要学才好；一切碑帖也都要读，至少要浏览一下才可以。照以上的方法学了一个时期以后，才可专写一种或专写一体。这是由博而约的方法。

三

至于用笔呢？算起来有很多种，如羊毫、狼毫、兔毫等。普通是用羊毫，紫毫及狼毫亦可用，并不限定哪一种。最要注意的一点，就是写大字须用大笔，千万不可用小笔！用小的笔写大字，那是很错误的。宁可用大笔写小字，不可以用小笔写大字。

还有纸的问题。市上所售的油光纸是很便宜的，但太光滑，很难写。若用本地所产的粗纸，就无此毛病的了。我的意思，高年级的同学可用粗纸，低年级的可用油光纸。

此地所用的有格子的纸，是不大适合的，和我们从前的九宫格的纸不同。以我的习惯而论，我用九宫格的方法，就不是这个样子。现在画在下面（图略），并说明我的用法。

若用这种格子的纸，写起字来，是很方便的，这样一来，每个字都有规矩绳墨可守的。如写大楷时，两线相交的地方，成了一个十字形，就不致上下左右不相对称了。要晓得，写字总不能随随便便。每个字的地位要很正，要不偏左不偏右，不上不下，要有一定的标准。因为线有中心点，初学时注意此线，则写起来，自然会适中、很"落位"了。

平常写字时，写这个字，眼睛专看这个字，其余的字就不管，这也是不对的。因为上面的字，与下面的字都有关系的，即全部分的字，不论上下左右，都须连贯才可以。这一点很要紧，须十分注意。不可以只管写一个字，其余的一切不去管它。因为写字要使全体都能够配合，不能单就每个字去看的。

再有一点须注意的：当我们写字的时候，切不可倚在桌上，须使腕高高地悬起来，才可以运用如意。写中楷悬腕固好，假如肘部要倚着，那也无妨。至于小楷，则可以倚在桌上，不必悬腕的。

四

以上所说的，是写字的初步法门。现在顺便讲讲关于写对联、中堂、横披、条幅等的方法。我们写对联或中堂，就所写的一幅字而论，是应该有章法的。普通的一幅中堂，论起优劣来，有几种要素须注意的。现在估量其应得的分数如下：

章法五十分；

字三十五分；

墨色五分；

印章十分。

就以上四种要素合起来，总分数可以算一百分。其中并没有平均的分数。我觉得其差异及分配法，当照上面所分配的样子才可以。

一般人认为每个字都很要紧，然而依照上面的记分，只有三十五分。大家也许要怀疑，为什么章法反而分数占多数呢？就章法本身而论，它之所以占着重要的原因，理由很简单——在艺术上有所谓三原则，即：

（一）统一；

（二）变化；

（三）整齐。

这在西洋绘画方面是认为很重要的。我便借来用在此地，以批评一幅字的好坏。我们随便写一张字，无论中堂或对联，普通将字排起来，或横或直，首先要能够统一，字与字之间，彼此必须相联络、互相关系才好。但是单止统一也不能的，呆板也是不可以的，须当变化才好。若变化得太厉害，乱七八糟，当然不好看。所以必须注意彼此互相联络、互相关系才可以的。

就写字的章法而论，大略如此。说起来虽很简单，却不是一蹴可就的。这需要经验的，多多地练习，多看古人的书法以及碑帖，养成赏鉴艺术的眼光，自己能常去体认，从经验中体会出来，然后才可以慢慢地养成，有所成就。

所谓墨色要怎样才可以？即质料要好，而墨色要光亮才对。还有，印章盖坏了，也是不可以的。盖的地方要位置设中，很落位才对。所谓印章，当然要刻得好，印章上的字须写得好。至于印色，也当然要好的。盖用时，可以盖一颗两颗。印章有圆的方的，大的小的不一，且有种种的区别。如何区别及使用呢？那就要于写字之后再注意盖用，因为它也可以补救写字时章法的不足。

五

以上所说的，是关于写字的基本法则。可当作一种规矩及准绳讲，不过是一种呆板的方法而已。写字最好的方法是怎样，用哪一种的方法才可以达到顶好顶好的呢？我想诸位一定很热心地要问。我想了又想，觉得想要写好字，还是要多多地练习，多看碑，多看帖才对，那就自然可以写得好了。

诸位或者要说，这是普通的方法，假如要达到最高的境界须如何呢？我没有办法再回答。曾记得《法华经》有云："是法非思量分别之所能解。"我便借用这句子，只改了一个字，那就是"是字非思量分别之所能解"了。因为世间上无论哪一种艺术，都是非思量分别之所能解的。

即以写字来说，也是要非思量分别才可以写得好的。同时要离开思量分别，才可以鉴赏艺术，才能达到艺术的最上乘的境界。

记得古来有一位禅宗的大师，有一次人家请他上堂说法，当时台下的听众很多，他登台后默默地坐了一会儿以后，即说："说法已毕。"便下堂了。所以，今天就写字而论，讲到这里，我也只好说"谈写字已毕了"。

假如诸位用一张白纸（完全是白的），没有写上一个字，送给教你们写字的法师看，那么他一定说："善哉，善哉！写得好，写得好！"

诸位听了我所讲的以后，要明白我的意思——学佛法最为要紧。如果佛法学得好，字也可以写得好的。不久会泉法师①要在妙释寺讲《维摩经》，诸位有空的时候，要去听讲，要注意研究。经典要多多地参考，才能懂得佛法。

我觉得最上乘的字或最上乘的艺术，在于从学佛法中得来。要从佛法中研究出来，才能达到最上乘的地步。所以，诸位若学佛法有一分的深入，那么字也会有一分的进步，能十分地去学佛法，写字也可以十分地进步。

今天所说的已经很够了。奉劝诸位：以后要勤求佛法，深研佛法。

---

① 会泉法师：闽南佛教界名宿，曾任南普陀住持多年。

南闽十年之梦影①

1937 年 3 月 28 日

我一到南普陀寺，就想来养正院和诸位法师讲谈讲谈，原定的题目是"余之忏悔"，说来话长，非十几小时不能讲完；近来因为讲律，须得把讲稿写好，总抽不出一个时间来，心里又怕负了自己的初愿，只好抽出很短的时间，来和诸位谈谈，谈我在南闽十年中的几件事情！

我第一回到南闽，在 1928 年的 11 月，是从上海来的。起初还是在温州，我在温州住得很久，差不多有十年光景。

由温州到上海，是为着编辑《护生画集》的事，和朋友商量一切；到 11 月底，才把《护生画集》编好。

那时我听人说，尤惜阴居士也在上海。他是我旧时很要好的朋友，我就想去看一看他。一天下午，我去看尤居士，居士说要到暹罗国去，第二天一早就要动身的。我听了觉得很喜欢，于是也想和他一道去。

我就在十几小时中，急急地预备着。第二天早晨，天还没大

---

① 本文是弘一法师在南普陀寺佛教养正院发表的演讲。

亮，就赶到轮船码头，和尤居士一起动身到暹罗国去了。从上海到暹罗，是要经过厦门的，料不到这就成了我来厦门的因缘。12月初，到了厦门，承陈敬贤居士的招待，也在他们的楼上吃过午饭，后来陈居士就介绍我到南普陀寺来。那时的南普陀，和现在不同，马路还没有建筑，我是坐着轿子到寺里来的。

到了南普陀寺，就在方丈楼上住了几天。时常来谈天的，有性愿老法师、芝峰法师等。芝峰法师和我同在温州，虽不曾见过面，却是很相契的。现在突然在南普陀寺晤见了，真是说不出的高兴。

我本来是要到暹罗去的，因着诸位法师的挽留，就留滞在厦门，不想到暹罗国去了。

在厦门住了几天，又到小雪峰那边去过年。一直到正月半以后才回到厦门，住在闽南佛学院的小楼上，约莫住了三个月工夫。看到院里面的学僧虽然只有二十几位，他们的态度都很文雅，而且很有礼貌，和教职员的感情也很不差，我当时很赞美他们。

这时芝峰法师就谈起佛学院里的课程来。他说："门类分得很多，时间的分配却很少，这样下去，怕没有什么成绩吧？"

因此，我表示了一点意见，大约是说："把英文和算术等删掉，佛学却不可减少，而且还得增加，就把腾出来的时间教佛学吧！"

他们都很赞成。听说从此以后，学生们的成绩，确比以前好得多了！

我在佛学院的小楼上，一直住到4月间，怕将来的天气更会热起来，于是又回到温州去。

第二回到南闽，是在1929年10月。起初在南普陀寺住了几天，以后因为寺里要做水陆，又搬到太平岩去住。等到水陆圆满，又回到寺里，在前面的老功德楼住着。

当时闽南佛学院的学生，忽然增加了两倍多，约有六十多位，管理方面不免感到困难。虽然竭力地整顿，终不能恢复以前的样子。不久，我又到小雪峰去过年，正月半才到承天寺来。

那时性愿老法师也在承天寺，在起草章程，说是想办什么研究社。

不久，研究社成立了，景象很好，真所谓"人才济济"，很有一种难以形容的盛况。现在妙释寺的善契师，南山寺的传证师，以及已故南普陀寺的广究师……都是那时候的学僧哩！

研究社初办的几个月间，常住的经忏很少，每天有工夫上课，所以成绩卓著，为别处所少有。当时我也在那边教了两回写字的方法，遇有闲空，又拿寺里那些古版的藏经来整理整理，后来还编成目录，至今留在那边。这样在寺里约莫住了三个月，到4月，怕天气要热起来，又回到温州去。

1931年9月，广洽法师写信来，说很盼望我到厦门去。当时我就从温州动身到上海，预备再到厦门；但许多朋友都说时局不大安定，远行颇不相宜，于是我只好仍回温州。直到转年（1932年）10月，到了厦门，计算起来，已是第三回了！

到厦门之后，由性愿老法师介绍，到山边岩去住；但其间妙释寺也去住了几天。那时我虽然没有到南普陀来住，但佛学院的学僧和教职员，却是常常来妙释寺谈天的。

1933年正月廿一日，我开始在妙释寺讲律。

这年5月，又移到开元寺去。

当时许多学律的僧众，都能勇猛精进，一天到晚地用功，从没有空过的工夫；就是秩序方面也很好，大家都啧啧地称赞着。

有一天，已是黄昏时候了，我在学僧们宿舍前面的大树下立着，各房灯火发出很亮的光；诵经之声，又复朗朗入耳，一时心中觉得有无限的欢慰！可是这种良好的景象，不能长久地继续下去，恍如昙花一现，不久就消失了。但是当时的景象，却很深地印在我的脑中，现在回想起来，还如在大树底下目睹一般。这是永远不会消灭，永远不会忘记的啊！

11月，我搬到草庵来过年。

1934年2月，又回到南普陀。

当时旧友大半散了；佛学院中的教职员和学僧，也没有一位认识的！

我这一回到南普陀寺来，是准了常惺法师的约，来整顿僧教育的。后来我观察情形，觉得因缘还没有成熟，要想整顿，一时也无从着手，所以就作罢了。此后并没有到闽南佛学院去。

讲到这里，我顺便将我个人对于僧教育的意见说明一下。

我平时对于佛教是不愿意去分别哪一宗、哪一派的，因为我觉得各宗各派，都各有各的长处。但是有一点，我以为无论哪一宗哪一派的学僧，却非深信不可，那就是佛教的基本原则，就是深信善恶因果报应的道理。善有善报，恶有恶报；同时还须深信佛菩萨的灵感！这不仅初级的学僧应该这样，就是升到佛教大学也要这样！

善恶因果报应和佛菩萨的灵感道理，虽然很容易懂，可是能彻底相信的却不多。这所谓信，不是口头说说的信，是要内心切切实实去信的呀！

咳！这很容易明白的道理，若要切切实实地去信，却不容易啊！

我以为无论如何，必须深信善恶因果报应和诸佛菩萨灵感的道理，才有做佛教徒的资格！

须知善有善报，恶有恶报，这种因果报应，是丝毫不爽的！又须知我们一个人所有的行为，一举一动，以至起心动念，诸佛菩萨都看得清清楚楚！

一个人若能这样十分决定地信着，他的品行道德，自然会一天比一天地高起来！

要晓得我们出家人，就所谓"僧宝"，在俗家人之上，地位是很高的。所以品行道德，也要在俗家人之上才行！

倘品行道德仅能和俗家人相等，那已经难为情了！何况不如？又何况十分的不如呢？……咳！……这样他们看出家人就要十分的轻慢，十分的鄙视，种种讥笑的话，也接连地来了。……

记得我将要出家的时候，有一位在北京的老朋友写信来劝告我，你知道他劝告的是什么，他说："听到你要不做人，要做僧去。……"

咳！……我们听到了这话，该是怎样的痛心啊！他以为做僧的，都不是人，简直把僧不当人看了！你想，这句话多么厉害呀！

出家人何以不是人？为什么被人轻慢到这地步？我们都得自己反省一下！我想这原因都由于我们出家人做人太随便的缘故；种种太随便了，就闹出这样的话柄来了。

至于为什么会随便呢？那就是由于不能深信善恶因果报应和诸佛菩萨灵感的道理的缘故。倘若我们能够真正生信，十分决定地信，我想就是把你的脑袋斫掉，也不肯随便的了！

以上所说，并不是单单养正院的学僧应该牢记，就是佛教大学的学僧也应该牢记，相信善恶因果报应和诸佛菩萨灵感不爽的道理！

就我个人而论，已经是将近六十的人了，出家已有二十年，但我依旧喜欢看这类的书！——记载善恶因果报应和佛菩萨灵感的书。

我近来省察自己，觉得自己越弄越不像了！所以我要常常研究这一类的书：希望我的品行道德，一天高尚一天；希望能够改过迁善，做一个好人；又因为我想做一个好人，同时我也希望诸位都做好人！这一段话，虽然是我勉励我自己的，但我很希望诸位也能照样去实行！

关于善恶因果报应和佛菩萨灵感的书，印光老法师在苏州所办的弘化社那边印得很多，定价也很低廉，诸位若要看的话，可托广洽法师写信去购请，或者他们会赠送也未可知。

以上是我个人对于僧教育的一点意见。下面我再来说几样事情。

我于1935年到惠安净峰寺去住。到11月，忽然生了一场大病，所以我就搬到草庵来养病。

这一回的大病，可以说是我一生的大纪念！

我于1936年的正月，扶病到南普陀寺来。在病床上有一只钟，比其他的钟总要慢两刻，别人看到了，总是说这个钟不准，我说："这是草庵钟。"

别人听了"草庵钟"三字还是不懂，难道天下的钟也有许多不同的么？现在就让我详详细细地来说个明白。

我那一回大病，在草庵住了一个多月。摆在病床上的钟，是以草庵的钟为标准的。而草庵的钟，总比一般的钟要慢半点。

我以后虽然移到南普陀，但我的钟还是那个样子，比平常的钟慢两刻，所以"草庵钟"就成了一个名词了。这件事由别人看来，也许以为是很好笑的吧！但我觉得很有意思！因为我看到这个钟，就想到我在草庵生大病的情形了，往往使我发大惭愧，惭愧我德薄业重。

我要自己时时发大惭愧，我总是故意地把钟改慢两刻，照草庵那钟的样子，不止当时如此，到现在还是如此，而且愿尽形寿，常常如此。

以后在南普陀住了几个月，于5月间，才到鼓浪屿日光岩去。12月仍回南普陀。

到今年1937年，我在闽南居住，算起来，首尾已是十年了。

回想我在这十年之中，在闽南所做的事情，成功的却是很少很少，残缺破碎的居其大半，所以我常常自己反省，觉得自己的德行，实在十分欠缺！

因此近来我自己起了一个名字，叫"二一老人"。什么叫"二一老人"呢？这有我自己的根据。

记得古人有句诗："一事无成人渐老。"

清初吴梅村（伟业）临终的绝命词有："一钱不值何消说。"

这两句诗的开头都是"一"字，所以我用来做自己的名字，叫作"二一老人"。

因此我十年来在闽南所做的事，虽然不完满，而我也不怎样地去求它完满了！

诸位要晓得，我的性情是很特别的，我只希望我的事情失败，因为事情失败、不完满，这才使我常常发大惭愧！能够晓得自己的德行欠缺，自己的修善不足，那我才可努力用功，努力改过迁善！

一个人如果事情做完满了，那么这个人就会心满意足，扬扬得意，反而增长他贡高我慢的念头，生出种种的过失来！所以还是不去希望完满的好！

不论什么事，总希望它失败，失败才会发大惭愧！倘若因成功而得意，那就不得了啦！

我近来，每每想到"二一老人"这个名字，觉得很有意味！

这"二一老人"的名字，也可以算是我在闽南居住了十年的一个最好的纪念！

泉州开元慈儿院讲录

1938 年 3 月

我到闽南，已有十年，来到贵院，也有好几回，一回到院，都觉得有一番进步，这是使我很喜欢的。贵院各种课程，都有可观，其最使我满意赞叹的，就是早晚两堂课诵。古语道：人身难得，佛法难闻。诸生倘非夙有善根，怎得来这里读书，又复得闻佛法哩！今这样，真是好极了。诸生得这难得机缘，应各各起欢喜心，深自庆幸才是。

我今讲本师释迦牟尼佛在因地中为法舍身几段故事给诸位听，现在先引《涅槃经》一段来说。释迦牟尼佛在无量劫前，当无佛法时代，曾做婆罗门，这位婆罗门，品格清高，与众不同，发心访求佛法。那时忉利天王在天宫瞧见，要试此婆罗门有无真心，化为罗刹鬼，状极凶恶，来与婆罗门说法，但是仅说半偈（印度古代的习惯以四句为一偈）。婆罗门听了罗刹鬼所说的半偈很喜欢，要求罗刹再说后半偈，罗刹不肯。婆罗门力求，罗刹便向婆罗门道："你要我说后半偈，也可以，你应把身上的血给我饮，身上的肉给我吃，才可许你。"婆罗门为求法故，即时答应道："我甚愿将我身上的血肉给你。"罗刹以婆罗门既然诚恳地允许，便把后半偈说给他听。婆罗门得闻了后半偈，真觉心满意

174

足，不特自己欢喜，并且把这偈书写在各处，遍传到人间去。婆罗门在各处树木山岩上书写此四句偈后，为维持信用，便想应如何把自己肉血给罗刹吃呢？他就要跑上一棵很高很高的树上，跳跃下来，自谓可以丧了身命，便将血肉给罗刹吃。罗刹那时，看婆罗门不惜身命求法，心中十分感动，当婆罗门在高处舍身跃下，未坠地时，罗刹便现了天王的原形把他接住，这婆罗门因得不死。罗刹原系忉利天王所化，欲试试婆罗门的，今见婆罗门求法如此诚恳，自然是十分欢喜赞叹。若在婆罗门因志求无上正法，虽弃舍身命亦何所顾惜呢！刚才所说，婆罗门如此求法困难，不惜身命，诸位现在不要舍身，而很容易地得闻佛法，真是大可庆幸呀！

还有一段故事，也是《涅槃经》上说。过去无量劫时候，释迦牟尼佛，为一很穷困的人，当时有佛出世，见人皆先供养佛然后求法，己则贫穷无钱可供，他心生一计，愿以身卖钱来供佛，就到大街上去卖自己的身体。当在大街上喊卖身时，恰巧遇一病人，医生叫他每日应吃三两人肉，那病人看见有人卖身，便十分欢喜，因向贫人说："你每日给我三两人肉吃，我可以给你五枚金钱！"这位穷人，听了这话，与那病人商洽说：你先把五枚金钱拿来，我去买东西供养佛，求闻佛法，然后每日把我身上的肉割下给你吃。当时病人应允，即先付金钱。这穷人供佛闻法已毕，即天天以刀割身上的三两肉给病人吃，吃到一个月，病才痊愈。当穷人每天割肉的时候，他常常念佛所说的偈，精神完全贯注在法的方面，竟如没有痛苦，而且不久他的身体也就平复无恙了。这穷人因求法之故，发心做难行的苦行有如此勇猛。诸生现今在这院里求学，早晚皆得闻佛法，不但每日无须割去若干肉，而且有衣穿，有饭吃，这岂不是很难得的好机缘吗？

再讲一段故事，出于《贤愚经》。释迦牟尼佛在因地时候，有一次身为国王，因厌恶终其身居于国王位，没有什么好处，遂发心求闻佛法。当时来了一位婆罗门，对这国王说："王要闻法，可能把身体挖一千个孔，点一千盏灯来供养佛吗？若能如此，便可为你说法。"那国王听婆罗门这句话，便慨然对他说："这有何难，为要闻法，情愿舍此身命，但我现有些少国事未了，容我七天，把这国事交下着落，便就实行。"到第七天，国事办完，王便欲在身上挖千个孔，点千盏灯，那时全国人民知道此事，都来劝阻。谓大王身为全国人民所依靠，今若这样牺牲，全国人民将何所赖呢？国王说："现在你们依靠我，我为你们做依靠，不过是暂时，是靠不住的，我今求得佛法，将来成佛，当先度化你们，可为你们永远的依靠，岂不更好？请大家放心，切勿劝阻。"那时国王马上就实行起来。呼左右将身上挖了一千孔，把油盛好，灯芯安好，欣然对婆罗门说："请先说法，然后点灯。"婆罗门答应，就为他说法。国王听了，无限地满足，便把身上一千盏灯，齐点起来，那时万众惊骇呼号。国王乃发大誓愿道："我为求法，来舍身命，愿我闻法以后，早成佛道，以大智慧光普照一切众生。"这声音一发，天地都震动了，灯光晃耀之下，诸天现前，即问国王："你身体如此痛苦，你心里也后悔吗？"国王答："绝不后悔。"后来国王复向空中发誓言："我这至诚求法之心，果能永久不悔，愿我此身体即刻回复原状。"话说未已，至诚所感，果然身上千个火孔，悉皆平复，并无些少创痕。刚才所说，闻法有如此艰难，诸生现在闻法则十分容易，岂不是诸生有大幸福吗！自今以后，应该发勇猛精进心，勤加修习才是！

以前我曾居住开元寺好几次，即住在贵院的后面，早晚闻诸生念佛念经很如法，音声亦甚好听，每站在房门外听得高兴。因各种课程固好，然其他学校也是有的，独此早晚二堂课诵，是其他学校所无，而贵院所独有的，此皆是贵院诸职教员善于教导，和你们诸位努力，才有这十分美满的成绩，我希望贵院，今后能够继续精进努力不断地进步，规模益扩大，为全国慈儿院模范，这是我最后殷勤的希望。

佛法大意①

1938 年 7 月 19 日

我至贵地，可谓奇巧因缘。本拟住半月返厦，因变住此，得与诸君相晤，甚可喜。

先略说佛法大意。

佛法以大菩提心为主。菩提心者，即是利益众生之心。故信佛法者，须常抱积极之大悲心，发救济一切众生之大愿，努力做利益众生之种种慈善事业，乃不愧为佛教徒之名称。

若专修净土法门者，尤应先发大菩提心。否则他人谓佛法是消极的、厌世的、送死的。若发此心者，自无此误会。

至于做慈善事业，尤要。既为佛教徒，即应努力做利益社会之种种事业。乃能令他人了解佛教是救世的、积极的，不起误会。

或疑经中常言空义，岂不与前说相反。

今案大菩提心，实具有悲智二义。悲者如前所说，智者不执着我相，故曰空也。即是以无我之伟大精神，而做种种之利生事业。

若解此意，而知常人执着我相而利益众生者，其能力薄、范围小、时不久、不彻底。若欲能力强、范围大、时间久、最彻底

---

① 本文是弘一法师在漳州七宝寺发表的演讲。

177

者，必须学习佛法，了解悲智之义，如是所做利生事业乃能十分圆满也。故知所谓空者，即是于常人所执着之我见，打破消灭，一扫而空。然后以无我之精神，努力切实做种种之事业。亦犹世间行事，先将不良之习惯等一一推翻，然后良好建设乃得实现也。

今能了解佛法之全系统及其真精神所在，则常人谓佛教是迷信是消极者，固可因此而知其不当。即谓佛教为世界一切宗教中最高尚之宗教，或谓佛法为世界一切哲学中最玄妙之哲学者，亦未为尽理。

因佛法是真能，说明人生宇宙之所以然。破除世间一切谬见，而与以正见。破除世间一切迷信，而与以正信。恶行，而与以正行。幻觉，而与以正觉。包括世间各教各学之长处，而补其不足。广被一切众生之机，而无所遗漏。

不仅中国，现今如欧美诸国人，正在热烈地研究及提倡，出版之佛教书籍及杂志等甚多。

故望已为佛教徒者，须彻底研究佛法之真理，而努力实行，俾不愧为佛教徒之名。其未信佛法者，亦宜虚心下气，尽力研究，然后于佛法再加以评论。此为余所希望者。

以上略说佛法大意毕。

又当地信士，因今日为菩萨诞，欲请解释南无观世音菩萨之义。兹以时间无多，唯略说之。

南无者，梵语。即皈依义。

菩萨者，梵语，为菩提萨埵之省文。菩提者觉，萨埵者众生。因菩萨以智上求佛法，以悲下化众生，故称为菩提萨埵。此以悲智二义解释，与前同也。观世音者，为此菩萨之名，亦可以悲智二义分释。如《楞严经》云：由我观听十方圆明，故观音名遍十方界。约智言也。如《法华经》云：苦恼众生一心称名，菩萨即时观其音声，皆得解脱，以是名观世音。约悲言也。

佛法十疑略释^①

1938 年 11 月 27 日

欲挽救今日之世道人心，人皆知推崇佛法。但对于佛法而起之疑问，亦复不少。故学习佛法者，必先解释此种疑问，然后乃能着手学习。

以下所举十疑及解释，大半采取近人之说而叙述之，非是讲者之创论。所疑固不限此，今且举此十端耳。

一、佛法非迷信

近来知识分子，多批评佛法谓之迷信。

我辈详观各地寺庙，确有特别之习惯及通俗之仪式，又将神仙鬼怪等混入佛法之内，谓是佛法正宗。既有如此奇异之现象，也难怪他人谓佛法是迷信。但佛法本来面目则不如此，绝无崇拜神仙鬼怪等事。其仪式庄严，规矩整齐，实超出他种宗教之上。又佛法能破除世间一切迷信而与以正信，岂有佛法即是迷信

---

① 本文是弘一法师在安海金墩宗祠发表的演讲。

之理。

故知他人谓佛法为迷信者，实由误会。倘能详察，自不致有此批评。

二、佛法非宗教

或有人疑佛法为一种宗教，此说不然。

佛法与宗教不同，近人著作中常言之，兹不详述。应知佛法实不在宗教范围之内也。

三、佛法非哲学

或有人疑佛法为一种哲学，此说不然。

哲学之要求，在求真理，以其理智所推测而得之某种条件即谓为真理。其结果，有一元、二元、唯心种种之说。甲以为理在此，乙以为理在彼，纷纭扰攘，相诽相谤。但彼等无论如何尽力推测，总不出于错觉一途。譬如盲人摸象，其生平未曾见象之形状，因其所摸得象之一部分，即谓是为象之全体。故或摸其尾便谓象如绳，或摸其背便谓象如床，或摸其胸便谓象如地。虽因所摸处不同而感觉互异，总而言之，皆是迷惑颠倒之见而已。

若佛法则不然，譬如明眼人能亲见全象，十分清楚，与前所谓盲人摸象者迥然不同。因佛法须亲证"真如"，了无所疑，绝不同哲学家之虚妄测度也。

何谓"真如"之意义？真真实实，平等一如，无妄情，无偏执，离于意想分别，即是哲学家所欲了知之宇宙万有之真相及本体也。夫哲学家欲发明宇宙万有之真相及本体，其志诚为可嘉。第太无方法，致枉费心力而终不能达到耳。

以上所说之佛法非宗教及哲学，仅略举其大概。若欲详知者，有南京支那内学院出版之《佛法非宗教非哲学》一卷，可自详研，即能洞明其奥义也。

四、佛法非违背于科学

常人以为佛法重玄想，科学重实验，遂谓佛法违背于科学。此说不然。

近代科学家持实验主义者，有两种意义。

一是根据眼前之经验，彼如何即还彼如何，毫不加以玄想。

二是防经验不足恃，即用人力改进，以补通常经验之不足。

佛家之态度亦尔，彼之"戒""定""慧"三无漏学，皆是改进通常之经验。但科学之改进经验重在客观之物件，佛法之改进经验重在主观之心识。如人患目病，不良于视，科学只知多方移置其物以求一辨，佛法则努力医治其眼以求复明。两者虽同为实验，但在治标治本上有不同耳。

关于佛法与科学之比较，若欲详知者，乞阅上海开明书店代售之《佛法与科学之比较研究》。著者王小徐，曾留学英国，在理工专科上迭有发现，为世界学者所推重。近以其研究理工之方法，创立新理论解释佛学，因著此书也。

五、佛法非厌世

常人见学佛法者，多居住山林之中，与世人罕有往来，遂疑佛法为消极的、厌世的。此说不然。

学佛法者，固不应迷恋尘世以贪求荣华富贵，但亦绝非是冷淡之厌世者。因学佛法之人皆须发"大菩提心"，以一般人之苦乐为苦乐，抱热心救世之宏愿，不唯非消极，乃是积极中之积极者。虽居住山林中，亦非贪享山林之清福，乃是勤修"戒""定""慧"三学以预备将来出山救世之资具耳。与世俗青年学子在学校读书为将来任事之准备者，甚相似。

由是可知谓佛法为消极厌世者，实属误会。

六、佛法非不宜于国家之兴盛

近来爱国之青年，信仰佛法者少。彼等谓佛法传自印度，而印度因此衰亡，遂疑佛法与爱国之行动相妨碍。此说不然。

佛法实能辅助国家，令其兴盛，未尝与爱国之行动相妨碍。印度古代有最信仰佛法之国王，如阿育王、戒日王等，以信佛故，而统一兴盛其国家。其后婆罗门等旧教复兴，佛法渐无势力，而印度国家乃随之衰亡，其明证也。

七、佛法非能灭种

常人见僧尼不婚不嫁，遂疑人人皆信佛法必致灭种。此说不然。

信佛法而出家者，乃为僧尼，此实极少之数。以外大多数之在家信佛法者，仍可婚嫁如常。佛法中之僧尼，与他教之牧师相似，非是信徒皆应为牧师也。

八、佛法非废弃慈善事业

常人见僧尼唯知弘扬佛法，而于建立大规模之学校、医院、善堂等利益社会之事未能努力，遂疑学佛法者废弃慈善事业。此说不然。

依佛经所载，布施有二种：一曰财施，二曰法施。出家之佛徒，以法施为主，故应多致力于弘扬佛法，而以余力提倡他种慈善事业。若在家之佛徒，则财施与法施并重，故在家居士多努力做种种慈善事业，近年以来各地所发起建立之佛教学校、慈儿院、医院、善堂、修桥、造凉亭乃至施米、施衣、施钱、施棺等事，皆时有所闻，但不如他教仗外国慈善家之财力所经营者规模阔大耳。

九、佛法非是分利

近今经济学者，谓人人能生利，则人类生活发达，乃可共享幸福。因专注重于生利，遂疑信仰佛法者，唯是分利而不生利，殊有害于人类，此说亦不免误会。

若在家之信仰佛法者，不碍于职业，士农工商皆可为之。此理易明，可毋庸议。若出家之僧尼，常人观之，似为极端分利而不生利之寄生虫。但僧尼亦何尝无事业，僧尼之事业即是弘法利生。倘能教化世人，增上道德，其间接直接有真实大利益于人群者正无量矣。

十、佛法非说空以灭人世

常人因佛经中说"五蕴皆空""无常苦空"等，因疑佛法只一味说空。若信佛法者多，将来人世必因之而消灭。此说不然。

大乘佛法，皆说空及不空两方面。虽有专说空时，其实亦含有不空之义。故须兼说空与不空两方面，其义乃为完足。

何谓空及不空？空者是无我，不空者是救世之事业。虽知无我，而能努力做救世之事业，故空而不空。虽努力做救世之事业，而决不执着有我，故不空而空。如是真实了解，乃能以无我之伟大精神，而做种种之事业无有障碍也。

又若能解此义，即知常人执着我相而做种种救世事业者，其能力薄，范围小，时间促，不彻底。若欲能力强、范围大、时间久、最彻底者，必须于佛法之空义十分了解，如是所做救世事业乃能圆满成就也。

故知所谓空者，即是于常人所执着之我见打破消灭，一扫而空，然后以无我之精神，努力切实做种种之事业。亦犹世间行事，先将不良之习惯等一一推翻，然后良好之建设乃得实现。

信能如此，若云牺牲，必定真能牺牲；若云救世，必定真能救世。由是坚坚实实，勇猛精进而做去，乃可谓伟大，乃可谓彻底。

所以真正之佛法先须向空上立脚，而再向不空上做去，岂是一味说空而消灭人世耶！

以上所说之十疑及释义，多是采取近人之说而叙述其大意。诸君闻此，应可免除种种之误会。

若佛法中之真义，至为繁广，今未能详说。唯冀诸君从此以后，发心研究佛法，请购佛书，随时阅览，久之自可洞明其义。是为余所厚望焉。

佛法宗派大概①

1938 年 11 月 28 日

关于佛法之种种疑问，前已略加解释。诸君既无所疑惑，思欲着手学习，必须先了解佛法之各种宗派乃可。

原来佛法之目的，是求觉悟，本无种种差别。但欲求达到觉悟之目的地以前，必有许多途径。而在此途径上，自不妨有种种宗派之不同也。

佛法在印度古代时，小乘有各种部执，大乘虽亦分"空""有"二派，但未别立许多门户。吾国自东汉以后，除将印度所传来之佛法精神完全承受外，并加以融化光大，于中华民族文化之伟大悠远基础上，更开展中国佛法之许多特色。至隋唐时，便渐成就大小乘各宗分立之势。今且举十宗而略述之。

一、律宗（又名南山宗）

唐终南山道宣律师所立。依《法华》《涅槃》经义，而释通

---

① 本文是弘一法师在安海金墩宗祠发表的演讲。

小乘律，立圆宗戒体。正属出家人所学，亦明在家五戒、八戒义。唐时盛，南宋后衰，今渐兴。

二、俱 舍 宗

依《俱舍论》而立。分别小乘名相甚精，为小乘之相宗。欲学大乘法相宗者固应先学此论，即学他宗者亦应以此为根底，不可以其为小乘而轻忽之也。陈、隋、唐时盛弘，后衰。

三、成 实 宗

依《成实论》而立。为小乘之空宗，微似大乘。六朝时盛，后衰，唐以后殆罕有学者。

以上二宗，即依二部论典而形成，并由印度传至中土。虽号称宗，然实不过二部论典之传持授受而已。

以上二宗属小乘，以下七宗皆是大乘，律宗则介于大小之间。

四、三论宗（又名性宗，又名空宗）

三论者，即《中论》《百论》《十二门论》，是三部论皆依《般若经》而造。姚秦时，龟兹国鸠摩罗什三藏法师来此土弘传。唐初犹盛，以后衰。

五、法相宗（又名慈恩宗，又名有宗）

此宗所依之经论，为《解深密经》《瑜伽师地论》等。唐玄奘法师盛弘此宗。又糅合印度十大论师所著之《唯识三十颂之解释》而编纂《成唯识论》十卷，为此宗著名之典籍。此宗最要，无论学何宗者皆应先学此以为根底也。唐中叶后衰微，近复兴，学者甚盛。

以上二宗，印度古代有之，即所谓"空""有"二派也。

六、天台宗（又名法华宗）

六朝时此土所立，以《法华经》为正依。至隋智者大师时极盛。其教义，较前二宗为玄妙。隋、唐时盛，至今不衰。

七、华严宗（又名贤首宗）

唐初此土所立，以《华严经》为依。至唐贤首国师时而盛，至清凉国师时而大备。此宗最为广博，在一切经法中称为教海。宋以后衰，今殆罕有学者，至可惜也。

八、禅　　宗

梁武帝时，由印度达摩尊者传至此土。斯宗虽不立文字，直明实相之理体。而有时却假用文字上之教化方便，以弘教法。如《金刚》《楞伽》二经，即是此宗常所依用者也。唐、宋时甚盛，今衰。

九、密宗（又名真言宗）

唐玄宗时，由印度善无畏三藏、金刚智三藏先后传入此土。

斯宗以《大日经》《金刚顶经》《苏悉地经》三部为正所依。元后即衰，近年再兴，甚盛。

在大乘各宗中，此宗之教法最为高深，修持最为真切。常人未尝穷研，辄轻肆毁谤，至堪痛叹。余于十数年前，唯阅《密宗仪轨》，亦尝轻致疑义。以后阅《大日经疏》，乃知密宗教义之高深，因痛自忏悔。愿诸君不可先阅仪轨，应先习经教，则可无诸疑惑矣。

十、净 土 宗

始于晋慧远大师，依《无量寿经》《观无量寿佛经》《阿弥陀经》而立。三根普被，甚为简易，极契末法时机。明季时，此宗大盛。至于近世，尤为兴盛，超出各宗之上。

以上略说十宗大概已竟。大半是摘取近人之说以叙述之。就此十宗中，有小乘、大乘之别。而大乘之中，复有种种不同。吾人于此，万不可固执成见，而妄生分别。因佛法本来平等无二，无有可说，即佛法之名称亦不可得。于不可得之中而建立种种差别佛法者，乃是随顺世间众生以方便建立。因众生习染有浅深，觉悟有先后。而佛法亦依之有种种差别，以适应之。譬如世间患病者，其病症千差万别，须有多种药品以适应之，其价值亦低昂不等。不得仅尊其贵价者，而废其他廉价者。所谓药无贵贱，愈病者良。佛法亦尔，无论大小权实渐顿显密，能契机者，即是无上妙法也。故法门虽多，吾人宜各择其与自己根机相契合者而研习之，斯为善矣。

佛法之简易修持法①

1939 年 6 月 3 日

我到永春的因缘，最初发起，在三年之前。性愿老法师常常劝我到此地来，又常提起普济寺是如何如何的好。

两年以前的春天，我在南普陀讲律圆满以后，妙慧师便到厦门请我到此地来。那时因为学律的人要随行的太多，而普济寺中设备未广，不能够收容，不得已而中止。是为第一次欲来未果。

是年的冬天，有位善兴师，他持着永春诸善友一张请帖，到厦门万石岩去，要接我来永春。那时因为已先应了泉州草庵之请，故不能来永春。是为第二次欲来未果。

去年的冬天，妙慧师再到草庵来接。本想随请前来，不意过泉州时，又承诸善友挽留，不得已而延期至今春。是为第三次欲来未果。

直至今年半个月以前，妙慧师又到泉州劝请，是为第四次。因大众既然有如此的盛意，故不得不来。其时在泉州各地讲经，很是忙碌，因此又延搁了半个多月。今得来到贵处，和诸位善友

① 本文是弘一法师在永春桃源殿发表的演讲。

相见，我心中非常的欢喜。自三年前就想到此地来，屡次受了事情所阻，现在得来，满其多年的夙愿，更可说是十分的欢喜了。

今天承诸位善友请我演讲，我以为谈玄说妙，虽然极为高尚，但于现在行持终觉了不相涉。所以今天我所讲的，且就常人现在即能实行的，约略说之。因为专尚谈玄说妙，譬如那饥饿的人，来研究食谱，虽山珍海错之名，纵横满纸，如何能够充饥。倒不如现在得到几种普通的食品，即可入口。得充一饱，才于实事有济。

以下所讲的，分为三段。

一、深信因果

因果之法，虽为佛法入门的初步，但是非常的重要，无论何人皆须深信。何谓因果？因者好比种子，下在田中，将来可以长成为果实。果者譬如果实，自种子发芽，渐渐地开花结果。

我们一生所作所为，有善有恶，将来报应不出下列：

桃李种长成为桃李——作善报善

荆棘种长成为荆棘——作恶报恶

所以我们要避凶得吉，消灾得福，必须要厚植善因，努力改过迁善，将来才能够获得吉祥福德之好果。如果常作恶因，而要想免除凶祸灾难，哪里能够得到呢？

所以第一要劝大众深信因果了知善恶报应，一丝一毫也不会差的。

二、发菩提心

"菩提"二字是印度的梵语，翻译为"觉"，也就是成佛的意思。发者，是发起，故发菩提心者，便是发起成佛的心。为什么要成佛呢？为利益一切众生。须如何修持乃能成佛呢？须广修一切善行。以上所说的，要广修一切善行，利益一切众生，但须如何才能够彻底呢？须不着我相。所以发菩提心的人，应发以下之三种心：

一、大智心：不着我相，此心虽非凡夫所能发，亦应随分观察。

二、大愿心：广修善行。

三、大悲心：救众生苦。

又发菩提心者，须发以下所记之四弘誓愿：

一、众生无边誓愿度：菩提心以大悲为体，所以先说度生。

二、烦恼无尽誓愿断：愿一切众生，皆能断无尽之烦恼。

三、法门无量誓愿学：愿一切众生，皆能学无量之法门。

四、佛道无上誓愿成：愿一切众生，皆能成无上之佛道。

或疑烦恼以下之三愿，皆为我而发，如何说是愿一切众生？这里有两种解释：一就浅来说，我也就是众生中的一人，现在所说的众生，我也在其内。再进一步言，真发菩提心的，必须彻悟法性平等，决不见我与众生有什么差别，如是才能够真实和菩提心相应。所以现在发愿，说愿一切众生，有何妨耶！

三、专修净土

既然已经发了菩提心，就应该努力地修持。但是佛所说的法门很多，深浅难易，种种不同。若修持的法门与根器不相契合的，用力多而收效少。倘与根器相契合的，用力少而收效多。在这末法之时，大多数众生的根器，和哪一种法门最相契合呢？说起来只有净土宗。因为泛泛修其他法门的，在这五浊恶世，无佛应现之时，很是困难。若果专修净土法门，则依佛大慈大悲之力，往生极乐世界，见佛闻法，速证菩提，比较容易得多。所以龙树菩萨曾说，前为难行道，后为易行道，前如陆路步行，后如水道乘船。

关于净土法门的书籍，可以首先阅览者，《初机净业指南》《印光法师嘉言录》《印光法师文钞》等。依此就可略知净土法门的门径。

近几个月以来，我在泉州各地方讲经，身体和精神都非常的疲劳。这次到贵处来，匆促演讲，不及预备，所以本说得未能详尽，希望大众原谅。

略述印光大师之盛德①

大师为近代之高僧，众所钦仰。其一生之盛德，非短时间所能叙述。今先略述大师之生平，次略举盛德四端，仅能于大师种种盛德中，粗陈其少分而已。

一、略述大师之生平

大师为陕西人。幼读儒书，二十一岁出家，三十三岁居普陀山，历二十年，人鲜知者。至 1911 年，师五十二岁时，始有人以师文隐名登入上海《佛学丛报》者。1917 年，师五十七岁，乃有人刊其信稿一小册。至 1918 年，师五十八岁，即余出家之年，是年春，乃刊《文钞》一册，世遂稍有知师名者。以后续刊《文钞》二册，又增为四册，于是知名者渐众。有通信问法者，有亲至普陀参礼者。1930 年，师七十岁，移居苏州报国寺。此后十年，为弘法最盛之时期。1937 年，战事起，乃移灵岩山，遂兴念

---

① 本文是弘一法师在泉州檀林福林寺念佛期发表的演讲。

佛之大道场。1940 年十一月初四日生西。生平不求名誉，他人有作文赞扬师德者，辄痛斥之。不贪蓄财物，他人供养钱财者至多，师以印佛书流通，或救济灾难等。一生不畜剃度弟子，而全国僧众多钦服其教化。一生不任寺中住持、监院等职，而全国寺院多蒙其护法。各处寺房或寺产，有受人占夺者，师必为尽力设法以保全之。故综观师之一生而言，在师自己，决不求名利恭敬，而于实际上，能令一切众生皆受莫大之利益。

二、略举盛德之四端

大师盛德至多，今且举常人之力所能随学者四端，略说述之。因师之种种盛德，多非吾人所可及，今所举之四端，皆是至简至易，无论何人，皆可依此而学也。

甲、习劳

大师一生，最喜自做劳动之事。余于 1924 年曾到普陀山，其时师年六十四岁，余见师一人独居，事事躬自操作，别无侍者等为之帮助。直至去年，师年八十岁，每日仍自己扫地，拭几，擦油灯，洗衣服。师既如此习劳，为常人的模范，故见人有懒惰懈怠者，多诚劝之。

乙、惜福

大师一生，于惜福一事最为注意。衣食住等，皆极简单粗劣，力斥精美。1924 年，余至普陀山，居七日，每日自晨至夕，皆在师房内观察师一切行为。师每日晨食仅粥一大碗，无菜。师自云："初至普陀时，晨食有咸菜，因北方人吃不惯，故改为仅食白粥，已三十余年矣。"食毕，以舌舐碗，至极净为止。复以开水注入碗中，涤荡其余汁，即以之漱口，旋即咽下，唯恐轻弃残余之饭粒也。至午食时，饭一碗，大众菜一碗。师食之，饭菜

194

皆尽。先以舌舐碗，又注入开水涤荡以漱口，与晨食无异。师自行如是，而劝人亦极严厉。见有客人食后，碗内剩饭粒者，必大呵曰："汝有多么大的福气？竟如此糟蹋！"此事常常有，余屡闻及人言之。又有客人以冷茶泼弃痰桶中者，师亦呵诫之。以上且举饭食而言。其他惜福之事，亦均类此也。

丙、注重因果

大师一生最注重因果，尝语人云："因果之法，为救国救民之急务。必令人人皆知现在有如此因，将来即有如此果，善有善报，恶有恶报。欲挽救世道人心，必须于此入手。"大师无论见何等人，皆以此理痛切言之。

丁、专心念佛

大师虽精通种种佛法，而自行劝人，则专依念佛法门。师之在家弟子，多有曾受高等教育及留学欧美者。而师决不与彼等高谈佛法之哲理，唯一劝其专心念佛。彼弟子辈闻师言者，亦皆一一信受奉行，决不敢轻视念佛法门而妄生异议。此盖大师盛德感化有以致之也。

以上所述，因时间短促，未能详尽，然即此亦可略见大师盛德之一斑。若欲详知，有上海出版之印光大师《永思集》，泉州各寺当有存者，可以借阅。今日所讲者止此。

陈 垣
（1880—1971）

生平简介

　　陈垣（1880—1971），字援庵，广东新会人。历史学家、教育家、宗教史研究巨匠，与钱穆、吕思勉、陈寅恪并称为"史学四大家"。1905 年在广州创办《时事画报》，议论时政，宣传革命思想。1907 年考取博济医学堂。1911 年 2 月和康仲荦等创办《震旦日报》，积极宣传反清。1912 年被选为众议院议员。后因政局混乱，潜心于治学和任教。1919 年在北京缸瓦市教堂受洗加入基督新教。1922 年任北京大学研究所国学门导师。同年 12 月短期署理教育部次长，兼任京师图书馆馆长。1924 年任清室善后委员会委员，次年任故宫博物院图书馆馆长。1926—1952 年任辅仁大学校长，并先后在燕京大学、北平师范大学（1949 年更名为北京师范大学）、北京大学任教。1949 年后任中国科学院历史研究所第二所所长。历任第一、二、三届全国人民代表大会常务委员会委员。1952—1971 年任北京师范大学校长。1971 年 6 月于家中去世。主要著作有《二十史朔闰表》《中西回史日历》《校勘学释例》《南宋初河北新道教考》《通鉴胡注表微》等。他的许多著作成为史学领域的经典，有些被翻译为英文、日文，在美国、德国、日本出版。

历史补助科学的避讳学①

1928 年

　　避讳一事是专制国的特产品，又是象形文字国的特产品，故此可说是中国特有的东西。避讳是不能随便书写君主名字的意思。因为中国的文字，是象形的，是有一定写法的，与拼音文字不同，所以从前就有避讳的必要。假若是拼音字，如华盛顿（Washington）、佐治（George）等，那就没有避讳的必要了。

　　契丹、女真未入中国前，其名皆用本国语，既入中国后，才有汉名。其避讳的方法，是专避汉名的，而国语的名不避。辽太祖契丹语名"阿保机"，这三字不避。汉名亿，"亿"字就要避了。金太祖女真语名"阿骨打"，这三字不避，汉名旻，"旻"字就要避了。清太祖名"努尔哈赤"，这四个字不用避，顺治名"福临"，这两字亦不避，康熙的"玄烨"，雍正的"胤禛"，就都要避了。乾隆时，江西有个举人名王锡侯，因为他著一本书，名《字贯》。开篇的凡例，就将康熙、雍正、乾隆的名写出来，好给人家回避。但是他写这些名字时，都是整个字写出来，没有

---

　　①　本文是陈垣于 1928 年寒假在北京平民大学发表的演讲。

拆散字体，就犯了大逆不道的罪，满城的官都要处分了。这岂不是专制国和象形文字国特有的历史吗？

这种历史在我们中国已有二千多年。可是从今以后，便宣告停止，也应该为它做一个总结束。

我们为什么要研究避讳呢？因为避讳乃是一个时代的特别的标记，好像旗帜和纹章一样。没有这个时代，便没有这种标记。或是这个时代以前，或是这个时代以后，也没有这种标记。所以很有研究的价值。

校勘学和古文字学，近来研究的很多，避讳学可说是校勘学的一支，也可说是和古文字学有同等的重要。我们要研究校勘学或古文字学，也应该研究避讳学。避讳学研究的结果，可以利用它来解决古书的真伪和时代，以及其他种种的讹误。所以我们便叫它作历史的补助科学，也可说是历史的工具科学。

避讳学这种学问，从前虽然也有，但还没有成为一种专门学。且研究的目的不同，研究的方法也各异。这个名词，乃是我个人硬造出来的。能成立与否，尚不敢确定。

现在且把前人研究避讳的经过来一说：

宋朝洪迈的《容斋随笔》、王楙的《野客丛书》、周密的《齐东野语》，便有关于这种学问的研究。其他如清朝顾亭林的《日知录》、赵翼的《陔余丛考》、王鸣盛的《十七史商榷》，以及王昶的《金石萃编》等书，也多有涉及避讳的地方。不过这都是一种零碎的研究，并非专门的。乾隆嘉庆年间，有个浙江人周广业，他用几十年工夫著一部《经史避名汇考》，共有四十六卷之多。这种研究，也很可观了。可惜并没有刻出来，现在不能流传。其他还有两本书是很普通而容易见者：一本是福建人周榘的《二十二史讳略》，就在"啸园丛书"内；一本是湖南人黄本骥的《避讳录》，就在"三长物斋丛书"内。

前人既有这种关于避讳的著述，我们为什么还要加以特别的研究呢？这乃是时代的关系。因为他们所著的，都是抄录历代帝王的名字，把该应避讳的字举出来，未能引用到校勘学上，所以不能说是研究，只可说是一种录。我们现在的研究，是用清朝校勘学家的方法来研究避讳学。前人的著作，只可以为一种参考资料罢了。

前人可称作避讳学专家的，除周广业所著我们未见外，应推钱竹汀（大昕）先生。他对于避讳学虽未著成专书，然却有极精密的研究。其所著书如（一）《廿二史考异》、（二）《十驾斋养新录》、（三）《潜研堂文集》、（四）《金石文跋尾》，对于避讳，都有特别的注意，但是分散在各篇中，没有一种有系统的整理。今年有人提议要为钱竹汀先生做降生二百周年的纪念，我觉得这位清朝唯一的史学家，确实值得纪念的。我对于此题所用的资料，大半是采自钱先生所著的书，预备作一篇《钱竹汀先生的避讳学》来纪念钱先生。

唐朝杜佑所著的《通典·礼篇》内，有一卷是专记避讳制度的。《册府元龟》也有一卷，是专载历代帝王的讳字的。《事文类聚后集》及《古事比》等类书，也有些关于避讳的材料。但是这等类书的毛病，就是引证不注出处。《二十二史讳略》及《避讳录》的毛病也在此。

从前所有的避讳学，大概都在上面说过。以下就是我所要说的。

我所说的，有六十个例，体裁是仿俞曲园先生的《古书疑义举例》。俞先生所举的例，有八十八个，是很合科学方法的。不过他所说的是古书疑义，我所说的是古书因避讳所生出来的疑义便了。

避讳的起源，是专制的人不许人写他的名字。秦以前不必说了。因为秦以前避讳的方法很随便，不能影响到考古学及史学上。现在所要研究的，就是秦汉以后。

大抵秦汉时始有避讳改字的方法。唐时始有避讳缺笔的方法，与改字的方法并用。三国时始避嫌名。至唐而盛，至宋而极。盛极必反，元时诸帝，都以蒙古语为名，译音无定字，满可不避。至明，避讳的方法亦疏，不同唐宋的严密。故最能影响到史学上的，就是唐宋的避讳法。

现在所举的六十个例，中间含有四个意思：（一）历代避讳的成例；（二）因避讳而生出的种种错误；（三）不知道避讳历史的错误及苦处；（四）能利用避讳学的好处。但以时间的关系，每例只可举出一二条容易解说的。要知道详细，有鄙著《史讳举例》一书在。

1. 避讳改字例

避讳改字，秦时候就有了。《史记·秦楚之际月表》，写正月作端月，注曰："秦讳正字，改正为端。"《汉书》注关于汉朝各帝讳，都有一句解释，说汉高祖"讳邦之字曰国"，惠帝讳"盈之字曰满"。这就是避讳改字的例。

2. 避讳缺笔例

唐时候有一种避讳方法，就是缺笔。唐以前是没有的，到唐高宗时就有此方法了。唐碑上有一碑名《赠泰师孔宣公碑》，碑中泯字写成泯，是避唐太宗的讳，民改成氏。此是碑刻中缺笔最早见的，以后就渐渐多了。如世写成卅，葉写成枼，都是唐时起的。有人跋敦煌写经，说中间的中字，缺了下半，是避隋文帝父讳，因此断定是隋人写的。岂知隋时还没有缺笔的例，不能以一字的别体或讹误，就作为避讳的证据。所以缺笔的起始期，是要考证的。

3. 避讳空字例

史书上有一种避讳空字的办法，遇到讳字，便空格不写，或打一空围，或直接写一讳字。如许氏《说文》，禾部光武帝讳，戈部和帝讳，示部安帝讳，都空了此字。加一句注曰"上讳"。后来《宋书》和《南齐书》关于帝名，都写一"讳"字。如称刘裕为刘讳，称萧道成父亲为萧讳。《金石萃编》摹刻碑文，遇清朝讳，便写"庙讳"二字，让人慢慢来猜，是不应当的。

4. 避嫌名例

写法不同，而声音相同的，谓之嫌名。汉以前不避嫌名，避嫌名始于三国。当时吴有个太子名和，就改禾兴县为嘉兴。此是避嫌名最早的。但是有一凭据，可以证明当时避嫌名还不很重。《三国志注》内有一段笑话：孙休替他四个儿子起名字，都是新造的字，为的是想人容易回避。但是字形很容易避，字音仍不能避。可知道此时只管字形，不管字音，是不避嫌名的。但是避嫌名的风气，实在始于三国。羊祜做荆州都督，荆州人避他的嫌名，所有户字都称为门。此后就变成一种避讳名的风俗。

南北朝的时候，有一件很巧的事情。南朝宋明帝名彧，他的儿子废帝昱，北朝魏献文帝名弘，他的儿子孝文帝名宏。父子不避嫌名，同在西历465年至476年之间，是最巧的。

有人说秦始皇本名政，避正月的正字，就是避嫌名。但政正二字，本来相通。秦始皇以正月生，所以名正，不见得是避嫌名。

又《史记·天官书》内，有一句话是"气来卑而循车通"。注说通字是避汉武帝讳彻的嫌名，改作通，本来是辙字。但是《汉书·天文志》作车道不作车通，可知车通并不是避汉武帝的嫌名。又《史记·荀卿传》，唐人注解都说荀卿又作孙卿，是避汉宣帝的嫌名。这是唐人一种说法。本来《荀子·议兵篇》就自称孙卿子。王莽时太原有一个人名荀恁，资财千万，见《后汉书》卷八十三。西汉末既有著名姓荀的人，怎么荀子要避嫌名？

荀卿和孙卿的不同，不过是荆卿和庆卿一样，不能说是避汉帝嫌名。

《后汉书》办装作办严，妆具作严具，有人说是避汉明帝讳庄字嫌名。不知"装""妆"二字，古通作庄，不能算是嫌名。

5. 避讳改姓例

此例是很多的，《通志·氏族略》内有一段专讲避讳改姓的，可以参考。如庄姓避汉明帝讳改姓严；敬姓避宋讳改姓文，又改姓恭。姓氏书中很多。

6. 避讳改名例

避讳改名的例有三：（一）是改了他的名字。如五代刘知远时，有一节度使名折从远，便改名从阮，后周郭威的时候，有陈州刺史马令威，便改名令琮。（二）是称他的字。《唐书·刘知畿传》，说他的名字，与唐玄宗名隆基同音，改以字行。（三）是去了他名中一字。《五代史·前蜀世家》，黔南节度使王肇，本名建肇，避王建讳，改名王肇。

7. 避讳改前人姓例

避讳改姓，扰乱人氏族，避讳改前人姓，则扰乱古书了。《史记·仲尼弟子列传》，有一人名邦巽，文翁图引作"国选"，后来又讹为"邦巽"。《宋史·礼志》，封后魏商绍为长乐子，后魏时无"商绍"，只有一"殷绍"，就是避宋讳将古人的姓改了，很令人迷惑的。

8. 避讳改前人名例

避讳改前人名的例，亦有三。《汉书·古今人表》有左公子泄，今《左传》作左公子洩，是《唐石经》避"泄"字改的。《梁书》有萧景，《魏书》作萧晒，因为《梁书》是唐人作的，所以晒改为景，此是改其名的。《后汉书》称郭泰为郭林宗，是范蔚宗避家讳，所以称他的字。《朱穆传》内有一张子孺，实是

202

张安世，章怀注《后汉书》要避世字，所以称其字。

《后汉书·天文志》，有一人名邓万。此人本名邓万世。唐人避讳去了世字。《魏书·天象志》有一人名陈达，此人本名陈显达，唐人避中宗讳，去了显字。

9. 因避讳一人二史异名例

后汉的张懿，因避晋讳，《三国志》改为张益。《宋书》的褚叔度，系避刘裕讳，《南史》则称本名为褚裕之。《北史》的郑道邕，犯后周讳，《周书》改为郑孝穆。

10. 因避讳一人一史前后异名例

《后汉书》本纪有邓泉，《五行志》却作邓渊。因为"渊"是唐讳，一个已改，一个未改，所以俨然两人了。

但《后汉书》与《后汉志》不是一人著的，不同犹可说。《梁书》刘霁、刘杳、刘歊昆仲三人各有传，但他们父亲的名，霁、杳二传作"乘民"，歊传独作"乘人"。因为"民"是唐讳，亦一改一未改的缘故。

11. 因避讳二人误为一人或一人误为二人例

《唐书》，唐时藩镇有拓跋思敬，因"敬"字犯宋讳，乃改为"恭"。然不料当时又有一个"思恭"，就把二人当作了一人了。《宋史》有《侍其曙传》，而本史《蛮夷传》又有侍其旭的事迹，因"曙"为宋讳故改"旭"。这便把一人当为二人了。

12. 因避讳一人数名例

《资暇录》的作者，因避宋讳，竟有李匡文、李匡义、李正文、李乂、李匡乂、李济翁等等不同的名字，令人不知哪一个是对的，岂不容易发生错误？

13. 因避讳断定二人为一人例

嘉定《钱氏家谱》，有一人名钱让，不见于史册。钱竹汀先生据郑樵《氏族略》，汉哀平间有一人名钱逊，曾为广陵太守，

203

避王莽乱，徙居乌程，《钱氏家谱》载钱让亦官广陵太守，因此断定让、逊就是一人。郑樵避宋濮安懿王讳，改"让"为"逊"，此是一显明的例。

14. 避讳辞官例

避讳辞官有两种：一种是避正讳，一种是避嫌名。避正讳是唐宋有定制，避嫌名是当时的风气，此例很多。《唐书》有一人名韦聿，因为他父亲名贲，他就不做秘书郎。又《贾曾传》说曾父亲名忠，他就不做中书舍人，这都是一时风气，并不是定规。

15. 避讳改官名例

避讳改官名，亦有两种：一为国讳的，是一朝的定制；一是为人臣家讳的，是一时权宜的方法。如晋时"太师"改为"太宰"，隋时"中书"改为"内史"，都是避国讳的。《旧唐书·萧复传》，说他做行军长史，因为他父亲名衡，所以诏书特改为"统军长史"，这是避人臣家讳的。又五代时杨行密的父亲名怤，和"夫"字同音，当时的碑刻所有大夫的夫字，都缺而不书，称为光禄大，御中大、是最可笑的。

16. 避讳改前代官名例

或改前人官名，或以后代官名加在前人身上，都是违背史实。如《北史·牛里仁传》说"晋内书荀勖"，荀勖所做的是中书监，因为避隋讳，将晋时的中书监改为内书监。又《北史·程骏传》，说他祖父名肇，为吕光人部尚书。本是民部尚书，因为避唐讳，就改吕光的民部为人部。都是不应当的。

17. 避讳改前代官名因而遗却本名例

唐以前有官名治书侍御史。唐时因"治"字犯高宗讳，改为御史中丞。但《通典·职官》篇说御史中丞，是持书侍御史改的。因此就有人误会，唐以前本名持书侍御史，其实已遗却治书本名了。

18. 不知避讳而妄改前代官名例

"秀才"名词，因为犯了后汉光武的讳改成"茂才"。但今《史记》中已多改作"茂才"，这是后人妄改的。因后汉以后乃为茂才，其前并不作茂才也。又魏有一官名"中正"，到了隋朝因为犯讳，便改为"州都"。后来《北史》都写成"州都督"，大约因"州都"二字奇特，就妄加"督"字了。《隋书》也是如此，《通典》还能不误。

19. 避讳改地名例

《十驾斋养新录》，有一篇专讲避讳改郡县名的，可参考。但是里面却避清朝的讳。弘作宏，玄作元，胤作引，令人迷糊。比如后魏献文帝名弘，改弘农县为恒农。现在《养新录》把弘字写成宏，就同献文帝儿子的名混了。因为献文帝名弘，他的儿子孝文帝名宏。

20. 避讳改前代地名例

避讳改地名，算是一代掌故。避讳改前代地名，就去史实远了。因为当时并没有这种名字。《汉书·地理志》有一地名寿张，但是前汉时候，本名寿良。因为后汉光武时避他叔父良的讳，才改寿良为寿张。前汉时并没有寿张。《晋书·地理志》有一县名大戚，本名广戚。因避隋讳，改为大戚。在晋的时候，并没有大戚。

21. 避讳改前代地名而遗却本名例

五代南汉时有一地名祯州，因为犯宋讳，改为惠州。现在《五代史·职方考》南汉有惠州，无祯州，岂知惠是宋代州名。今以宋代州名名南汉州，岂不是脱漏了五十余年祯州的历史，这是不行的。

22. 因避讳一地误为二地或二地误为一地例

丰润县本名永济，因"济"字是避金朝讳改的。但现在《金

205

史·地理志》误丰润、永济为二地。又《元史》刘秉忠瑞州人，乃是河北之瑞州，并不是江西的瑞州。今《江西通志》竟把刘秉忠列入，岂知刘秉忠足迹从未到过江南。江西的瑞州本来是筠州，因犯宋理宗嫌名改的。

23. 不知避讳而误改前代地名例

《唐书·地理志》，有一地名武郎，实武朗之误，因史臣避宋讳，朗字缺笔作郎，后人就将"武朗"妄避为"武郎"。《后汉书·张奂传》："敦煌酒泉人也。"酒乃渊字的讹误。章怀避唐讳，改渊为深，后人又误改为酒。否则敦煌和酒泉，都是郡名，于文当然不可通。

24. 避讳改前朝年号例

《旧唐书·经籍志》，编年类，有一本书名《崇安志》，崇安本是隆安，是晋安帝的年号，因避唐讳，就将晋朝隆安的年号，改为崇安。又宋朝人写贞观年号作正观，贞元作正元，都是因避讳改前朝年号的。

25. 避讳改前代书名例

《隋书·经籍志》，有《白虎通》六卷，《礼仪志》引作《白武通》，是避唐讳，虎字改为武。《唐书·经籍志》有《四人月令》一卷，本是《四民月令》，避唐讳改的。《宋史·艺文志》有《龙龛手鉴》四卷，本名《龙龛手镜》，宋人避敬嫌名，改为鉴。

26. 因避讳一书误为二书例

唐时《匡谬正俗》一书，是很普通的。但因"匡"字犯宋讳，或改为"刊"，或改为"纠"。今《宋史·艺文志》经解类有《刊谬正俗》，儒家类又有《纠谬正俗》。别集类有《廖光图诗集》，后又有《廖正图诗集》。正与光都是匡字改的，因此把一书误为二书了。

27. 避讳改前人谥例

《唐书·杨纂传》说他谥恭，但是《唐会要》却作敬。因为宋人讳敬字，所以改为恭。又《徐有功传》，说他追谥忠正，谥法本来无正字，宋时避神宗嫌名，始改贞为正。元以后另有正字的谥法，是后人加的。

28. 避讳改经传文例

《梁书》刘孝绰的传，引《论语》"众恶之必监焉，众好之必监焉"。《论语》本来是察字，改察为监，是姚思廉避家讳。又《萧子恪传》有一句话，是"殷鉴不远，在夏后之代"，代字本是世字，避唐讳改的。

29. 避讳改常语例

常语就是通常语，也有因避讳而改的。《后汉书·曹褒传》，治庆氏礼，现在改为持庆氏礼，是章怀注《后汉书》时，避唐讳改的。《三国志·魏文帝纪》说"京都有事于太庙"，或称京都，或称京邑，是陈寿避晋司马师讳改的。《旧唐书·肃宗纪》，说"上不康"，通常说"不豫"，因为避唐代宗讳，就改为康。有一段笑话，是《老学庵笔记》说的。宋时田登做州官，不许人说登字，全州谓灯作火。到上元放灯的时候，吏人写一张榜，说"本州依例放火三日"。现在俗语"只许州官放火，不许百姓点灯"就是从这里来的。

30. 避讳改诸名号例

唐朝没有世宗有代宗，代宗就是世宗。《唐书·宗室世系表》说代祖玄皇帝讳昺，代祖就是世祖。宋朝没有玄宗，真宗就是玄宗，都因为避讳改的。朱子《四书注》，常引刘聘君说，聘君就是征君，因为避仁宗的嫌名，所以就改为聘君。

31. 已祧不讳例

祧谓神主祧迁出庙，凡有新主升入，除所谓不祧之祖外，旧

207

主有当迁出者即谓之祧。《册府元龟》载：唐宪宗元和元年，顺宗神主升祔礼毕，高宗中宗神主上迁，依礼不讳。所以韩昌黎《讳辨》，本为嫌名立论，但其中治天下之治，却犯高宗正讳。因其时高宗已祧，故不须讳，韩文中治字很多，不枚举。

32. 已废不讳例

又有一时之讳，过时即废者。如唐开元七年以前，避高宗太子弘讳，七年以后即废。又宋天圣初年，避皇太后父亲名，通州改为崇州，通判改为同判，但皇太后死后即不避。故凡发见文书上有不避讳的时候，就应该研究他是在不讳之前，或在不讳之后。若贸然根据此点来断定时代，就容易发生错误。

33. 翌代仍讳例

现在民国，通常人写"玄"字、"宁"字尚有缺笔者，这是习惯的关系。孟蜀的石经里面，把"世"写为"卋"，"民"字写为"叾"，有人说是唐朝德泽远及五代，有人说是孟蜀忠厚。其实都是因为习惯，忘其为避讳了。此例亦容易使人发生错误。

34. 数朝同讳例

有一个字，几朝都同讳的。汉文帝名恒，唐穆宗、宋真宗也名恒。汉灵帝名宏，后魏孝文帝也名宏。汉殇帝名隆，唐玄宗名隆基。后魏献文帝名弘，唐高宗太子也名弘。宋太祖父名弘殷，清高宗名弘历。宋朝讳玄，清朝也讳玄，都是同一字而几朝都讳的。比如弘农和恒农，恒山和常山，两个地名，时废时复，令人很不易记忆。试作一表如后：

（1）恒山　汉高祖时置。

（2）常山　避汉文帝讳改。

（3）恒山　后周置恒州，隋大业初，又置恒山郡。

（4）恒州　隋义宁初置。

（5）常山　唐天宝元年改为常山郡。

208

（6）恒州　唐乾元元年又复为恒州。

（7）镇州　元和十五年避唐穆宗讳改。

（8）真定　宋庆历八年置真定府。

（9）正定　清雍正初兼避真字，改为正定。

一恒一常，翻来覆去，到底变成正定，都有避讳的关系。

（1）弘农　汉武帝时置。

（2）恒农　后魏献文帝时避讳改。

（3）弘农　隋末复置。

（4）恒农　唐神龙初避太子弘讳改。

（5）弘农　唐开元十六年复。

（6）恒农　宋初避宋太祖父讳改。

（7）虢略　宋真宗时避讳改。

自此以后，弘农和恒农的名都废了。宋朝人称古时的弘农和恒农，都为常农。

35. 旧讳新讳易致忽略例

有许多皇帝，初名某，后又改名某，则前名不讳，因此有旧讳新讳的分别。顾亭林《日知录》曾有一段错误。唐文宗本名涵，后名昂。开成间刻石经，对涵字不避，顾先生便有"生则不讳"的一说，因为他忘记了文宗改名昂的缘故。钱竹汀先生说亭林此说，贻误后学不浅，不可不正。又王西庄《十七史商榷》，说唐武宗名瀍，为什么孙樵文集里避炎字。他也忘记了武宗初名瀍，后改名炎了。

36. 因避讳改字而致误例

《唐书·后妃传》有个成三朗，因"朗"字犯宋讳，宋人把朗字缺了末二笔，故此《旧唐书·忠义传》就误作"成三郎"了。

37. 因避讳改字而文义不明例

《南史》"人杀长吏"一语，本为"民杀长吏"。因"民"字避唐讳，改为"人"，遂致文义不明。《梁书》景（丙吉）魏（相）萧（何）曹（参），本为四个汉朝人的姓，因"丙"字犯讳，改为"景"，遂使人莫名其妙。五代时有"墙"隍庙碑"武"辰年立，即"城"隍庙碑"戊"辰年立，因为避朱全忠父及曾祖讳，改城为墙，戊为武，而文义不明了。

38. 因避讳空字注家误作他人例

唐室先世曾仕北周，著名的有李虎、李昞。《北史·周本纪》所谓李讳者甚多。究竟李讳之旁，应注"虎"字，还是"昞"字，实容易错误。今《周书》于李讳皆改为虎，实在不对。

39. 讳字旁注本文，因而误入正文例

《史记·郦生传》：王者以民为天，民以食为天。因避唐讳把"民"字改为"人"字。后人又于"人"字旁注一"民"字。今刻本，竟把旁注加入正文。成为"王者以民人为天，民人以食为天"。此语本出《管子》，原文实无"人"字。

40. 前史避讳之文后史沿袭未改例

唐人著作，多避唐讳。《通典》内避唐讳的字，《文献通考》常有照《通典》全抄下来，并未加以改正。最显著的就是《职官》篇"持"书侍御史一段。《通典》改"治"为"持"，《通考》仍沿袭其文，竟不知原为"治"书侍御史。

41. 不知为避讳而起疑惑例

故宫物院有黄山谷手卷，玄字缺末点，或疑山谷是宋人，何以避清讳。《金石萃编》卷一百二十七也有这种误会。谓宋世历代无讳玄，不知宋朝以玄郎为其始祖名，不许人斥犯，见李氏《续通鉴长编》，大中祥符五年闰十月条。

又《新唐书纠谬》，有几条讥《新唐书》的错谬，实在是因避讳的，非错谬。如谓常山公主下嫁薛谭，《薛稷传》作薛谈。不知谈是唐武宗嫌名，故改作谭也。

42. 不知避讳而生错误例

《后汉书·儒林传》，孔僖曰"画龙不成反为狗"，讥刘敂注之为错误。其实"虎"乃唐讳，故改为"龙"，是避讳非错误。关于这点，《金石屑》载郭麐有个笑话。郭麐于乾隆间，跋《王夫人墓志》，因王夫人有二子，长的名珣，就说是晋时王珣的母墓。袁子才讥之，以该墓志有武邱山语，晋人何得避唐讳。称虎邱为武邱，明明是唐人志石，而郭麐不知也。

43. 非避讳而以为避讳例

流俗相传，容易使人错误的，便是以"正"之有征音，是避秦始皇讳。有如"準"之作"准"，以为是避寇準讳，也是错误。因汉碑早有准字，与避讳无关。

又《避讳录》以汉碑中"秀""庄""肇""隆""缵""志"等字之变体，为避汉讳，皆不确。因汉隶变体极多，不能以避讳为解释。

44. 已避讳而以为未避例

黄本骥《避讳录》说刘知幾因避讳以字行，但《史通》中却不避唐讳。其实黄本骥只记得避讳要改字，而忘了避讳还有缺笔的方法，《史通》中避讳的字，安知他不已经缺笔，特因后人辗转传写失了本来面目呢？又《日知录》有一段说，宋真宗名恒，朱子注《四书》不避宋讳。钱竹汀先生说，这是未见宋板朱注的毛病。其实赵顺孙刻《四书纂疏》，满都避宋讳。

45. 避讳不尽或后人回改例

《史记》内汉讳都回避。如"恒山"改为"常山"，"微子启"改为"微子开"，"盈数"改为"满数"。但是现在《史记》犯汉讳的字不少。什么缘故呢？就是后人校书时回改的。所有《汉书》《后汉书》以下，都有这种情形。因为六朝以前，避讳之法尚疏，故汉碑于汉讳亦多不避。

211

46. 避讳经后人回改未尽例

《后汉书·光武小纪》，"民无措手足"。《章帝纪》作"人无所措手足"。《荀爽传》"安上治民"，《郎颛传》又作"安上理人"。这都是章怀注《后汉书》时避讳，经后人回改而未尽的。《论语》说"仲叔圉治宾客，祝佗治宗庙，王孙贾治军旅"。现在《后汉书·明帝纪》的注引这三句，下两句的治字做主，上一句还是治字，这都是回改未尽的凭据。

47. 以为避讳回改而错误例

《后汉书·光武纪》，建武五年诏郡国出系囚见徒，免为庶人。凡律所说的庶人，系对奴婢及有罪的而言，与他处泛称庶民的不同。今《后汉书》有好些处都改作"免为庶民"，意义就不相同了。校书者以为"人"是避唐讳改的，因此回改为"民"就错误。又《后汉书·宦者传》内有"三世以嬖色取祸"语。"世"本是代字，也以为避唐讳，因此回改为世字，遂致错误。

48. 因讳否不画一知有后人增改例

杜佑著《通典》，在唐贞元年间，称唐德宗为今上。但他《州郡》篇写恒州作镇州，又说元和十五年改为镇州。这都是后人加上去的。杜佑著《通典》时，恒字并不避讳。

又《通典·刑制》篇里有"大不恭"三字。注说"因犯庙讳改为恭"。考唐时并没有敬字的庙讳，并且前卷就有"大不敬"三字。敬本是宋讳，可见这条一定是宋人加进去的，不是原文。

49. 因讳否不画一知有小注误入正文例

《后汉书·郭太传》，全篇都称郭太为林宗。但是后面有一段忽然称郭太，是不伦不类的。原来是章怀注引别本书的话。后来刻书的将小注误入正文。所以一传内，忽称林宗忽称郭太。这是不难看出来的。

50. 因讳否不画一知有他书补入例

《魏书·景穆十二王传》，有一个广阳王渊，而《太武五王传》作广阳王深。什么缘故呢？因为《魏书·太武五王传》亡了，后人取《北史》来补《魏书》，所以前后避讳与否，不一律。

《北齐书》于北齐诸帝，或称高祖、世宗、显祖，或称神武、文襄、文宣，也不一律。因为《北齐书》残缺，后人取《北史》补入。凡称高祖世宗显宗的，是《北齐书》原文。称神武文襄文宣的，就是《北史》文，后来补入的。

51. 因讳否不画一知书有补板例

《十驾斋养新录》，"东家杂记"一条，说书中管勾之勾，都作勹，是避宋高宗的嫌名，但是也有不缺笔的，便是元时的补板。辨别宋板的，从此可以看出。这种例很多。

52. 因避讳断定时代例

《潜研堂文集》有一篇答卢文弨的书，说阁下所校的《太玄经》，说是北宋本，可是书末有"两浙东路提举茶盐司斡办公事某某校勘"的话。斡办二字，是南宋初年因为避高宗的嫌名，才把勾当改为斡办。今书上的题衔既有斡办二字，就是南宋刻的，不是北宋了。

又《宝刻类编》一书，不知是何人所作。但他书内载碑刻所在地方，有说在瑞州的，瑞州是南宋时避理宗嫌名，由筠州改的。书中既有瑞州二字，就知道是宋末人的话。这是因避讳能断定时代的。

但是也有因此而断定错的。近人跋敦煌本道书残本，说卷中"民"字改为"人"，是避唐太宗讳，而高宗讳"治"字屡见，因此断定是太宗时写的。不知道高宗的讳，元和以后，早经不讳。现在治字不讳，怎能断定他不是元和以后写的呢？

又跋唐写本《卜筮书》，说卷里丙丁的"丙"字，都写作

"景"，白虎的"虎"字，都改为"兽"，而"隆"字并不缺笔，因此断定是唐玄宗以前写的。但是也要知道，唐玄宗的讳，到宝历元年以后，便不避了。今因为"隆"字不缺笔，就断定是初唐的写本，是很容易错误的。

53. 因避讳或犯讳断定讹谬例

《说文》内有引张彻说一条。钱竹汀先生说，汉人不当以汉武的名为名，彻字定是错误，也许就是张敞。又《五代史·蜀世家》说孟知祥父名道，但是另一书说是名嶷。据孟蜀石经残本，道字屡见，都是不缺笔的。可知《五代史》说他父名道，是靠不住的。

54. 因犯讳或避讳断为伪撰例

《容斋随笔》说，李陵诗"独有盈尊酒"，是犯汉惠帝的讳，疑这诗是后人假托的。但《野客丛书》引枚乘《柳赋》，也有"盈"字。《玉台新咏》载枚乘的诗，也有"盈盈一水间"的话。所以疑汉时盈字，临文可以不讳的。但有一件事，他们疑团，总不能释，就是最有名的茅山三茅君，第一个就是茅盈。据梁普通年间所立的茅君碑，说茅君是汉景帝时人，何以用汉惠帝的名做名字呢。他们太相信道士的话了。须知道道士是最喜欢杜撰的，茅君果名盈，就不是汉景帝时人，若是汉景帝时人，就不会名盈。照此看来，便是道士一种胡说，有何可疑呢？

又有一件事，隋末有个王通，谥文中子，著一本书名《中说》，又一本名《元经》。这两本书，人人都说是假的，但是考究《元经》的人，因为它有避唐讳的地方，说它不是隋人作的。此话有理。但是考究《中说》的人，很少注意它的书名已是犯隋朝讳了。文中子的中字，也犯隋讳，这很易明白的。《中说》内避唐讳犯隋讳的字尚多。考古今伪书的，若是加了这种方法下去，书的真假，更容易辨了。

以上所说种种的例，都是利用研究避讳学的结果，来断定古书的真伪或时代或错误。但尚有数例，亦避讳学中所应有的。并举如下：

55. 避讳改物名例

《史记·封禅书》，说"野鸡夜雊"，野鸡就是雉，避吕后的讳，所以改为野鸡。

《野客丛书》说，钱王讳镠，当时名石榴为金樱，杨行密据扬州，扬州人呼蜜为蜂糖。

56. 文人避家讳例

司马迁的父亲名谈，所以《史记》改张孟谈为张孟同，这例很多。《唐书·肃宗纪》说："山南东道张维瑾反。"颜真卿书《元结墓碑》，把维字去了，称为张瑾。因为颜真卿的父亲名维贞。

又《唐书·司马承祯传》，承祯本谥贞一，颜真卿书得《李玄靖先生碑》，也改作正一，不能拿碑来驳史。因为写碑人避家讳改的，非史错误也。

57. 宋辽金夏互避讳例

《宋史·夏国传》，李彝兴本命彝殷，避宋讳改为彝兴。《宋史·地理志》，绍兴十二年避金太祖讳，改岷州作西和州。

《金史·海陵纪》，遣完颜匡使宋，暂时改名弼，以避宋讳。当时彼此都很客气的。

58. 宋金避孔子讳例

宋以前，孔子讳是不避的。《宋史·地理志》，大观四年，改瑕丘县为瑕县，龚丘县为龚县，就是避孔子的讳。

《金史》明昌年间，有诏书说，周公、孔子的名，都要回避，进士有犯孔子讳的，都要更改。

59. 宋禁人名寓意僭窃例

此是宋朝的特例，《容斋四笔》说，政和年间禁人不许拿龙、

215

天、君、玉、帝、上、圣、皇等字做名字。但是大程子死的时候，文彦博题其墓曰："大宋明道先生程君之墓。"明道是宋仁宗的年号，当时无人理会。钱竹汀先生以为不可解。

60. 清初书籍避胡虏夷狄字例

雍正十一年四月上谕说："本朝人刊写书籍，凡遇胡虏夷狄等字，每作空白，揣其意，盖为本朝忌讳，不知此固不敬之甚者也。"所以雍正以前的书籍，常有这种避讳法子。有时也可以用来辨别是书是清初刻本，还是后来刻本。乾隆时办理《四库全书》，"夷"字亦改写"彝"字，"狄"字改写"敌"字。乾隆四十二年十一月才禁止的。《四库总目》卷首，就有此上谕了。

张知本
(1881—1976)

生平简介

　　张知本（1881—1976），号怀九，湖北省江陵县人。法学家。1904 年以公费赴日本留学，初入宏文书院，后转入法政大学攻法律。1905 年加入中国同盟会。1907 年学成回国，历任广济中学堂堂长、武昌公立法政学堂监督、武昌私立法政学堂及法官养成所教习、荆州府中学堂堂长。1911 年 3 月任同盟会湖北支部评议长，秘密发展组织，宣传革命。辛亥首义后，初任武昌军政府政事部副部长，司法部成立后任部长，时仅三十岁。他重建司法机构，推行新法制，并参与《鄂州约法》的草拟，被我国司法界所推重。1912 年任江汉大学校长，次年当选国会参议院议员。1922 年任湖北法科大学校长。1924 年 1 月参加中国国民党第一次代表大会。1928 年 3 月筹建武汉大学。抗战后任重庆行政法院院长。1949 年 9 月去台湾，历任"总统府"国策顾问、国民党中央评议委员、中国宪法学会理事长等职务。1976 年 8 月 15 日病逝于台北。生平著有《宪法论》《宪政要论》《法学通论》《社会法律学》等，译著有《民事证据论》《土地公有论》。

抗日与制宪问题①

1933 年

抗日是现在当务之急，制宪是国家的百年大计。溯自"九一八"以来，全国人民对于抗日一事，非常紧张，但是在当局方面，因为有种种困难的地方，总还希望国联能够维持远东的和平。但是到现在迁延了一年之久，不但没有把东北的失地收复，而且最近榆树、九门口也相继失陷，平津、热河也都在危急之中，可见国难是一天严重一天了。我们知道国难的"难"字，就是那个难易的难字，现在才一年多的工夫，中国居然称为难了，这是我们说起来很痛心的。本来在国民党的立场上，依照总理的精神是不应该畏难的，大家应当以总理的大无畏的精神去抗日。而且我们在历史上看，向来就没有因为抵抗而亡的国家，只有不知抵抗和和战不定的国家才会亡的。如曹操攻东吴用的兵很多，在那个时候东吴的力量本不能够抵抗曹操的，但是东吴决定了大计，全体一致抵抗，结果竟战胜了曹操。前秦苻坚有投鞭断流之众大举攻晋，而晋能够抵抗，结果也战胜了苻坚。此外如南宋明

---

① 本文是张知本在立法院总理纪念周发表的演讲。

末的情形，都是因为和战不定，才把国家弄亡了。这都是历史上的殷鉴。我们再从最近外国的历史上来看，在欧战的时候，比利时本是一个永久局外中立国，并不是有什么力量的国家，但是后来加入战团抵抗德国，于是国也强盛起来。又如土耳其革命的时候，希腊对于它极力地压迫，而它能够全体一致地去抵抗，结果也能够打破了难关得到胜利。尤其是我们国民党，从前总理也说过国民党好比是诸葛亮，我们打算知道诸葛亮当日的精神是怎么样，那么可以读一读《出师表》就知道了。出师表里边有两句话，"汉贼不两立，王业不偏安"，这两句话，在从前一般书生的见解，都说是汉与贼是不两立的。实在说起来，就只是汉与贼不两立，贼与汉也是不两立的。所以金圣叹他批得很聪明，他说与汉也是不两立，本来专在汉帝一方面来看与贼是不两立，王业不能够偏安；但是在贼的一方面来看，汉业虽想偏安，也不许它偏安的。所以诸葛亮他看到了这一层，才在《出师表》里说，"与其坐而待亡，孰与伐之"，由此可见诸葛亮的用意，确是迫于不得已了。现在一般人所顾虑的，总是说今日的战争，乃是科学的战争，和从前的战争不同了。这种理论固然是稍有常识的人都懂得的，但是现在的情形，我们要晓得并不是我们要去打人，实在是人家来找我们，来侵略我们。

在日本的政策，凡是抵抗的它就不去进取，不抵抗的它就侵略，所以我们不能不抵抗的。我们固然也知道，在目前的经济方面来说，中国是民穷财尽，有种种为难地方，但是我们再看看日本的情形，他们也并不是有什么把握的。因为去看"九一八"，看见我们不抵抗，所以他们才极力一步一步地捡取便宜，若以日本的经济状况而论，可以说是已经破产了。在前三年的时候，曾发生过一回事情，想大家也都晓得的，就是日本有十几万农民向政府请愿，要求政府设法救济，后来日政府勉强地把他敷衍下去。现在日本农民方面的总负担，计算起来每年约有六万万的债务，所以在日本的农民社会党，对于政府很有一种不平之气。在日本农民破产之下，它还把力量完全移在发展工商业的方面，已经是很危险了。但是就日本的工商业来看，在政府方面，也很贴本的。我们知道在1929年的时候，日本长崎卖给美国丝每包重约一百三十磅，价格是七百多元，近年因为美国不买日本的丝，以致日本的丝价低落很多，现在每包不及原价二分之一，比较起来和从前的相差太远了。所以我们从日本救济农民和工商业经济种种方面看起来，他们也不见得有什么胜利的把握，不过一班军阀总想向外侵略而已。假如我们全国上下能够一致地拼命去抵抗，他们国内就会发生问题的。可见日本并不是什么可怕的，并且在我们自己也不应该怕的，因为不是怕就可以了事的。我们的东三省因为不抵抗而失掉，并且日本继续地侵略不已，眼看着就到了平津、热河，假如我们再不抵抗，就不晓得他们侵略到什么地方为止呢。所以兄弟觉得我们要抵抗，应该遵照总理所说的话，拿出诸葛亮的精神来。虽然，是成败利钝，非所逆睹，但是一定要鞠躬尽瘁，死而后已。这样地去做，大家才能够打破了这个难关，另外创出新的局面来。

这一次孙院长教兄弟来担任制宪的工作，讲到制宪这个问题，与抗日是很有关系的。因为我们制定宪法，在宪法第一章里边先要规定中华民国的国土，但是在日本侵略我们东北地方未收复之前，我们在宪法上着笔，不是一件极痛心的事情吗？所以兄弟觉得制宪与抗日，是很有关联的。宪法是国家的根本大法，但是中国的宪法约法，从前经过多少次的制定，到现在全成了一纸空文，又是什么缘故呢？这完全是因为从前制定的宪法约法不显人民的需要，只知照别国的宪法抄袭，并没有容纳人民的意见。所以虽然经过公布的手续，结果还是不能发生效能。这一次我们只能说是起草宪法，不能说是制宪，因为宪法起草后，还要经过国民大会议决方才能公布的，我们起草不过是第一步的工作。这第一步的工作，应该把全国人们感受的痛苦，先要知道，然后再调查人民方面有什么需要。照这个方针去做，将来制定的宪法，才能够实行，人民才能够遵守。现在我们对于制宪的工作，虽然还没有着手，但是孙院长的意思，和大家商量的结果，第一步打算先征求全国人民的意见，把全国人民的意见集中起来，看看有什么需要，然后再根据人民的需要和总理五权宪法的原则起草宪法，才能够写出切实可行的宪法草案来。将来这种草案经过人民的批评，然后再把条文整出来，送交中央党部作为正式的草案，由中央再提交国民大会议决公布，绝不能像从前北京政府那样闭门造车出而不能合辙的。因为法律这种东西，要适合本国的需要，万不能把本国需要毫不相涉的东西抄袭过来就算了事的。从前美国制宪的时候，在华盛顿有一班人，以为美国是民主国家，所谓王冠该放在哪里，当时就有人回答说，王冠还是有的，不过戴在宪法上就是了。民主国家的宪法，就等于君主国家的王冠，现在中国对于此冠也不能说看别人戴着好看，于是我们就贸然戴在头上。应该先看看头是大是小，是尖是圆，经过了这一番的斟酌，然后此冠与头方能适合。关于制宪问题，孙先生的意思，大致也是如此。

在此兄弟对于中国抗日与制宪这两个问题，提出两个口号，向前进的，就是我们此后应该是"武力御外""法律治内"。大家依照这两个口号做去，才能打破国难的局面，使多难与兴邦的中国，造成新的局面。

李石曾
(1881—1973)

生平简介

李石曾（1881—1973），又名李煜瀛，字石僧，笔名真民、真石增，河北省高阳县人。社会教育家，故宫博物院创建人之一，国民党四大元老之一。1902年起赴法国学习农业三年，随后进入巴斯德学院及巴黎大学理学院研究生物进化、哲学等学科，并且以科学的方法研究大豆的功用，以法文发表《大豆》专书，是中国人最早在法国发表学术论文者。1906年8月加入同盟会。1920年初与蔡元培、吴敬恒利用庚子赔款在北京创办中法大学，出任董事长，并以蔡元培为校长。同年冬同蔡元培到达法国，与法国里昂市长赫礼欧（Herriot）商议合作设立里昂中法大学协会，成立里昂中法大学。1924年1月起任第一届至第六届中央监察委员，以及第七届至第十届中央评议委员。1924年11月建议设立中央古物保管委员会及清室善后委员会，建议被采纳后任两会的委员长。1925年10月10日国立故宫博物院正式成立，任院长。1927年6月北伐成功后，任北平大学校长、北平师范大学校长及北平研究院院长等职务。1936年与蔡元培、张静江等在上海创办世界学校，实行教育救国和科学救国。1958年为了缅怀吴稚晖，择定吴先生最后养病之嘉义市弥陀寺北侧为校址，和邓传楷共同发起筹创私立稚晖初级中学。1973年于台北病逝。

农业问题[①]

    农业问题是全世界人类最重要的问题，尤其在中国，是更重要的问题。以总理遗教来看，在总理遗教中，非常注重中国农业，关于农业问题中的水利以及垦荒等等，在实业计划中，都讲得非常具体；并在三民主义中，总理有句很重要的话，就是"耕者有其田"。由此我们知道总理对于中国的农业，可说是最注重的了。总理对于中国农业，既如此注重，而我们政府以及社会团体，自然根据总理遗教，对此加以十分的努力。就政府来说，实业部已设有关于农业的专门部分，做了不少的工作，并且有特别的组织。在报纸上我们已见到的有农村复兴委员会，有建设委员会所组织的复兴农村设计委员会，对于复兴农村的工作是非常注重的。在社会或个人方面，也知道中国农业之重要，也已经做了不少的农业工作。关于复兴农村实施机关，大家已在报纸上看到过的也不少，但没有在报纸上登载过的也很多，恐怕大家还不知道呢。譬如在山东邹平农村讨论会，兄弟曾经被邀参加过。这一个会，其中参加的公私团体与个人都很多。如复兴农村与振兴农村两会亦有人，如社会团体更有多人，如河北定县，如山东邹

---

① 本文是李石曾在中央纪念周发表的演讲，具体时间不详。

平，如近首都的徐公桥，如近北平的清河与温泉，都有农村的组织与试验。兄弟即因温泉农村的试验而去的。在农村讨论会中，大家曾研究过许多关于农村的问题，有关于农村自治的问题，有关于农村经济的问题，关于农村教育卫生等的问题，应有尽有，都曾讨论研究过。这些材料，很可以给我们留作参考的。

现在我们要求得一结论，农村怎么样来组织？这是一个最大的问题，兄弟曾经与张静江先生研究过，张先生毅然决然地主张以生产为首要，其他关于农村自治、教育、卫生等等，均为次要。因为如果生产不注重，其他一切问题，都不得有圆满的结果。兄弟对于张先生的主张，极以为然，且亦认为除注重生产以外，其他农村的问题，不能达到复兴农村的目的。本来农村问题，不是政治问题，而是经济问题，是属于民生主义，不是关于民权主义。以民族民生民权主义看来，因都有关联。而农村问题，是以民生主义为中心的，所以注重生产是必要的。如果不然，就可以发生种种流弊，甚至可以发生很大的问题。比方农村自治、保卫、教育、卫生等等，当然也是很重要，但要是特别注重，则恐农村经济就要转变到政治上面去的一种现象，可以使农村的精神力量与方向改变，可以使农村不做生产事业，而从政治方面来活动。这是很危险的。如农村保卫，固可以防御盗匪的骚扰，似有设置的必要，但有了乡村军队式的保卫，将来如有事变，做成一个第一层军队，反可加增许多乱子，也是不得了的。如农村教育虽无少的流弊，但在实施方面，亦有研究的价值。前次兄弟曾与晏阳初先生讨论过，他以前做过平民识字的工作，后来做农民识字的工作。他曾在讨论中报告，说是农民花了三毛钱，可以得到识字的基础，兄弟在讨论它时，也相信他的成绩，但三毛钱只可以使农民得到智识，而不能使农民增加生产。要增加农民的生产，恐花三块钱、三十块钱也不行的。同为增加生产，不是单靠识字可以解决的。农民识字工作，当然是要做的，同时关于经济生产方面的许多工作，更要去努力。要是不在经济生产方面去努力，就会发生种种流弊，三毛钱固可以使人识字，但人是要求进步的，他识了字，他的智识增高，他的生活程度也要增高，同时他的欲望，自然也要增高。如果不同时施以生产的技能，则花三毛钱的结果，只增加有智识的消费者，这是很危险的。所以只有教育还不够，一定要在经济生产上面去适合他一切的要求，这样才可以得到圆满的结果。否则他的智识增加，他的地位增高，他的生活增高，而他的生产能力不能增加，结果农村必起扰乱，而以斗争夺取为手段，必将造成极大的恐怖，使农民更不能生活。现在唯一的办法，需要实行本党主义，用合作方法，在经济方面，来增加生产的能力。唯有用这一种方法，才可达到"耕者有其田"的目的。如果以斗争夺取的手段，施之于农村，则农村陷于严重的状态，是更不得了的。故现在救济的办法，是要我们十二分努力于农村生产的工作。我们以最大的力量去做，尚不见得能得十分的效果，若是稍为随便，一定无成效之希望。

希望大家遵守总理遗教，注重农村的问题，以十二分的努力，做农村的经济生产运动，以求中国农村的复兴。

马君武
(1881—1940)

生平简介

马君武（1881—1940），原名道凝，又名同，后改名和，字厚山，号君武，广西桂林人。学者、教育家和政治活动家，广西大学的创建人。1901 年入上海震旦学院，同年冬赴日本京都大学读化学。1905 年 8 月第一批加入同盟会，和黄兴、陈天华等人共同起草《同盟会章程》，并为《民报》撰稿。1906 年回国，参与创办中国公学，任教务长。1907 年赴德国，入柏林工业大学学冶金。1911 年武昌起义爆发后回国，作为广西代表参与起草《临时政府组织大纲》和《中华民国临时约法》，并任南京临时政府实业部次长。1913 年初国会成立后任国会参议院议员。"二次革命"失败后，被迫离开北京，再次赴德国，入柏林大学研究院学习，1915 年获得工科博士学位，是中国获得德国工学博士学位第一人。1917 年参加护法运动，任广州军政府交通部长。1920 年孙中山重组军政府，马君武任秘书厅长。1921 年任孙中山非常大总统府秘书长。同年 6 月起，历任广西省长，大夏大学、北京工业大学校长。1940 年 8 月 1 日在桂林病逝。编著有《德华字典》《马君武诗稿》等。

学术盛衰与国家治乱之关系

1925 年

今日为孔子诞日，君武借此机会为诸君一述学术盛衰与国家治乱之关系。孔子之有造于中国之学术，其功实至伟大；故孔子虽非宗教家，而其势力之所在，则未可加以忽视。由中国之历史上看来，学术盛衰与国家治乱，其间颇有密切之关系。简言之，学术盛则国家必治，学术衰则国家必乱，其关系几如气候之于寒暑表，热则升而冷则降。此种情形正不独中国为然，即推之世界各国，亦莫不如是，不过中国尤其显然者耳。

孔子生当春秋之世，当时学术异常发达，推其原因，则以封建之国，多致意于人才之罗致，因此，人才辈出，而学术亦浸浸以盛。而孔子之学术上的势力之所以独能支配于数千年之久者，则又因：（一）孔子为学甚勤，且又置重于人才之教育，学不厌而教不倦，故孔子之弟子为独盛。（二）由于孔子政治上之主张，有以促之使然。与孔子先后同时者，有老与墨，然老子对于政治上之主张，实为无政府主义，所谓"天地不仁，以万物为刍狗"，固含有进化论之意味，而"圣人不仁，以百姓为刍狗"云云，实即为老子之无政府主义之表现。故"绝圣弃智"之思想，屡见于老子所著之《道德经》中。所谓圣，盖即指君主而言，绝圣云者，亦即表示其无须君主之谓，老子盖纯粹为 Anarchism 之主张者也。故其说不为后世君主所喜，自属意中之事。后于孔子而起者为墨子，其政治上之主张则为民主主义。故《墨子》之《尚贤篇》中，以为唯有贤者可尚而又可举以任事。其说亦不为后世君主所乐闻。而孔子则不然。孔子之政治上的主张，悉表现于《春秋》。《春秋》一书，虽或以"断烂朝报"相讥，然苟读《公羊》与《谷梁》二传，即不难推见孔子之政治上的主张。孔子之政治上的主张，颇属滑稽，何以故？以孔子固主张以天统君以君统万民也。孔子既主张君主政治，又恐君主之流于虐，不知自返，因复有以天统君之说。天虽无言，然有灾异之可象，天苟有灾异，即不啻为君主失德之表征。以天之灾异警君主之失德，此种思想，尝见之于《春秋》，故《春秋》多言灾异。易言之，此即孔子所赖以恐吓君主之一种手段。然此种手段，亦尝行之于数千年之久。苟遇天灾，君主即须内省，大臣即须极谏，凡此种种，亦自有微效可言，故君主信之而不稍替，而孔子亦赖以独尊。但此种思想，在今日已根本上失其效力，天灾之为何？今人能明其理者甚众，恐吓云乎哉?! 然孔子之所以有此伟大的势力而能将数千年之历史以统属于其学术思想之下者，则未尝不有赖于此种思想。此种思想，直至清末西洋思想输入时而始破，故除宗教家如释迦牟尼、耶稣、摩汗默德（穆罕默德）而外，能具有此种伟大的势力者，不过为孔子一人而已。然宗教家犹尝赖其宗教上的手段，而孔子则仅有其学术可赖，故苟以宗教家视孔子，前者固逊色多矣。

孔子以后，至于西汉，其学术上之倾向，自董仲舒至于王莽，皆不外为土地的问题，换言之，亦即井田的问题，然自王莽试行失败后，此说即不复为人所提。东汉尊学之风，为历来所未有，其结果遂因以养成末季之一般笃学而有气节之士。所谓《党锢传》中之人物，不为威势所屈，轻生命如草芥，皆此尊学之风所造成也。所可惜者，党人既见杀于宦官，一班指导社会主持正义之士，遂随而俱没，而国家社会，亦因以堕入于长久混乱之状态，能不谓为我国学术界上之一大损失哉?! 东汉之末，佛教侵入，一班士大夫，遂因以缺乏研究学术的精神。迨晋之初，于是有所谓名士派清谈派出，其中虽不乏掌握政权之士，然崇尚清谈，行为放纵，于政治，于学术，皆无贡献。故六朝时王导，谓王衍何晏辈提倡清谈，崇尚名流，作俑之罪，浮于桀纣。因此，士大夫行之于上，众人效之于下，国家陵夷，社会堕落，盖几无学术可言。自六朝至于隋唐，佛学侵入中国，中国学术遂因以发生极大的变迁。但当唐之时，孔学自孔学，佛学自佛学，犹未至于混乱。而宋时学术则不然，程朱虽致力于孔子之学，有孔学中兴之目，然已加入若干佛学的成分，而非孔学之本来面目矣。朱子曰："至于用力之久，而一旦豁然贯通焉。"此其含有佛学的色彩，已至显然。虽然，孔学至朱子，不过与佛学互相混合而已。而陆王则几完全为佛学之信徒。陆王之流，以为六经皆为我注脚，遂束书不观，专事空谈，其视朱子之尊崇学术格物致知者，相去远矣。朱子虽崇理知，然凡关于格致之学，皆有深切之研究。至王阳明则更日趋于褊狭，以为格物不若格心，孔子之面目，至此殆已全失。其结果遂致明代读书之士，仅知有"致良知"三字而不知读书；并以为苟知"致良知"三字，即不难跻于圣贤之域。于此，"满街皆是圣贤"，诚无怪遭清儒之讥! 清儒既不满于明儒而生反动，因此，汉学家遂先后辈出，于中国学术界上之考证校订诸方面，立功甚伟。凡前此古书之所以能判其为真为伪，是皆受清儒之赐。其间如王戴诸先生，俱各以最严密之科学的方法而治其学，则尤昭昭在人耳目。虽然，明之王阳明，清之汉学家，在中国学术史上，固皆有其重要之地位；但其所以不能振兴中国学术于不敝者，则皆由八股文之为阶之厉也。或谓今日中国既深受八股文之遗毒，所谓一切聪明才力之士，亦无不深中其毒而不可拔，则所补救云云，亦徒见其不可而已。此言虽甚有理，然吾人苟有良好之方法，以为挽回之补救，则亦尚未至于完全绝望；如今日之学子，即多有知学术之重要而从事于研究者。但吾人须知今日之中国学术，已非孔子之学术所能代表；盖当明代末叶，西方天主教徒，接踵而来中国，西方各种学术，遂亦因是而逐渐输入，中西学术之接触，于此已蒙其渐，所谓孔学，自不足以概括中国学术矣。

若就西方之学术言之，如希腊罗马之学术，其趋向则皆与中国不同，希腊学术以数学名学为基础，而罗马学术则以政治法律为基础。希腊文化，在欧洲上古，号称极盛，罗马文化，则多因袭于是。降及中古，天主教徒，禁止各种学术之自由研究，希腊罗马之学术，则尤备受压抑，此历史家所以谓为黑暗时代也。其后文艺复兴，多由于意大利数大学互相研希腊学术之功，辗转至于18世纪，遂蔚然成为欧洲学术，然其问不过百余年耳。

中国既能吸收佛学，则亦安见不能吸收此百余年间之欧洲学术？故吾谓吾人苟于欧洲学术致力研究，则其能为吾人所吸收，盖亦匪难。诚以学术之盛衰，关于国家之治乱，欲求治国之道，必先借重于学术；世界各国，无不如是，而中国亦然。中国学术苟发达，则凡百方法，自能粲然大备，国家之治，不难翘首而待。非然者，则本先未固，遑论于法？

瞻诸中国已往之历史，简册所载，常不乏吸收他人学术之事实，佛学其一也。佛学虽产生于印度，然今日之研究佛学者，不之印度，而之中国，于此可见国人自有研究学术吸收学术之能力，是则为过人所当引以自负者。欧洲学术自文艺复兴以来，不满二百年，即蔚成体系，其间所经过之时期，盖至短促。国人苟以研究佛学之精神转而研究欧洲学术，则其成功之逆料，固不难操券以待。此其故，盖以国人苟具有玄奘移译佛书之精神，从事于欧洲学术之移译，则以数十人之力，不出数十年，彼方学术中之名著，必为我移译殆尽。如是，借他山之石，建设中国学术之基础，兼容并纳，发扬光大，则欧洲学术之吸收与中国新文化之建设，当不难收兼程并进异途同归之功。

总之，吾人立国之基础，即在现代之学术；努力研究，努力移译，努力吸收之以成新文化，此则一般青年所不可放弃之责任也。此外，关于中国学术方面如孔子之学术，何者为其所长，何者为其所短，亦当加以研究，取其长而以世界学术补其短，此则吾之所望也。

鲁 迅
(1881—1936)

生平简介

　　鲁迅（1881—1936），原名周树人，字豫才，浙江绍兴人。伟大的文学家、思想家。1881 年出生于破落封建士大夫家庭。1898 年到南京水师学堂学习。1902 年赴日本学医，后弃医从文。回国后，先后在杭州、绍兴等地任教。辛亥革命后，曾任南京临时政府和北京政府教育部金事，并在北京大学、北京女子师范大学任教。1918 年 5 月第一次以"鲁迅"的笔名发表了中国现代文学史上第一篇白话文小说《狂人日记》。后陆续创作与出版了《呐喊》《彷徨》《野草》《朝花夕拾》《华盖集》等。1921 年 12 月发表的中篇小说《阿 Q 正传》是现代文学史上最杰出的作品之一。1926 年 8 月前往厦门大学、中山大学任教。1927 年 10 月回上海。1936 年在上海病逝。其大量的杂文深刻地剖析了中国社会问题，严厉地斥责了各种黑暗势力，表现出一种前所未有的思想深度，是现代杂文的典范。一生著译一千多万字，后人编为《鲁迅全集》。

娜拉走后怎样①

1923 年 12 月 26 日

我今天要讲的是"娜拉走后怎样"。

伊孛生是 19 世纪后半的瑙威的一个文人。他的著作，除了几十首诗之外，其余都是剧本。这些剧本里面，有一时期是大抵含有社会问题的，世间也称作"社会剧"，其中有一篇就是《娜拉》。

《娜拉》一名 *Ein Puppenheim*，中国译作《傀儡家庭》。但 Puppe 不单是牵线的傀儡，孩子抱着玩的人形也是；引申开去，别人怎么指挥，他便怎么做的人也是。娜拉当初是满足地生活在所谓幸福的家庭里的，但是她竟觉悟了：自己是丈夫的傀儡，孩子们又是她的傀儡。她于是走了，只听得关门声，接着就是闭幕。这想来大家都知道，不必细说了。

娜拉要怎样才不走呢？或者说伊孛生自己有解答，就是 *Die Frau vom Meer*，《海的女人》，中国有人译作《海上夫人》的。这女人是已经结婚的了，然而先前有一个爱人在海的彼岸，一日突

---

① 本文是鲁迅在北京女子高等师范学校文艺会上的演讲。

然寻来，叫她一同去。她便告知她的丈夫，要和那外来人会面。临末，她的丈夫说："现在放你完全自由。（走与不走）你能够自己选择，并且还要自己负责任。"于是什么事全都改变，她就不走了。这样看来，娜拉倘也得到这样的自由，或者也便可以安住。

但娜拉毕竟是走了的。走了以后怎样，伊孛生并无解答；而且他已经死了。即使不死，他也不负解答的责任。因为伊孛生是在作诗，不是为社会提出问题来而且代为解答。就如黄莺一样，因为它自己要歌唱，所以它歌唱，不是要唱给人们听得有趣、有益。伊孛生是很不通世故的，相传在许多妇女们一同招待他的筵宴上，代表者起来致谢他作了《傀儡家庭》，将女性的自觉、解放这些事，给人心以新的启示的时候，他却答道："我写那篇却并不是这意思，我不过是作诗。"

娜拉走后怎样？——别人可是也发表过意见的。一个英国人曾作一篇戏剧，说一个新式的女子走出家庭，再也没有路走，终于堕落，进了妓院了。还有一个中国人——我称他什么呢？上海的文学家吧——说他所见的《娜拉》是和现译本不同，娜拉终于回来了。这样的本子可惜没有第二人看见，除非是伊孛生自己寄给他的。但从事理上推想起来，娜拉或者也实在只有两条路：不是堕落，就是回来。因为如果是一匹小鸟，则笼子里固然不自由，而一出笼门，外面便又有鹰，有猫，以及别的什么东西之类；倘使已经关得麻痹了翅子，忘却了飞翔，也诚然是无路可以走。还有一条，就是饿死了，但饿死已经离开了生活，更无所谓问题，所以也不是什么路。

人生最苦痛的是梦醒了无路可以走。做梦的人是幸福的；倘没有看出可走的路，最要紧的是不要去惊醒他。你看，唐朝的诗人李贺不是困顿了一世的么？而他临死的时候，却对他的母亲说："阿妈，上帝造成了白玉楼，叫我做文章落成去了。"这岂非明明是一个诳，一个梦？然而一个小的和一个老的，一个死的和一个活的，死的高兴地死去，活的放心地活着。说诳和做梦，在这些时候便见得伟大。所以我想，假使寻不出路，我们所要的倒是梦。

但是，万不可做将来的梦。阿尔志跋绥夫曾经借了他所作的小说，质问过梦想将来的黄金世界的理想家，因为要造那世界，先唤起许多人们来受苦。他说："你们将黄金世界预约给他们的子孙了，可是有什么给他们自己呢？"有是有的，就是将来的希望。但代价也太大了，为了这希望，要使人练敏了感觉来更深切地感到自己的苦痛，叫起灵魂来目睹他自己的腐烂的尸骸。唯有说诳和做梦，这些时候便见得伟大。所以我想，假使寻不出路，我们所要的就是梦；但不要将来的梦，只要目前的梦。

然而娜拉既然醒了，是很不容易回到梦境的，因此只得走；可是走了以后，有时却也免不掉堕落或回来。否则，就得问：她除了觉醒的心以外，还带了什么去？倘只有一条像诸君一样的紫红的绒绳的围巾，那可是无论宽到二尺或三尺，也完全是不中用。她还须更富有，提包里有准备，直白地说，就是要有钱。

梦是好的；否则，钱是要紧的。

钱这个字很难听，或者要被高尚的君子们所非笑，但我总觉得人们的议论是不但昨天和今天，即使饭前和饭后，也往往有些差别。凡承认饭需钱买，而以说钱为卑鄙者，倘能按一按他的胃，那里面怕总还有鱼肉没有消化完，须得饿他一天之后，再来听他发议论。

所以为娜拉计，钱，——高雅地说吧，就是经济，是最要紧的了。自由固不是钱所能买到的，但能够为钱而卖掉。人类有一个大缺点，就是常常要饥饿。为补救这缺点起见，为准备不做傀

235

偏起见，在目下的社会里，经济权就见得最要紧了。第一，在家应该先获得男女平均的分配；第二，在社会应该获得男女相等的势力。可惜我不知道这权柄如何取得，单知道仍然要战斗；或者也许比要求参政权更要用剧烈的战斗。

要求经济权固然是很平凡的事，然而也许比要求高尚的参政权以及博大的女子解放之类更烦难。天下事尽有小作为比大作为更烦难的。譬如现在似的冬天，我们只有这一件棉袄，然而必须救助一个将要冻死的苦人，否则便须坐在菩提树下冥想普度一切人类的方法去。普度一切人类和救活一人，大小实在相去太远了，然而倘叫我挑选，我就立刻到菩提树下去坐着，因为免得脱下唯一的棉袄来冻杀自己。所以在家里说要参政权，是不至于大遭反对的，一说到经济的平匀分配，或不免面前就遇见敌人，这就当然要有剧烈的战斗。

战斗不算好事情，我们也不能责成人人都是战士，那么，平和的方法也就可贵了，这就是将来利用了亲权来解放自己的子女。中国的亲权是无上的，那时候，就可以将财产平匀地分配子女们，使他们平和而没有冲突地都得到相等的经济权，此后或者去读书，或者去生发，或者为自己去享用，或者为社会去做事，或者去花完，都请便，自己负责任。这虽然也是颇远的梦，可是比黄金世界的梦近得不少了。但第一需要记性。记性不佳，是有益于己而有害于子孙的。人们因为能忘却，所以自己能渐渐地脱离了受过的苦痛，也因为能忘却，所以往往照样地再犯前人的错误。被虐待的儿媳做了婆婆，仍然虐待儿媳；嫌恶学生的官吏，每是先前痛骂官吏的学生；现在压迫子女的，有时也就是十年前的家庭革命者。这也许与年龄和地位都有关系吧，但记性不佳也是一个很大的原因。救济法就是各人去买一本 notebook（笔记本）来，将自己现在的思想举动都记上，作为将来年龄和地位都改变了之后的参考。假如憎恶孩子要到公园去的时候，取来一翻，看见上面有一条道，"我想到中央公园去"，那就即刻心平气和了。别的事也一样。

世间有一种无赖精神，那要义就是韧性。听说拳匪乱后，天津的青皮，就是所谓无赖者很跋扈。譬如给人搬一件行李，他就要两元，对他说这行李小，他说要两元，对他说道路近，他说要两元，对他说不要搬了，他说也仍然要两元。青皮固然是不足为法的，而那韧性却大可以佩服。要求经济权也一样，有人说这事情太陈腐了，就答道要经济权；说是太卑鄙了，就答道要经济权；说是经济制度就要改变了，用不着再操心，也仍然答道要经济权。

其实，在现在，一个娜拉的出走，或者也许不至于感到困难的，因为这人物很特别，举动也新鲜，能得到若干人们的同情，帮助着生活。生活在人们的同情之下，已经是不自由了，然而倘有一百个娜拉出走，便连同情也减少，有一千一万个出走，就得到厌恶了，断不如自己握着经济权之为可靠。

在经济方面得到自由，就不是傀儡了么？也还是傀儡。无非被人所牵的事可以减少，而自己能牵的傀儡可以增多罢了。因为在现在的社会里，不但女人常做男人的傀儡，就是男人和男人、女人和女人，也相互地做傀儡，男人也常做女人的傀儡，这绝不是几个女人取得经济权所能救的。但人不能饿着静候理想世界的到来，至少也得留一点残喘，正如涸辙之鲋，急谋升斗之水一样，就要这较为切近的经济权，一面再想别的法。

如果经济制度竟改革了，那上文当然完全是废话。

然而上文，是又将娜拉当作一个普通的人物而说的，假使她很特别，自己情愿闯出去做牺牲，那就又另是一回事。我们无权去劝诱人做牺牲，也无权去阻止人做牺牲。况且世上也尽有乐于牺牲、乐于受苦的人物。欧洲有一个传说，耶稣去钉十字架时，休息在 Ahasvar（阿哈斯瓦尔）的檐下，Ahasvar 不准他，于是被下了咒诅，使他永世不得休息，直到末日裁判的时候。Ahasvar 从此就歇不下，只是走，现在还在走。走是苦的，安息是乐的，他何以不安息呢？虽说背着咒诅，可是大约总该是觉得走比安息还适意，所以始终狂走的吧。

只是这牺牲的适意是属于自己的，与志士们之所谓为社会者无涉。群众——尤其是中国的——永远是戏剧的看客。牺牲上场，如果显得慷慨，他们就看了悲壮剧；如果显得觳觫，他们就看了滑稽剧。北京的羊肉铺前常有几个人张着嘴看剥羊，仿佛颇愉快，人的牺牲能给予他们的益处，也不过如此。而况事后走不几步，他们并这一点愉快也就忘却了。

对于这样的群众没有法，只好使他们无戏可看倒是疗救，正无须乎震骇一时的牺牲，不如深沉的韧性的战斗。

可惜中国太难改变了，即使搬动一张桌子，改装一个火炉，几乎也要血；而且即使有了血，也未必一定能搬动，能改装。不是很大的鞭子打在背上，中国自己是不肯动弹的。我想这鞭子总要来，好坏是另一问题，然而总要打到的。但是从哪里来，怎么地来，我也是不能确切地知道。

我这讲演也就此完结了。

少读中国书，做好事之徒①

1926 年 10 月 14 日

今天我的讲题是："少读中国书，做好事之徒"。我来本校是搞国学院研究工作的，是担任中国文学史讲课的，论理应当劝大家埋头古籍，多读中国的书。但我在北京，就看到有人在主张读经，提倡复古。来这里后，又看到有些人老抱着《古文观止》不放。这使我想到，与其多读中国书，不如少读中国书好。

尊孔，崇儒，读经，复古，可以救中国，这种调子，近来越唱越高了。其实呢，过去凡是主张读经的人，多是别有用心的。他们要人们读经，成为孝子顺民，成为烈女节妇，而自己则可以得意恣志，高高骑在人民头上。他们常常以读经自负，以中国古文化自夸。但是，他们可曾用《论语》感化过制造"五卅"惨案的日本兵，可曾用《易经》咒沉了"三一八"惨案前夕炮轰大沽口的八国联军的战舰？

你们青年学生，多是爱国、想救国的。但今日要救中国，并不在多读中国书，相反的，我以为暂时还是少读为好。少读中国

---

① 本文是鲁迅在厦门大学周会上的演讲。

书，不过是文章做得差些，这倒无关大事。多读中国书，则其流弊，至少有以下三点：一、中国书越多读，越使人意志不振作；二、中国书越多读，越想走平稳的路，不肯冒险；三、中国书越多读，越使人思想模糊，分不清是非。正是因为这个缘故，我所以指窗下为活人的坟墓，而劝人们不必多读中国之书。

你们青年学生，多是好学的，好读书是好的，但是不要"读死书"，还要灵活运用；不要"死读书"，还要关心社会世事；不要"读书死"，还要注意身体健康。书有好的，也有不好的；有可以相信的，也有不可以相信的。古人说："尽信书，则不如无书。"那是从古史实的可靠性说的。我说的有可以相信，有不可以相信，则是从古书的思想性说的。你们暂时可以少读中国古书，如果要读的话，切不要忘记：明辨，批判，弃其糟粕，取其精华。

其次，我要劝你们"做好事之徒"。世人对于好事之徒，往往感到不满，认为"好事"二字，好像有"遇事生风"的意思，其实不然。我以为今日的中国，这种"好事之徒"却不妨多。因为社会一切事物，就是要有好事的人，然后才可以推陈出新，日渐发达。试看科仑布（今译哥伦布）的探新大陆，南生的探北极，以及各科学家的种种新发明，他们的成绩，哪一件不是从好事得来的？即如本校，本是一片荒芜的地方，建校舍来招收学生，其实也是好事。所以我以为"好事之徒"，实在没有妨碍。

我曾经看到本校的运动场上，常常有人在那里运动；图书馆的中文阅览室，阅报看书的人，也常常满座。这当然是好现象。但西文阅览室中的报纸杂志，看的人却寥寥无几，好像不关重要似的。这就是不知好事，所以才有这种现象。不知西文报纸杂志，虽无重大关系，然于课余偶一翻阅，实在也可以增加许多常识。所以我很希望诸位，对于一切科学，都要随时留心。学甲科的人，对于乙科书籍，也可以略加研究，但自然以不妨碍正课为限。一定要这样，才能够略知一切，毕业以后，才可以更好地在社会上做事。

但是，各人的思想境遇不同，我不敢劝人人都做很大的好事者，只是小小的好事，则不妨尝试一下。比如对于凡可遇见的事物，小小匡正，便是。但虽是这种小事，也非平时常常留意，是做不到的。万一不能做到，则我们对于"好事之徒"，应该不可随俗加以笑骂，尤其对于失败的"好事之徒"，更不要加以讥笑轻蔑！

聪明人不能做事，世界是属于傻子的[①]

1926 年 11 月 27 日

今天我有机会，到你们这美丽的学校，在这大礼堂里，跟你们谈谈，是非常高兴的。我的话题是：聪明人不能做事，世界是属于傻子的。你们初听这句话，或将觉得奇怪，但却是事实，过去这样，将来也必定是这样的。你们放眼看看，现今世上，聪明人不是很多吗？可是他们不能做事。为什么呢？因为他们想来想去，终于什么也做不成。他们过于思虑个人的利害，过于计较个人的得失。他们想着，想着，有利于自己者才肯做，有利于社会、别人者，即使肯做，也常不彻底、不真诚、不负责，以至于败事而无所成就。你们看看，当今的聪明人是不是这样？他们是专门为自己打算盘的所谓"聪明人"，这种"聪明人"是绝对做不出有利于人民的事业的。

你们看看，当今所谓"聪明人"，如段祺瑞、贾德耀等北洋军阀，只知勾结帝国主义者，屠杀无辜的爱国工人和学生，他们是双手沾满血腥的刽子手；又如陈西滢、唐有壬等"现代评论

---

① 本文是鲁迅在厦门集美学校发表的演讲。

派"，只会开驶"新文化运动"的倒车，镇压反帝爱国请愿的群众，他们是反动军阀的乏走狗。他们会用"聪明"作钢刀，见血去杀人；他们也会用"聪明"作软刀，杀人不见血。他们想来想去，终于不能做出有利于人民的好事，却能做出有害于国家的坏事。

在这世界上，还有一种人，他们甘愿为群众利益而放弃了自己的利益；他们甘愿为国家的独立自由而献出自己的生命。这一种人是爱国者，是革命者，是人类幸福的创造者。这一种人在所谓"聪明人"的眼里看来，却是傻子。但是，我们要知道，世界是傻子的世界，由傻子去支持，由傻子去推动，由傻子去创造，最后是属于傻子的。这些傻子，就是工农群众，就是孙中山先生"三大政策"中所要扶助的农民和工人。这些工人和农民，在人类社会中，居最大多数。他们有坚强的魄力，有勤劳的德行，世界的一切，都是从他们的劳动中创造出来的。革命青年学生，在群众中最有热血，最能奋斗，最肯牺牲。黑暗的消灭，光明的出现，这种革命青年学生，常起最大作用。但从过去封建社会统治者、剥削者的眼里看来，这些劳动的工农群众，这些热血的革命青年，都是愚民，都是傻子，唯有他们自己，才算是"聪明人"。

可是这些旧社会的所谓"聪明人"，是懒惰自私的，是荒淫无耻的，是注定要被消灭的；而那些所谓"傻子"的革命青年和劳动工农，乃正是社会的改造者，是世界的创造者，他们是世界的主人，世界是属于他们所有的。

无声的中国①

1927 年 2 月 16 日

以我这样没有什么可听的无聊的讲演，又在这样大雨的时候，竟还有这许多来听的诸君，我首先应当声明我的郑重的感谢。

我现在所讲的题目是："无声的中国"。

现在，浙江、陕西都在打仗，那里的人民哭着呢还是笑着呢？我们不知道。香港似乎很太平，住在这里的中国人，舒服呢还是不很舒服呢？别人也不知道。

发表自己的思想、感情给大家知道的是要用文章的，然而拿文章来达意，现在一般的中国人还做不到。这也怪不得我们；因为那文字，先就是我们的祖先留传给我们的可怕的遗产。人们费了多年的工夫，还是难于运用。因为难，许多人便不理它了，甚至于连自己的姓也写不清是张还是章，或者简直不会写，或者说道：Chang。虽然能说话，而只有几个人听到，远处的人们便不知道，结果也等于无声。又因为难，有些人便当作宝贝，像玩把

---

① 本文是鲁迅在香港基督青年会上的演讲。

戏似的，之乎者也，只有几个人懂——其实是不知道可真懂，而大多数的人们却不懂得，结果也等于无声。

文明人和野蛮人的分别，其一，是文明人有文字，能够把他们的思想、感情，借此传给大众，传给将来。中国虽然有文字，现在却已经和大家不相干，用的是难懂的古文，讲的是陈旧的古意思，所有的声音，都是过去的，都就是只等于零的。所以，大家不能互相了解，正像一大盘散沙。

将文章当作古董，以不能使人认识，使人懂得为好，也许是有趣的事吧。但是，结果怎样呢？是我们已经不能将我们想说的话说出来。我们受了损害，受了侮辱，总是不能说出些应说的话。拿最近的事情来说，如中日战争、拳匪事件、民元革命这些大事件，一直到现在，我们可有一部像样的著作？民国以来，也还是谁也不作声。反而在外国，倒常有说起中国的，但那都不是中国人自己的声音，是别人的声音。

这不能说话的毛病，在明朝是还没有这样厉害的，他们还比较地能够说些要说的话。待到满洲人以异族侵入中国，讲历史的，尤其是讲宋末的事情的人被杀害了，讲时事的自然也被杀害了。所以，到乾隆年间，人民大家便更不敢用文章来说话了。所谓读书人，便只好躲起来读经，校刊古书，做些古时的文章，和当时毫无关系的文章。有些新意，也还是不行的；不是学韩，便是学苏。韩愈、苏轼他们，用他们自己的文章来说当时要说的话，那当然可以的。我们却并非唐宋时人，怎么做和我们毫无关系的时候的文章呢？即使做得像，也是唐宋时代的声音，韩愈、苏轼的声音，而不是我们现代的声音。然而直到现在，中国人却还要着这样的旧戏法。人是有的，没有声音，寂寞得很。——人会没有声音的么？没有，可以说，是死了。倘要说得客气一点，那就是：已经哑了。

要恢复这多年无声的中国，是不容易的，正如命令一个死掉的人道："你活过来!"我虽然并不懂得宗教，但我以为正如想出现一个宗教上之所谓"奇迹"一样。

　　首先来尝试这工作的是五四运动前一年，胡适之先生所提倡的"文学革命"。"革命"这两个字，在这里不知道可害怕，有些地方是一听到就害怕的。但这和文学两字连起来的"革命"，却没有法国革命的"革命"那么可怕，不过是革新，改换一个字，就很平和了，我们就称为"文学革新"吧。中国文字上，这样的花样是很多的。那大意也并不可怕，不过说：我们不必再去费尽心机，学说古代的死人的话，要说现代的活人的话；不要将文章看作古董，要做容易懂得的白话的文章。然而，单是文学革新是不够的，因为腐败思想，能用古文做，也能用白话做。所以后来就有人提倡思想革新。思想革新的结果，是发生社会革新运动。这运动一发生，自然一面就发生反动，于是便酿成战斗⋯⋯

　　但是，在中国，刚刚提起文学革新，就有反动了。不过白话文却渐渐风行起来，不大受阻碍。这是怎么一回事呢?就因为当时又有钱玄同先生提倡废止汉字，用罗马字母来替代。这本也不过是一种文字革新，很平常的，但被不喜欢改革的中国人听见，就大不得了了，于是便放过了比较平和的文学革命，而竭力来骂钱玄同。白话乘了这一个机会，居然减去了许多敌人，反而没有阻碍，能够流行了。

　　中国人的性情是总喜欢调和、折中的。譬如你说，这屋子太暗，须在这里开一个窗，大家一定不允许的。但如果你主张拆掉屋顶，他们就会来调和，愿意开窗了。没有更激烈的主张，他们总连平和的改革也不肯行。那时白话文之得以通行，就因为有废掉中国字而用罗马字母的议论的缘故。

　　其实，文言和白话的优劣的讨论，本该早已过去了，但中国是总不肯早早解决的，到现在还有许多无谓的议论。例如，有的说：古文各省人都能懂，白话就各处不同，反而不能互相了解了。殊不知这只要教育普及和交通发达就好，那时就人人都能懂较为易解的白话文；至于古文，何尝各省人都能懂，便是一省里，也没有许多人懂得的。有的说：如果都用白话文，人们便不能看古书，中国的文化就灭亡了。其实呢，现在的人们大可以不必看古书，即使古书里真有好东西，也可以用白话来译出的，用不着那么心惊胆战。他们又有人说，外国尚且译中国书，足见其好，我们自己倒不看么？殊不知埃及的古书，外国人也译，非洲黑人的神话，外国人也译，他们别有用意，即使译出，也算不了怎样光荣的事的。近来还有一种说法，是思想革新紧要，文字改革倒在其次，所以不如用浅显的文言来做新思想的文章，可以少招一重反对。这话似乎也有理。然而我们知道，连他长指甲都不肯剪去的人，是绝不肯剪去他的辫子的。

因为我们说着古代的话，说着大家不明白、不听见的话，已经弄得像一盘散沙，痛痒不相关了。我们要活过来，首先就须由青年们不再说孔子、孟子和韩愈、柳宗元们的话。时代不同，情形也两样，孔子时代的香港不这样，孔子口调的"香港论"是无从做起的，"吁嗟阔哉香港也"，不过是笑话。

我们要说现代的、自己的话；用活着的白话，将自己的思想、感情直白地说出来。但是，这也要受前辈先生非笑的。他们说白话文卑鄙，没有价值；他们说年轻人作品幼稚，贻笑大方。我们中国能做文言的有多少呢，其余的都只能说白话，难道这许多中国人，就都是卑鄙，没有价值的么？至于幼稚，尤其没有什么可羞，正如孩子对于老人，毫没有什么可羞一样。幼稚是会生长，会成熟的，只不要衰老、腐败，就好。倘说待到纯熟了才可以动手，那是虽是村妇也不至于这样蠢。她的孩子学走路，即使跌倒了，她绝不至于叫孩子从此躺在床上，待到学会了走法再下地面来的。

青年们先可以将中国变成一个有声的中国，大胆地说话，勇敢地进行，忘掉了一切利害，推开了古人，将自己的真心的话发表出来。——真，自然是不容易的。譬如态度，就不容易真，讲演时候就不是我的真态度，因为我对朋友、孩子说话时候的态度是不这样的。——但总可以说些较真的话，发些较真的声音。只有真的声音，才能感动中国的人和世界的人；必须有了真的声音，才能和世界的人同在世界上生活。

我们试想现在没有声音的民族是哪几种民族？我们可听到埃及人的声音？可听到安南①、朝鲜的声音？印度除了泰戈尔，别的声音可还有？

我们此后实在只有两条路：一是抱着古文而死掉，一是舍掉古文而生存。

---

① 安南：即今天的越南。

老调子已经唱完①

1927 年 2 月 19 日

今天我所讲的题目是"老调子已经唱完"：初看似乎有些离奇，其实是并不奇怪的。

凡老的、旧的，都已经完了！这也应该如此。虽然这一句话实在对不起一班老前辈，可是我也没有别的法子。

中国人有一种矛盾思想，即是：要子孙生存，而自己也想活得很长久，永远不死；及至知道没法可想，非死不可了，却希望自己的尸身永远不腐烂。但是，想一想吧，如果从有人类以来的人们都不死，地面上早已挤得密密的，现在的我们早已无地可容了；如果从有人类以来的人们的尸身都不烂，岂不是地面上的死尸早已堆得比鱼店里的鱼还要多，连掘井、造房子的空地都没有了么？所以，我想，凡是老的、旧的，实在倒不如高高兴兴地死去的好。

在文学上，也一样，凡是老的和旧的，都已经唱完，或将要唱完。举一个最近的例来说，就是俄国。他们当俄皇专制的时

---

① 本文是鲁迅在香港基督青年会上的演讲。

代，有许多作家很同情于民众，叫出许多惨痛的声音，后来他们又看见民众有缺点，便失望起来，不很能怎样歌唱，待到革命以后，文学上便没有什么大作品了。只有几个旧文学家跑到外国去，做了几篇作品，但也不见得出色，因为他们已经失掉了先前的环境了，不再能照先前似的开口。

在这时候，他们的本国是应该有新的声音出现的，但是我们还没有很听到。我想，他们将来是一定要有声音的。因为俄国是活的，虽然暂时没有声音，但他究竟有改造环境的能力，所以将来一定也会有新的声音出现。

再说欧美的几个国度吧。他们的文艺是早有些老旧了，待到世界大战时候，才发生了一种战争文学。战争一完结，环境也改变了，老调子无从再唱，所以现在文学上也有些寂寞。将来的情形如何，我们实在不能预测。但我相信，他们是一定也会有新的声音的。

现在来想一想我们中国是怎样。中国的文章是最没有变化的，调子是最老的，里面的思想是最旧的。但是，很奇怪，却和别国不一样。那些老调子，还是没有唱完。

这是什么缘故呢？有人说，我们中国是有一种"特别国情"①。——中国人是否真是这样"特别"，我是不知道，不过我听得有人说，中国人是这样。——倘使这话是真的，那么，据我看来，这所以特别的原因，大概有两样。

第一，是因为中国人没记性，因为没记性，所以昨天听过的话，今天忘记了，明天再听到，还是觉得很新鲜。做事也是如

---

① "特别国情"：1915年袁世凯阴谋复辟帝制时，他的宪法顾问美国人古德诺曾在北京《亚细亚日报》发表《共和与君主论》一文，说中国自有"特别国情"，不适宜实行民主政治，应当恢复君主政体。

此，昨天做坏了的事，今天忘记了，明天做起来，也还是"仍旧贯"① 的老调子。

第二，是个人的老调子还未唱完，国家却已经灭亡了好几次了。何以呢？我想，凡有老旧的调子，一到有一个时候，是都应该唱完的，凡是有良心、有觉悟的人，到一个时候，自然知道老调子不该再唱，将它抛弃。但是，一班以自己为中心的人们，却决不肯以民众为主体，而专图自己的便利，总是三番四复的唱不完。于是，自己的老调子固然唱不完，而国家却已被唱完了。

宋朝的读书人讲道学，讲理学，尊孔子，千篇一律。虽然有几个革新的人们，如王安石等等，行过新法，但不得大家的赞同，失败了。从此大家又唱老调子，和社会没有关系的老调子，一直到宋朝的灭亡。

宋朝唱完了，进来做皇帝的是蒙古人——元朝。那么，宋朝的老调子也该随着宋朝完结了吧，不，元朝人起初虽然看不起中国人②，后来却觉得我们的老调子，倒也新奇，渐渐生了羡慕，因此元人也跟着唱起我们的调子来了，一直到灭亡。

这个时候，起来的是明太祖。元朝的老调子，到此应该唱完了吧，可是也还没有唱完。明太祖又觉得还有些意趣，就又教大家接着唱下去。什么八股咧，道学咧，和社会、百姓都不相干，就只向着那条过去的旧路走，一直到明亡。

清朝又是外国人。中国的老调子，在新来的外国主人的眼里又见得新鲜了，于是又唱下去。还是八股，考试，做古文，看古

---

① "仍旧贯"：语见《论语·先进》："鲁人为长府，闵子骞曰：'仍旧贯，如之何？何必改作！'"

② 元朝将全国人分为四等：蒙古人最贵，色目人次之，汉人又次之，南人为最低等。汉人指契丹、女真、高丽和原金朝治下的北中国汉人，南人指南宋遗民。

书。但是清朝完结，已经有十六年了，这是大家都知道的。

他们到后来，倒也略略有些觉悟，曾经想从外国学一点新法来补救，然而已经太迟，来不及了。

老调子将中国唱完，完了好几次，而它却仍然可以唱下去。因此就发生一点小议论。有人说："可见中国的老调子实在好，正不妨唱下去。试看元朝的蒙古人，清朝的满洲人，不是都被我们同化了么？照此看来，则将来无论何国，中国都会这样地将他们同化的。"原来我们中国就如生着传染病的病人一般，自己生了病，还会将病传到别人身上去，这倒是一种特别的本领。

殊不知这种意见，在现在是非常错误的。我们为什么能够同化蒙古人和满洲人呢？是因为他们的文化比我们的低得多。倘使别人的文化和我们的相敌或更进步，那结果便要大不相同了。他们倘比我们更聪明，这时候，我们不但不能同化他们，反要被他们利用了我们的腐败文化，来治理我们这腐败民族。他们对于中国人，是毫不爱惜的，当然任凭你腐败下去。现在听说又很有别国人在尊重中国的旧文化了，哪里是真在尊重呢，不过是利用！

从前西洋有一个国度，国名忘记了，要在非洲造一条铁路。顽固的非洲土人很反对，他们便利用了他们的神话来哄骗他们道："你们古代有一个神仙，曾从地面造一道桥到天上。现在我们所造的铁路，简直就和你们的古圣人的用意一样。"非洲人不胜佩服、高兴，铁路就造起来。——中国人是向来排斥外人的，然而现在却渐渐有人跑到他那里去唱老调子了，还说道："孔夫子也说过：'道不行，乘桴浮于海。'所以外人倒是好的。"外国人也说道："你家圣人的话实在不错。"

倘照这样下去，中国的前途怎样呢？别的地方我不知道，只好用上海来类推。上海是：最有权势的是一群外国人，接近他们的是一圈中国的商人和所谓读书的人，圈子外面是许多中国的苦人，就是下等奴才。将来呢，倘使还要唱着老调子，那么，上海的情状会扩大到全国，苦人会多起来。因为现在是不像元朝、清朝时候，我们可以靠着老调子将他们唱完，只好反而唱完自己了。这就因为，现在的外国人，不比蒙古人和满洲人一样，他们的文化并不在我们之下。

那么，怎么好呢？我想，唯一的方法，首先是抛弃了老调子。旧文章，旧思想，都已经和现社会毫无关系了，从前孔子周游列国的时代，所坐的是牛车，现在我们还坐牛车么？从前尧舜的时候，吃东西用泥碗，现在我们所用的是什么？所以，生在现今的时代，捧着古书是完全没有用处的了。

但是，有些读书人说，我们看这些古东西，倒并不觉得于中国怎样有害，又何必这样决绝地抛弃呢？是的。然而古老东西的可怕就正在这里。倘使我们觉得有害，我们便能警戒了，正因为并不觉得怎样有害，我们这才总是觉不出这致死的毛病来。因为这是"软刀子"。这"软刀子"的名目，也不是我发明的。明朝有一个读书人，叫作贾凫西的，鼓词里曾经说起纣王，道："几年家软刀子割头不觉死，只等得太白旗悬才知道命有差。"我们的老调子，也就是一把软刀子。

中国人倘被别人用钢刀来割，是觉得痛的，还有法子想；倘是软刀子，那可真是"割头不觉死"，一定要完。

我们中国被别人用兵器来打，早有过好多次了。例如，蒙古人、满洲人用弓箭，还有别国人用枪炮。用枪炮来打的后几次，我已经出了世了，但是年纪轻。我仿佛记得那时大家倒还觉得一点苦痛的，也曾经想有些抵抗，有些改革。用枪炮来打我们的时候，听说是因为我们野蛮；现在，倒不大遇见有枪炮来打我们了，大约是因为我们文明了吧。现在也的确常常有人说，中国的文化好得很，应该保存。那证据，是外国人也常在赞美。这就是软刀子。用钢刀，我们也许还会觉得的，于是就改用软刀子。我想：叫我们用自己的老调子唱完我们自己的时候，是已经要到了。

中国的文化，我可是实在不知道在哪里。所谓文化之类，和现在的民众有什么关系、什么益处呢？近来外国人也时常说，中国人礼仪好，中国人肴馔好。中国人也附和着。但这些事和民众有什么关系？车夫先就没有钱来做礼服，南北的大多数的农民最好的食物是杂粮，有什么关系？

中国的文化，都是侍奉主子的文化，是用很多的人的痛苦换来的。无论中国人、外国人，凡是称赞中国文化的，都只是以主子自居的一部分。

以前，外国人所作的书籍，多是嘲骂中国的腐败；到了现在，不大嘲骂了，或者反而称赞中国的文化了。常听到他们说："我在中国住得很舒服啊！"这就是中国人已经渐渐把自己的幸福送给外国人享受的证据。所以他们愈赞美，我们中国将来的苦痛要愈深的！

这就是说：保存旧文化，是要中国人永远做侍奉主子的材料，苦下去，苦下去。虽是现在的阔人富翁，他们的子孙也不能逃。我曾经作过一篇杂感，大意是说："凡称赞中国旧文化的，多是住在租界或安稳地方的富人，因为他们有钱，没有受到国内战争的痛苦，所以发出这样的赞赏来。殊不知将来他们的子孙，营业要比现在的苦人更其贱，去开的矿洞，也要比现在的苦人更其深。"这就是说，将来还是要穷的，不过迟一点。但是先穷的苦人，开了较浅的矿，他们的后人，却须开更深的矿了。我的话并没有人注意。他们还是唱着老调子，唱到租界去，唱到外国去。但从此以后，不能像元朝清朝一样，唱完别人了，他们是要唱完了自己。

254

这怎么办呢？我想，第一，是先请他们从洋楼、卧室、书房里踱出来，看一看身边怎么样，再看一看社会怎么样、世界怎么样。然后自己想一想，想得了方法，就做一点。"跨出房门，是危险的。"自然，唱老调子的先生们又要说。然而，做人是总有些危险的，如果躲在房里，就一定长寿，白胡子的老先生应该非常多；但是我们所见的有多少呢？他们也还是常常早死，虽然不危险，他们也糊涂死了。

　　要不危险，我倒曾经发现了一个很合适的地方。这地方就是：牢狱。人坐在监牢里便不至于再捣乱、犯罪了；救火机关也完全，不怕失火；也不怕盗劫，到牢狱里去抢东西的强盗是从来没有的。坐监是实在最安稳。

　　但是，坐监却独独缺少一件事，这就是：自由。所以，贪安稳就没有自由，要自由就总要历些危险。只有这两条路。哪一条好，是明明白白的，不必待我来说了。

　　现在我还要谢诸位今天到来的盛意。

读书杂谈[①]

1927 年 7 月 16 日

　　因为知用中学的先生们希望我来演讲一回，所以今天到这里和诸君相见。不过我也没有什么东西可讲。忽而想到学校是读书的所在，就随便谈谈读书。是我个人的意见，姑且供诸君的参考，其实也算不得什么演讲。

　　说到读书，似乎是很明白的事，只要拿书来读就是了，但是并不这样简单。至少，就有两种：一是职业的读书，一是嗜好的读书。所谓职业的读书者，譬如学生因为升学，教员因为要讲功课，不翻翻书，就有些危险的就是。我想在座的诸君之中一定有些这样的经验，有的不喜欢算学，有的不喜欢博物，然而不得不学，否则，不能毕业，不能升学，和将来的生计便有妨碍了。我自己也这样，因为做教员，有时即非看不喜欢看的书不可，要不这样，怕不久便会于饭碗有妨。我们习惯了，一说起读书，就觉得是高尚的事情，其实这样的读书，和木匠的磨斧头、裁缝的理针线并没有什么分别，并不见得高尚，有时还很苦痛，很可怜。

---

　　① 本文是鲁迅在广州知用中学发表的演讲。

你爱做的事，偏不给你做，你不爱做的，倒非做不可。这是由于职业和嗜好不能合一而来的。倘能够大家去做爱做的事，而仍然各有饭吃，那是多么幸福。但现在的社会上还做不到，所以读书的人们的最大部分，大概是勉勉强强的，带着苦痛的为职业的读书。

现在再讲嗜好的读书吧。那是出于自愿，全不勉强，离开了利害关系的。——我想，嗜好的读书，该如爱打牌的一样，天天打，夜夜打，连续地去打，有时被公安局捉去了，放出来之后还是打。诸君要知道真打牌的人的目的并不在赢钱，而在有趣。牌有怎样的有趣呢？我是外行，不大明白。但听得爱赌的人说，它妙在一张一张地摸起来，永远变化无穷。我想，凡嗜好的读书，能够手不释卷的原因也就是这样。他在每一页每一页里，都得着深厚的趣味。自然，也可以扩大精神，增加智识的，但这些倒都不计及，一计及，便等于意在赢钱的博徒了，这在博徒之中，也算是下品。

不过我的意思，并非说诸君应该都退了学，去看自己喜欢看的书去，这样的时候还没有到来；也许终于不会到，至多，将来可以设法使人们对于非做不可的事发生较多的兴味罢了。我现在是说，爱看书的青年，大可以看看本分以外的书，即课外的书，不要只将课内的书抱住。但请不要误解，我并非说，譬如在国文讲堂上，应该在抽屉里暗看《红楼梦》之类；乃是说，应做的功课已完而有余暇，大可以看看各样的书，即使和本业毫不相干的，也要泛览。譬如学理科的，偏看看文学书，学文学的，偏看看科学书，看看别个在那里研究的，究竟是怎么一回事。这样子，对于别人、别事，可以有更深的了解。现在中国有一个大毛病，就是人们大概以为自己所学的一门是最好、最妙、最要紧的学问，而别的都无用，都不足道的，弄这些不足道的东西的人，将来该当饿死。其实是，世界还没有如此简单，学问都各有用处，要定什么是头等还很难。也幸而有各式各样的人，假如世界上全是文学家，到处所讲的不是"文学的分类"便是"诗之构造"，那倒反而无聊得很了。

不过以上所说的，是附带而得的效果，嗜好的读书，本人自然并不计及那些，就如游公园似的，随随便便去，因为随随便便，所以不吃力，因为不吃力，所以会觉得有趣。如果一本书拿到手，就满心想道："我在读书了！""我在用功了！"那就容易疲劳，因而减掉兴味，或者变成苦事了。

我看现在的青年，为兴味的读书的是有的，我也常常遇到各样的询问。此刻就将我所想到的说一点，但是只限于文学方面，因为我不明白其他的。

第一，是往往分不清文学和文章。甚至于已经来动手做批评文章的，也免不了这毛病。其实粗粗地说，这是容易分别的。研究文章的历史或理论的，是文学家，是学者；作作诗，或戏曲小说的，是做文章的人，就是古时候所谓文人，此刻所谓创作家。创作家不妨毫不理会文学史或理论，文学家也不妨作不出一句诗。然而中国社会上还很误解，你做几篇小说，便以为你一定懂得小说概论，作几句新诗，就要你讲诗之原理。我也尝见想做小说的青年，先买小说法程和文学史来看。据我看来，是即使将这些书看烂了，和创作也没有什么关系的。

事实上，现在有几个做文章的人，有时也确去做教授。但这是因为中国创作不值钱，养不活自己的缘故。听说美国小说家的一篇中篇小说，时价是二千美金；中国呢，别人我不知道，我自己的短篇寄给大书铺，每篇卖过二十元。当然要寻别的事，例如教书、讲文学。研究是要用理智，要冷静的，而创作需情感，至少总得发点热，于是忽冷忽热，弄得头昏——这也是职业和嗜好不能合一的苦处。苦倒也罢了，结果还是什么都弄不好。那证据，是试翻世界文学史，那里面的人，几乎没有兼做教授的。

还有一种坏处，是一做教员，未免有顾忌；教授有教授的架子，不能畅所欲言。这或者有人要反驳：那么，你畅所欲言就是了，何必如此小心？然而这是事前的风凉话，一到有事，不知不觉地他也要从众来攻击的。而教授自身，纵使自以为怎样放达，下意识里总不免有架子在。所以在外国，称为"教授小说"的东西倒并不少，但是不大有人说好，至少，是总难免有令人发烦的炫学的地方。

所以我想，研究文学是一件事，做文章又是一件事。

第二，我常被询问：要弄文学，应该看什么书？这实在是一个极难回答的问题。先前也曾有几位先生给青年开过一大篇书目。但从我看来，这是没有什么用处的，因为我觉得那都是开书目的先生自己想要看或者未必想要看的书目。我以为倘要弄旧的呢，倒不如姑且靠着张之洞的《书目答问》去摸门径去。倘是新的，研究文学，则自己先看看各种的小本子，如本间久雄的《新文学概论》、厨川白村的《苦闷的象征》、瓦浪斯基们的《苏俄的文艺论战》之类，然后自己再想想，再博览下去。因为文学的理论不像算学，二二一定得四，所以议论很纷歧。如第三种，便是俄国的两派的争论，——我附带说一句，近来听说连俄国的小说也不大有人看了，似乎一看见"俄"字就吃惊，其实苏俄的新创作何尝有人绍介，此刻译出的几本，都是革命前的作品，作者在那边都已经被看作反革命的了。倘要看看文艺作品呢，则先看几种名家的选本，从中觉得谁的作品自己最爱看，然后再看这一个作者的专集，然后再从文学史上看看他在史上的位置；倘要知道得更详细，就看一两本这人的传记，那便可以大略了解了。如果专是请教别人，则各人的嗜好不同，总是格不相入的。

第三，说几句关于批评的事。现在因为出版物太多了——其实有什么呢，而读者因为不胜其纷纭，便渴望批评，于是批评家也便应运而起。批评这东西，对于读者，至少对于和这批评家趣旨相近的读者，是有用的。但中国现在，似乎应该暂作别论。往往有人误以为批评家对于创作是操生杀之权，占文坛的最高位的，就忽而变成批评家；他的灵魂上挂了刀。但是怕自己的立论不周密，便主张主观，有时怕自己的观察别人不看重，又主张客观；有时说自己的作文的根底全是同情，有时将校对者骂得一文不值。凡中国的批评文字，我总是越看越糊涂，如果当真，就要无路可走。印度人是早知道的，有一个很普通的比喻。他们说：一个老翁和一个孩子用一匹驴子驮着货物去出卖，货卖去了，孩子骑驴回来，老翁跟着走。但路人责备他了，说是不晓事，叫老年人徒步。他们便换了一个地位，而旁人又说老人忍心；老人忙将孩子抱到鞍鞯上，后来看见的人却说他们残酷；于是都下来，走了不久，可又有人笑他们了，说他们是呆子，空着现成的驴子却不骑。于是老人对孩子叹息道：我们只剩了一个办法了，是我们两人抬着驴子走。无论读，无论做，倘若旁征博访，结果是往往会弄到抬驴子走的。

不过我并非要大家不看批评，不过说看了之后，仍要看看本书，自己思索，自己做主。看别的书也一样，仍要自己思索，自己观察。倘只看书，便变成书橱，即使自己觉得有趣，而那趣味其实是已在逐渐硬化，逐渐死去了。我先前劝青年躲进研究室，也就是这意思，至今有些学者，还将这话算作我的一条罪状哩。

听说英国的培那特·萧（Bernard Shaw），有过这样意思的话：世间最不行的是读书者。因为他只能看别人的思想艺术，不用自己。这也就是勖本华尔（Schopenhauer）之所谓脑子里给别人跑马。较好的是思索者。因为能用自己的生活力了，但还不免是空想，所以更好的是观察者，他用自己的眼睛去读世间这一部活书。

这是的确的，实地经验总比看、听、空想确凿。我先前吃过干荔枝、罐头荔枝、陈年荔枝，并且由这些推想过新鲜的好荔枝。这回吃过了，和我所猜想的不同，非到广东来吃就永不会知道。但我对于萧的所说，还要加一点骑墙的议论。萧是爱尔兰人，立论也不免有些偏激的。我以为假如从广东乡下找一个没有历练的人，叫他从上海到北京或者什么地方，然后用他观察所得，我恐怕是很有限的，因为他没有练习过观察力。所以要观察，还是先要经过思索和读书。

总之，我的意思是很简单的：我们自动的读书，即嗜好的读书，请教别人是大抵无用，只好先行泛览，然后抉择而入于自己所爱的较专的一门或几门；但专读书也有弊病，所以必须和实社会接触，使所读的书活起来。

文艺与政治的歧途①

1927 年 12 月 21 日

我是不大出来讲演的；今天到此地来，不过因为说过了好几次，来讲一回也算了却一件事。我所以不出来讲演，一则没有什么意见可讲，二则刚才这位先生说过，在座的很多读过我的书，我更不能讲什么。书上的人大概比实物好一点，《红楼梦》里面的人物，像贾宝玉、林黛玉这些人物，都使我有异样的同情；后来，考究一些当时的事实，到北京后，看看梅兰芳、姜妙香扮的贾宝玉、林黛玉，觉得并不怎样高明。

我没有整篇的宏论，也没有高明的见解，只能讲讲我近来所想到的。我每每觉到文艺和政治时时在冲突之中，文艺和革命原不是相反的，两者之间，倒有不安于现状的同一。唯政治是要维持现状，自然和不安于现状的文艺处在不同的方向。不过不满意现状的文艺，直到 19 世纪以后才兴起来，只有一段短短历史。政治家最不喜欢人家反抗他的意见，最不喜欢人家要想，要开口。而从前的社会也的确没有人想过什么，又没有人开过口。且

---

① 本文是鲁迅在上海暨南大学发表的演讲。

看动物中的猴子，它们自有它们的首领；首领要它们怎样，它们就怎样。在部落里，他们有一个酋长，他们跟着酋长走，酋长的吩咐，就是他们的标准。酋长要他们死，也只好去死。那时没有什么文艺，即使有，也不过赞美上帝（还没有后人所谓 God 那么玄妙）罢了！哪里会有自由思想？后来，一个部落一个部落你吃我吞，渐渐扩大起来，所谓大国，就是吞吃那多多少少的小部落；一到了大国，内部情形就复杂得多，夹着许多不同的思想、许多不同的问题。这时，文艺也起来了，和政治不断地冲突；政治想维系现状使它统一，文艺催促社会进化使它渐渐分离；文艺虽使社会分裂，但是社会这样才进步起来。文艺既然是政治家的眼中钉，那就不免被挤出去。外国许多文学家，在本国站不住脚，相率亡命到别个国度去；这个方法，就是"逃"。要是逃不掉，那就被杀掉，割掉他的头；割掉头那是最好的方法，既不会开口，又不会想了。俄国许多文学家受到这个结果，还有许多充军到冰雪的西伯利亚去。

有一派讲文艺的，主张离开人生，讲些月呀花呀鸟呀的话（在中国又不同，有国粹的道德，连花呀月呀都不许讲，当作别论），或者专讲"梦"，专讲些将来的社会，不要讲得太近。这种文学家，他们都躲在象牙之塔里面；但是"象牙之塔"毕竟不能住得很长久的呀！象牙之塔总是要安放在人间，就免不掉还要受政治的压迫。打起仗来，就不能不逃开去。北京有一班文人①，顶看不起描写社会的文学家，他们想，小说里面连车夫的生活都可以写进去，岂不把小说应该写才子佳人一首诗生爱情的定律都打破了吗？现在呢，他们也不能做高尚的文学家了，还是要逃到南边来；"象牙之塔"的窗子里，到底没有一块一块面包递进来

---

① 指新月社的一些人。

的呀！

等到这些文学家也逃出来了，其他文学家早已死的死，逃的逃了。别的文学家，对于现状早感到不满意，又不能不反对，不能不开口，"反对""开口"就是有他们的下场。我以为文艺大概由于现在生活的感受，亲身所感到的，便影印到文艺中去。挪威有一文学家①，他描写肚子饿，写了一本书，这是依他所体验的写的。对于人生的经验，别的且不说，"肚子饿"这件事，要是欢喜，便可以试试看，只要两天不吃饭，饭的香味便会是一个特别的诱惑；要是走过街上饭铺子门口，更会觉得这个香味一阵阵冲到鼻子来。我们有钱的时候，用几个钱不算什么；直到没有钱，一个钱都有它的意味。那本描写肚子饿的书里，它说起那人饿得久了，看见路人个个是仇人，即是穿一件单裤子的，在他眼里也见得那是骄傲。我记起我自己曾经写过这样一个人，他身边什么都光了，时常抽开抽屉看看，看角上边上可以找到什么；路上一处一处去找，看有什么可以找得到；这个情形，我自己是体验过来的。

从生活窘迫过来的人，一到了有钱，容易变成两种情形：一种是理想世界，替处同一境遇的人着想，便成为人道主义；一种是什么都是自己挣起来，从前的遭遇，使他觉得什么都是冷酷，便流为个人主义。我们中国大概是变成个人主义者多。主张人道主义的，要想替穷人想想法子，改变改变现状，在政治家眼里，倒还不如个人主义的好；所以人道主义者和政治家就有冲突。俄国文学家托尔斯泰讲人道主义，反对战争，写过三册很厚的小说——那部《战争与和平》。他自己是个贵族，却是经过战场的生活，他感到战争是怎么一个惨痛。尤其是他一临到长官的铁板

---

① 指汉姆生，他曾当过水手、木工，创作长篇小说《饥饿》，于1920年获得诺贝尔文学奖金。

前（战场上重要军官都有铁板挡住枪弹），更有刺心的痛楚。而他又眼见他的朋友们，很多在战场上牺牲掉。战争的结果，也可以变成两种态度：一种是英雄，他见别人死的死伤的伤，只有他健存，自己就觉得怎样了不得，这么那么夸耀战场上的威雄；一种是变成反对战争的，希望世界上不要再打仗了。托尔斯泰便是后一种，主张用无抵抗主义来消灭战争。他这么主张，政府自然讨厌他；反对战争，和俄皇的侵掠欲望冲突；主张无抵抗主义，叫兵士不替皇帝打仗，警察不替皇帝执法，审判官不替皇帝裁判，大家都不去捧皇帝；皇帝是全要人捧的，没有人捧，还成什么皇帝，更和政治相冲突。这种文学家出来，对于社会现状不满意，这样批评，那样批评，弄得社会上个个都自己觉到，都不安起来，自然非杀头不可。

但是，文艺家的话其实还是社会的话，他不过感觉灵敏，早感到早说出来（有时，他说得太早，连社会也反对他，也排轧他）。譬如我们学兵式体操，行举枪礼，照规矩口令是"举……枪"这般叫，一定要等"枪"字令下，才可以举起。有些人却是一听到"举"字便举起来，叫口令的要罚他，说他做错。文艺家在社会上正是这样，他说得早一点，大家都讨厌他。政治家认定文学家是社会扰乱的煽动者，心想杀掉他，社会就可平安。殊不知杀了文学家，社会还是要革命；俄国的文学家被杀掉的、充军的不在少数，革命的火焰不是到处燃着吗？文学家生前大概不能得到社会的同情，潦倒地过了一生，直到死后四五十年，才为社会所认识，大家大闹起来。政治家因此更厌恶文学家，以为文学家早就种下大祸根；政治家想不准大家思想，而那野蛮时代早已过去了。在座诸位的见解，我虽然不知道，据我推测，一定和政治家是不相同；政治家既永远怪文艺家破坏他们的统一，偏见如此，所以我从来不肯和政治家去说。

到了后来，社会终于变动了；文艺家先时讲的话，渐渐大家都记起来了，大家都赞成他，恭维他是先知先觉。虽是他活的时候，怎样受过社会的奚落。刚才我来讲演，大家一阵子拍手，这拍手就见得我并不怎样伟大；那拍手是很危险的东西，拍了手或者使我自以为伟大不再向前了，所以还是不拍手的好。上面我讲过，文学家是感觉灵敏了一点，许多观念，文学家早感到了，社会还没有感到。譬如今天××先生穿了皮袍，我还只穿棉袍；××先生对于天寒的感觉比我灵。再过一月，也许我也感到非穿皮袍不可，在天气上的感觉，相差到一个月，在思想上的感觉就得相差到三四十年。这个话，我这么讲，也有许多文学家在反对。我在广东，曾经批评一个革命文学家①——现在的广东，是非革命文学不能算作文学的，是非"打打打，杀杀杀，革革革，命命命"，不能算作革命文学的——我以为革命并不能和文学连在一块儿，虽然文学中也有文学革命。但做文学的人总得闲定一点，正在革命中，哪有工夫做文学？我们且想想：在生活困乏中，一面拉车，一面"之乎者也"，到底不大便当。古人虽有种田作诗的，那一定不是自己在种田；雇了几个人替他种田，他才能吟他的诗；真要种田，就没有工夫作诗。革命时候也是一样，正在革命，哪有工夫作诗？我有几个学生，在打陈炯明时候，他们都在战场；我读了他们的来信，只见他们的字与词一封一封生疏下去。俄国革命以后，拿了面包票排了队一排一排去领面包；这时，国家既不管你什么文学家、艺术家、雕刻家，大家连想面包都来不及，哪有工夫去想文学？等到有了文学，革命早成功了。革命成功以后，闲空了一点；有人恭维革命，有人颂扬革命，这

---

　　① 指吴稚晖（1865—1953），名敬桓，江苏武进人，国民党政客。原是清末举人，先后留学日本、英国。1905 年参加同盟会，投身反清革命，鼓吹无政府主义。

已不是革命文学。他们恭维革命颂扬革命，就是颂扬有权力者，和革命有什么关系？

这时，也许有感觉灵敏的文学家，又感到现状的不满意，又要出来开口。从前文艺家的话，政治革命家原是赞同过；直到革命成功，政治家把从前所反对那些人用过的老法子重新采用起来，在文艺家仍不免于不满意，又非被排轧出去不可，或是割掉他的头。割掉他的头，前面我讲过，那是顶好的法子——从 19世纪到现在，世界文艺的趋势，大都如此。

19 世纪以后的文艺，和 18 世纪以前的文艺大不相同。18 世纪的英国小说，它的目的就在供给太太小姐们的消遣，所讲的都是愉快风趣的话。19 世纪的后半世纪，完全变成和人生问题发生密切关系。我们看了，总觉得十二分的不舒服，可是我们还得气也不透地看下去。这因为以前的文艺，好像写别一个社会，我们只要鉴赏；现在的文艺，就在写我们自己的社会，连我们自己也写进去；在小说里可以发现社会，也可以发现我们自己。以前的文艺，如隔岸观火，没有什么切身关系；现在的文艺，连自己也烧在这里面，自己一定深深感觉到；一旦自己感觉到，一定要参加到社会去！

19 世纪，可以说是一个革命的时代；所谓革命，那不安于现在，不满意于现状的都是。文艺催促旧的渐渐消灭的也是革命（旧的消灭，新的才能产生），而文学家的命运并不因自己参加过革命而有一样改变，还是处处碰钉子。现在革命的势力已经到了徐州，在徐州以北文学家原站不住脚；在徐州以南，文学家还是站不住脚，即共了产，文学家还是站不住脚。革命文学家和革命家竟可说完全两件事。诋斥军阀怎样怎样不合理，是革命文学家；打倒军阀是革命家。孙传芳所以赶走，是革命家用炮轰掉的，绝不是革命文艺家做了几句"孙传芳呀，我们要赶掉你呀"

的文章赶掉的。在革命的时候，文学家都在做一个梦，以为革命成功将有怎样怎样一个世界；革命以后，他看看现实全不是那么一回事，于是他又要吃苦了。照他们这样叫，啼、哭都不成功；向前不成功，向后也不成功，理想和现实不一致，这是注定的运命；正如你们从《呐喊》上看出的鲁迅和讲坛上的鲁迅并不一致；或许大家以为我穿洋服头发分开，我却没有穿洋服，头发也这样短短的。所以以革命文学自命的，一定不是革命文学，世间哪有满意现状的革命文学？除了吃麻醉药！苏俄革命以前，有两个文学家，叶遂宁和梭波里①，他们都讴歌过革命，直到后来，他们还是碰死在自己所讴歌希望的现实碑上，那时，苏维埃是成立了！

不过，社会太寂寞了，有这样的人，才觉得有趣些。人类是欢喜看看戏的，文学家自己来做戏给人家看，或是绑出去砍头，或是在最近墙脚下枪毙，都可以热闹一下子。且如上海巡捕用棒打人，大家围着去看，他们自己虽然不愿意挨打，但看见人家挨打，倒觉得颇有趣的。文学家便是用自己的皮肉在挨打的啦！

今天所讲的，就是这么一点点，给它一个题目，叫作——"文艺与政治的歧途"。

---

① 叶遂宁（1895—1925），通译叶赛宁，苏联诗人。他以描写宗法制度下田园生活的抒情诗著称。十月革命时曾向往革命，写过一些赞美革命的诗，如《天上的鼓手》等。但革命后陷入苦闷，最后自杀。梭波里（1888—1926），苏联作家。十月革命后曾接近革命，但终因不满于现实生活而自杀。

上海文艺之一瞥[①]

1931 年 7 月 20 日

上海过去的文艺，开始的是《申报》。要讲《申报》，是必须追溯到六十年以前的，但这些事我不知道。我所能记得的，是三十年以前，那时的《申报》，还是用中国竹纸的，单面印，而在那里做文章的，则多是从别处跑来的"才子"。

那时的读书人，大概可以分他为两种，就是君子和才子。君子是只读四书五经、做八股，非常规矩的。而才子却此外还要看小说，例如《红楼梦》，还要作考试上用不着的古今体诗之类。这是说，才子是公开地看《红楼梦》的，但君子是否在背地里也看《红楼梦》，则我无从知道。有了上海的租界——那时叫作"洋场"，也叫"夷场"，后来有怕犯讳的，便往往写作"彝场"——有些才子们便跑到上海来，因为才子是旷达的，哪里都去；君子则对于外国人的东西总有点厌恶，而且正在想求正路的功名，所以决不轻易地乱跑。孔子曰，"道不行，乘桴浮于海"，从才子们看来，就是有点才子气的，所以君子们的行径，在才子

---

① 本文是鲁迅在社会科学研究会发表的演讲。

269

就谓之"迁"。

才子原是多愁多病，要闻鸡生气，见月伤心的。一到上海，又遇见了婊子。去嫖的时候，可以叫十个二十个的年轻姑娘聚集在一处，样子很有些像《红楼梦》，于是他就觉得自己好像贾宝玉；自己是才子，那么婊子当然是佳人，于是才子佳人书就产生了。内容多半是，唯才子能怜这些风尘沦落的佳人，唯佳人能识坎坷不遇的才子，受尽千辛万苦之后，终于成了佳偶，或者是都成了神仙。

他们又帮申报馆印行些明清的小品书出售，自己也立文社，出灯谜，有入选的，就用这些书做赠品，所以那流通很广远。也有大部书，如《儒林外史》《三宝太监西洋记》《快心编》等。现在我们在旧书摊上，有时还看见第一页印有"上海申报馆仿聚珍版印"字样的小本子，那就都是的。

佳人才子的书盛行的好几年，后一辈的才子的心思就渐渐改变了。他们发现了佳人并非因为"爱才若渴"而做婊子的，佳人只为的是钱。然而佳人要才子的钱，是不应该的，才子于是想了种种制服婊子的妙法，不但不上当，还占了她们的便宜，叙述这各种手段的小说就出现了，社会上也很风行，因为可以做嫖学教科书去读。这些书里面的主人公，不再是才子＋呆子，而是在婊子那里得了胜利的英雄豪杰，是才子＋流氓。

在这之前，早已出现了一种画报，名目就叫《点石斋画报》，是吴友如主笔的，神仙人物、内外新闻，无所不画。但对于外国事情，他很不明白，例如画战舰吧，是一只商船，而舱面上摆着野战炮；画决斗则两个穿礼服的军人在客厅里拔长刀相击，至于将花瓶也打落跌碎。然而他画"老鸨虐妓""流氓拆梢"之类，却实在画得很好的，我想，这是因为他看得太多了的缘故；就是在现在，我们在上海也常常看到和他所画一般的脸孔。这画报的势力，当时是很大的，流行各省，算是要知道"时务"——这名称在那时就如现在之所谓"新学"——的人们的耳目。前几年又翻印了，叫作《吴友如墨宝》，而影响到后来也实在厉害，小说上的绣像不必说了，就是在教科书的插画上，也常常看见所画的孩子大抵是歪戴帽，斜视眼，满脸横肉，一副流氓气。在现在，新的流氓画家又出了叶灵凤先生，叶先生的画是从英国的毕亚兹莱（Aubrey Beardsley）剥来的，毕亚兹莱是"为艺术的艺术"派，他的画极受日本的"浮世绘"（Ukiyoe）的影响。浮世绘虽是民间艺术，但所画的多是妓女和戏子，胖胖的身体，斜视的眼睛——Erotic（色情的）眼睛。不过毕亚兹莱画的人物却瘦瘦的，那是因为他是颓废派（Decadence）的缘故。颓废派的人们多是瘦削的、颓丧的，对于壮健的女人他有点惭愧，所以不喜欢。我们的叶先生的新斜眼画，正和吴友如的老斜眼画合流，那自然应该流行好几年。但他也并不只画流氓的，有一个时期也画过普罗列塔利亚，不过所画的工人也还是斜视眼，伸着特别大的拳头。但我以为画普罗列塔利亚应该是写实的，照工人原来的面貌，并不需画得拳头比脑袋还要大。

现在的中国电影，还在很受着这"才子＋流氓"式的影响，里面的英雄，作为"好人"的英雄，也都是油头滑脑的，和一些住惯了上海，晓得怎样"拆梢""揩油""吊膀子"① 的滑头少年一样。看了之后，令人觉得现在倘要做英雄、做好人，也必须是流氓。

才子＋流氓的小说，但也渐渐地衰退了。那原因，我想，一则因为总是这一套老调子——妓女要钱，嫖客用手段，原不会写不完的；二则因为所用的是苏白，如什么倪＝我，耐＝你，阿是

---

① "拆梢"，意为敲诈；"揩油"，指对妇女的猥亵行为；"吊膀子"，即勾引妇女。皆为上海方言。

＝是否之类，除了老上海和江浙的人们之外，谁也看不懂。

然而才子＋佳人的书，却又出了一本当时震动一时的小说，那就是从英文翻译过来的《迦茵小传》（H. R. Haggard：*Joan Haste*）①。但只有上半本，据译者说，原本从旧书摊上得来，非常之好，可惜觅不到下册，无可奈何了。果然，这很打动了才子佳人们的芳心，流行得很广很广。后来还至于打动了林琴南先生，将全部译出，仍旧名为《迦茵小传》。而同时受了先译者的大骂，说他不该全译，使迦茵的价值降低，给读者以不快的。于是才知道先前之所以只有半部，实非原本残缺，乃是因为记着迦茵生了一个私生子，译者故意不译的。其实这样的一部并不很长的书，外国也不至于分印成两本。但是，即此一端，也很可以看出当时中国对于婚姻的见解了。

这时新的才子＋佳人小说便又流行起来，但佳人已是良家女子了，和才子相悦相恋，分拆不开，柳荫花下，像一对蝴蝶、一双鸳鸯一样，但有时因为严亲，或者因为薄命，也竟至于偶见悲剧的结局，不再都成神仙了——这实在不能不说是一个大进步。到了近来是在制造兼可擦脸的牙粉的天虚我生先生所编的月刊杂志《眉语》②出现的时候，是这鸳鸯蝴蝶式文学③的极盛时期。后来《眉语》虽遭禁止，势力却并不消退，直待《新青年》盛行起来，这才受了打击。这时有伊孛生的剧本的绍介和胡适之先生

---

① 《迦茵小传》：英国哈葛德所作长篇小说。

② 天虚我生即陈蝶仙，鸳鸯蝴蝶派作家。九一八事变后在全国抵制日货的浪潮中，他经营的家庭工业社制造了"无敌牌"牙粉，取代了日本"金钢石"牙粉而盛销各地。他曾于 1920 年编辑《申报》副刊《自由谈》，并非《眉语》主编，《眉语》主编为高剑华。

③ 鸳鸯蝴蝶式文学指鸳鸯蝴蝶派作品，兴起于清末民初，先后办过《小说时报》《小说丛报》《礼拜六》等刊物；因《礼拜六》影响较大，故又称礼拜六派。代表作家有包天笑、陈蝶仙、周瘦鹃、张恨水等。

的《终身大事》的另一形式的出现，虽然并不是故意的，然而鸳鸯蝴蝶派作为命根的那婚姻问题，却也因此而诺拉（Nora）似的跑掉了。这后来，就有新才子派的创造社的出现。创造社是尊贵天才的，为艺术而艺术的，专重自我的，崇创作，恶翻译，尤其憎恶重译的，与同时上海的文学研究会相对立。那出马的第一个广告上，说有人"垄断"着文坛，就是指着文学研究会。文学研究会却也正相反，是主张为人生的艺术的，是一面创作，一面也看重翻译的，是注意于绍介被压迫民族文学的，这些都是小国度，没有人懂得他们的文字，因此也几乎全都是重译的。并且因为曾经声援过《新青年》，新仇夹旧仇，所以文学研究会这时就受了三方面的攻击。一方面就是创造社，既然是天才的艺术，那么看那为人生的艺术的文学研究会自然就是多管闲事，不免有些"俗"气，而且还以为无能，所以倘被发现一处误译，有时竟至于特做一篇长长的专论。一方面是留学过美国的绅士派，他们以为文艺是专给老爷太太们看的，所以主角除老爷太太之外，只配有文人、学士、艺术家、教授、小姐等等，要会说 Yes、No，这才是绅士的庄严，那时吴宓先生就曾经发表过文章，说是真不懂为什么有些人竟喜欢描写下流社会。第三方面，则就是以前说过的鸳鸯蝴蝶派，我不知道他们用的是什么方法，到底使书店老板将编辑《小说月报》的一个文学研究会会员撤换，还出了《小说世界》，来流布他们的文章。这一种刊物，是到了去年才停刊的。

　　创造社的这一战，从表面看来，是胜利的。许多作品，既和当时的自命才子们的心情相合，加以出版者的帮助，势力雄厚起来了。势力一雄厚，就看见大商店如商务印书馆，也有创造社员的译著的出版——这是说，郭沫若和张资平两位先生的稿件。这以来，据我所记得，是创造社也不再审查商务印书馆出版物的误译之处，来做专论了。这些地方，我想，是也有些才了＋流氓式

273

的。然而，"新上海"是究竟敌不过"老上海"的，创造社员在凯歌声中，终于觉到了自己就在做自己们的出版者的商品，种种努力，在老板看来，就等于眼镜铺大玻璃窗里纸人的眹眼，不过是"以广招徕"。待到希图独立出版的时候，老板就给吃了一场官司，虽然也终于独立，说是一切书籍，大加改订，另行印刷，从新开张了，然而旧老板却还是永远用了旧版子，只是印、卖，而且年年是什么纪念的大廉价。

商品固然是做不下去的，独立也活不下去。创造社的人们的去路，自然是在较有希望的"革命策源地"的广东。在广东，于是也有"革命文学"这名词的出现，然而并无什么作品，在上海，则并且还没有这名词。

到了前年，"革命文学"这名目这才旺盛起来了，主张的是从"革命策源地"回来的几个创造社元老和若干新分子。革命文学之所以旺盛起来，自然是因为由于社会的背景，一般群众、青年有了这样的要求。当从广东开始北伐的时候，一般积极的青年都跑到实际工作去了，那时还没有什么显著的革命文学运动，到了政治环境突然改变，革命遭了挫折，阶级的分化非常显明，国民党以"清党"之名，大戮共产党及革命群众，而死剩的青年们再入于被迫压的境遇，于是革命文学在上海这才有了强烈的活动。所以这革命文学的旺盛起来，在表面上和别国不同，并非由于革命的高扬，而是因为革命的挫折；虽然其中也有些是旧文人解下指挥刀来重理笔墨的旧业，有些是几个青年被从实际工作排出，只好借此谋生，但因为实在具有社会的基础，所以在新分子里，是很有极坚实正确的人存在的。但那时的革命文学运动，据我的意见，是未经好好地计划，很有些错误之处的。例如，第一，他们对于中国社会，未曾加以细密的分析，便将在苏维埃政权之下才能运用的方法，来机械地运用了。再则他们，尤其是成仿吾先生，将革命使一般人理解为非常可怕的事，摆着一种极"左"倾的凶恶的面貌，好似革命一到，一切非革命者就都得死，令人对革命只抱着恐怖。其实革命是并非教人死而是教人活的。这种令人"知道点革命的厉害"，只图自己说得畅快的态度，也还是中了才子＋流氓的毒。

激烈得快的，也平和得快，甚至于也颓废得快。倘在文人，他总有一番辩护自己的变化的理由，引经据典。譬如说，要人帮忙时候用克鲁巴金的互助论，要和人争闹的时候就用达尔文的生存竞争说。无论古今，凡是没有一定的理论，或主张的变化并无线索可寻，而随时拿了各种各派的理论来做武器的人，都可以称之为流氓。例如上海的流氓，看见一男一女的乡下人在走路，他就说："喂，你们这样子，有伤风化，你们犯了法了！"他用的是中国法。倘看见一个乡下人在路旁小便呢，他就说："喂，这是不准的，你犯了法，该捉到捕房去！"这时所用的又是外国法。但结果是无所谓法不法，只要被他敲去了几个钱就都完事。

在中国，去年的革命文学者和前年很有点不同了。这固然由于境遇的改变，但有些"革命文学者"的本身里，还藏着容易犯到的病根。"革命"和"文学"，若断若续，好像两只靠近的船，一只是"革命"，一只是"文学"，而作者的每一只脚就站在每一只船上面。当环境较好的时候，作者就在革命这一只船上踏得重一点，分明是革命者，待到革命一被压迫，则在文学的船上踏得重一点，他变了不过是文学家了。所以前年的主张十分激烈，以为凡非革命文学，统得扫荡的人，去年却记得了列宁爱看冈却罗夫①（I. A. Gontcharov）的作品的故事，觉得非革命文学，意义倒也十分深长；还有最彻底的革命文学家叶灵凤先生，他描写革命

---

① 冈却罗夫（1812—1891），通译冈察洛夫，19世纪俄国最著名的批判现实主义作家之一。著有长篇小说《奥勃洛摩夫》等。

家，彻底到每次上茅厕时候都用我的《呐喊》去揩屁股①，现在却竟会莫名其妙地跟在所谓民族主义文学家屁股后面了。

类似的例，还可以举出向培良②先生来。在革命渐渐高扬的时候，他是很革命的；他在先前，还曾经说，青年人不但嗥叫，还要露出狼牙来。这自然也不坏，但也应该小心，因为狼是狗的祖宗，一到被人驯服的时候，是就要变而为狗的。向培良先生现在在提倡人类的艺术了，他反对有阶级的艺术的存在，而在人类中分出好人和坏人来，这艺术是"好坏斗争"的武器。狗也是将人分为两种的，豢养它的主人之类是好人，别的穷人和乞丐在它的眼里就是坏人，不是叫，便是咬。然而这也还不算坏，因为究竟还有一点野性，如果再一变而为巴儿狗，好像不管闲事，而其实在给主子尽职，那就正如现在的自称不问俗事的为艺术而艺术的名人们一样，只好去点缀大学教室了。

这样地翻着筋斗的小资产阶级，即使是在做革命文学家，写着革命文学的时候，也最容易将革命写歪；写歪了，反于革命有害，所以他们的转变，是毫不足惜的。当革命文学的运动勃兴时，许多小资产阶级的文学家忽然变过来了，那时用来解释这现象的，是突变之说。但我们知道，所谓突变者，是说 A 要变 B，几个条件已经完备，而独缺其一的时候，这一个条件一出现，于是就变成了 B。譬如水的结冰，温度须到零点，同时又须有空气的振动，倘没有这，则即便到了零点，也还是不结冰，这时空气一振动，这才突变而为冰了。所以外面虽然好像突变，其实是并

①　指叶灵凤的小说《穷愁的自传》中的桥段，其主角魏日青说："照着老例，起身后我便将十二枚铜元从旧货摊上买来的一册《呐喊》撕下三页到露台上去大便。"

②　向培良（1905—1959），湖南黔阳人，狂飙社主要成员之一，参加过鲁迅主办的莽原社，后又投靠国民党。

非突然的事。倘没有应具的条件的，那就是即使自说已变，实际上却并没有变，所以有些忽然一天晚上自称突变过来的小资产阶级革命文学家，不久就又突变回去了。

去年左翼作家联盟在上海的成立，是一件重要的事实。因为这时已经输入了蒲力汗诺夫、卢那卡尔斯基等的理论，给大家能够互相切磋，更加坚实而有力，但也正因为更加坚实而有力了，就受到世界上古今所少有的压迫和摧残，因为有了这样的压迫和摧残，就使那时以为左翼文学将大出风头，作家就要吃劳动者供献上来的黄油面包了的所谓革命文学家立刻现出原形，有的写悔过书，有的是反转来攻击左联，以显出他今年的见识又进了一步。这虽然并非左联直接的自动，然而也是一种扫荡，这些作者，是无论变与不变，总写不出好的作品来的。

但现存的左翼作家，能写出好的无产阶级文学来么？我想，也很难。这是因为现在的左翼作家还都是读书人——智识阶级，他们要写出革命的实际来，是很不容易的缘故。日本的厨川白村（H. Kurigagawa）曾经提出过一个问题，说：作家之所描写，必得是自己经验过的么？他自答道，不必，因为他能够体察。所以要写偷，他不必亲自去做贼，要写通奸，他不必亲自去私通。但我以为这是因为作家生长在旧社会里，熟悉了旧社会的情形，看惯了旧社会的人物的缘故，所以他能够体察；对于和他向来没有关系的无产阶级的情形和人物，他就会无能，或者弄成错误的描写了。所以革命文学家，至少是必须和革命共同着生命，或深切地感受着革命的脉搏的。（最近左联提出了"作家的无产阶级化"的口号，就是对于这一点的很正确的理解。）

在现在中国这样的社会中，最容易希望出现的，是反叛的小资产阶级的反抗的，或暴露的作品。因为他生长在这正在灭亡着的阶级中，所以他有甚深的了解，甚大的憎恶，而向这刺下去的

277

刀也最为致命与有力。固然，有些貌似革命的作品，也并非要将本阶级或资产阶级推翻，倒在憎恨或失望于他们的不能改良，不能较长久地保持地位，所以从无产阶级的见地看来，不过是"兄弟阋于墙"，两方一样是敌对。但是，那结果，却也能在革命的潮流中，成为一粒泡沫的。对于这些的作品，我以为实在无须称之为无产阶级文学，作者也无须为了将来的名誉起见，自称为无产阶级的作家的。

　　但是，虽是仅仅攻击旧社会的作品，倘若知不清缺点，看不透病根，也就于革命有害，但可惜的是现在的作家，连革命的作家和批评家，也往往不能，或不敢正视现社会，知道它的底细，尤其是认为敌人的底细。随手举一个例吧，先前的《列宁青年》上，有一篇评论中国文学界的文章①，将这分为三派，首先是创造社，作为无产阶级文学派，讲得很长；其次是语丝社，作为小资产阶级文学派，可就说得短了；第三是新月社，作为资产阶级文学派，却说得更短，到不了一页。这就在表明：这位青年批评家对于愈认为敌人的，就愈是无话可说，也就是愈没有细看。自然，我们看书，倘看反对的东西，总不如看同派的东西的舒服、爽快、有益；但倘是一个战斗者，我以为，在了解革命和敌人上，倒是必须更多地去解剖当面的敌人的。要写文学作品也一样，不但应该知道革命的实际，也必须深知敌人的情形、现在的各方面的状况，再去断定革命的前途。唯有明白旧的，看到新的，了解过去，推断将来，我们的文学的发展才有希望。我想，这是在现在环境下的作家，只要努力，还可以做得到的。

　　在现在，如先前所说，文艺是在受着少有的压迫与摧残，广泛地现出了饥馑状态。文艺不但是革命的，连那略带些不平色彩

---

　　① 指《一年来中国文艺界述评》，载于《列宁青年》第一卷第十一期（1929 年 3 月）。

的，不但是指摘现状的，连那些攻击旧来积弊的，也往往就受迫害。这情形，即在说明至今为止的统治阶级的革命，不过是争夺一把旧椅子。去推的时候，好像这椅子很可恨，一夺到手，就又觉得是宝贝了，而同时也自觉了自己正和这"旧的"一气。二十多年前，都说朱元璋（明太祖）是民族的革命者，其实是并不然的，他做了皇帝以后，称蒙古朝为"大元"，杀汉人比蒙古人还厉害。奴才做了主人，是决不肯废去"老爷"的称呼的，他的摆架子，恐怕比他的主人还十足，还可笑。这正如上海的工人赚了几文钱，开起小小的工厂来，对付工人反而凶到绝顶一样。

在一部旧的笔记小说——我忘了它的书名了——上，曾经载有一个故事，说明朝有一个武官叫说书人讲故事，他便对他讲檀道济①——晋朝的一个将军，讲完之后，那武官就吩咐打说书人一顿，人问他什么缘故，他说道："他既然对我讲檀道济，那么，对檀道济是一定去讲我的了。"现在的统治者也神经衰弱到像这武官一样，什么他都怕，因而在出版界上也布置了比先前更进步的流氓，令人看不出流氓的形式而却用着更厉害的流氓手段：用广告，用诬陷，用恐吓；甚至于有几个文学者还拜了流氓做老子，以图得到安稳和利益。因此革命的文学者，就不但应该留心迎面的敌人，还必须防备自己一面的三番四复的暗探了，较之简单地用着文艺的斗争，就非常费力，而因此也就影响到文艺上面来。

现在上海虽然还出版着一大堆的所谓文艺杂志，其实却等于空虚。以营业为目的的书店所出的东西，因为怕遭殃，就竭力选些不关痛痒的文章，如说"命固不可以不革，而亦不可以太革"之类，那特色是在令人从头看到末尾，终于等于不看。至于官办

---

① 檀道济，指韩信。

的，或对官场去凑趣的杂志呢，作者又都是乌合之众，共同的目的只在捞几文稿费，什么"英国维多利亚朝的文学"呀，"论刘易士得到诺贝尔奖金"呀，连自己也并不相信所发的议论，连自己也并不看重所做的文章。所以，我说，现在上海所出的文艺杂志都等于空虚，革命者的文艺固然被压迫了，而压迫者所办的文艺杂志上也没有什么文艺可见。然而，压迫者当真没有文艺么？有是有的，不过并非这些，而是通电、告示新闻、民族主义的"文学"①、法官的判词等。例如前几天，《申报》上就记着一个女人控诉她的丈夫强迫鸡奸并殴打得皮肤上成了青伤的事，而法官的判词却道，法律上并无禁止丈夫鸡奸妻子的明文，而皮肤打得发青，也并不算毁损了生理的机能，所以那控诉就不能成立。现在是那男人反在控诉他的女人的"诬告"了。法律我不知道，至于生理学，却学过一点，皮肤被打得发青，肺、肝或肠胃的生理的机能固然不至于毁损，然而发青之处的皮肤的生理的机能却是毁损了的。这在中国的现在，虽然常常遇见，不算什么稀奇事，但我以为这就已经能够很明白地知道社会上的一部分现象，胜于一篇平凡的小说或长诗了。

除以上所说之外，那所谓民族主义文学，和闹得已经很久了的武侠小说之类，是也还应该详细解剖的。但现在时间已经不够，只得待将来有机会再讲了。今天就这样为止吧。

---

① 民族主义的"文学"，指当时由国民党当局策划的反动文学。

帮忙文学与帮闲文学①

1931 年 11 月 22 日

　　我四五年来未到这边，对于这边情形，不甚熟悉；我在上海的情形，也非诸君所知。所以今天还是讲帮闲文学与帮忙文学。

　　这当怎么讲？从五四运动后，新文学家很提倡小说；其故由当时提倡新文学的人看见西洋文学中小说地位甚高，和诗歌相仿佛；所以弄得像不看小说就不是人似的。但依我们中国的老眼睛看起来，小说是给人消闲的，是为酒余茶后之用。因为饭吃得饱饱的，茶喝得饱饱的，闹起来也实在是苦极的事，那时候又没有跳舞场。明末清初的时候，一份人家必有帮闲的东西存在的。那些会念书会下棋会画画的人，陪主人念念书，下下棋，画几笔画，这叫作帮闲，也就是篾片！所以帮闲文学又名篾片文学。小说就做着篾片的职务。汉武帝时候，只有司马相如不高兴这样，常常装病不出去。至于究竟为什么装病，我可不知道。倘说他反对皇帝是为了卢布，我想大概是不会的，因为那个时候还没有卢布。大凡要亡国的时候，皇帝无事，臣子谈谈女人、谈谈酒，像六朝的南朝，开国的时候，这些人便做诏令，做敕，做宣言，做

---

① 本文是鲁迅在北京大学第二院发表的演讲。

电报——做所谓皇皇大文。主人一到第二代就不忙了，于是臣子就帮闲。所以帮闲文学实在就是帮忙文学。

中国文学从我看起来，可以分为两大类：（一）廊庙文学，这就是已经走进主人家中，非帮主人的忙，就得帮主人的闲；与这相对的是（二）山林文学。唐诗即有此二种。如果用现代话讲起来，是"在朝"和"下野"。后面这一种虽然暂时无忙可帮，无闲可帮，但身在山林，而"心存魏阙"。如果既不能帮忙，又不能帮闲，那么，心里就甚是悲哀了。

中国是隐士和官僚最接近的。那时很有被聘的希望，一被聘，即谓之征君；开当铺、卖糖葫芦是不会被征的。我曾经听说有人做世界文学史，称中国文学为官僚文学。看起来实在也不错。一方面固然由于文字难，一般人受教育少，不能做文章，但在另一方面看起来，中国文学和官僚也实在接近。

现在大概也如此。唯方法巧妙得多了，竟至于看不出来。今日文学最巧妙的有所谓为艺术而艺术派。这一派在五四运动时代，确是革命的，因为当时是向"文以载道"说进攻的，但是现在却连反抗性都没有了。不但没有反抗性，而且压制新文学的发生。对社会不敢批评，也不能反抗，若反抗，便说对不起艺术。故也变成帮忙柏勒思（plus）帮闲。为艺术而艺术派对俗事是不问的，但对于俗事如主张为人生而艺术的人是反对的，则如现代评论派，他们反对骂人，但有人骂他们，他们也是要骂的。他们骂骂人的人，正如杀杀人的一样——他们是刽子手。

这种帮忙和帮闲的情形是长久的。我并不劝人立刻把中国的文物都抛弃了，因为不看这些，就没有东西看；不帮忙也不帮闲的文学真也太不多。现在做文章的人们几乎都是帮闲帮忙的人物。有人说文学家是很高尚的，我却不相信与吃饭问题无关，不过我又以为文学与吃饭问题有关也不打紧，只要能比较地不帮忙不帮闲就好。

郭象升
(1881—1941)

生平简介

郭象升（1881—1941），字可阶，号允叔，晚号云舒、云叟，世居山西省泽州县周村镇。学者、教育家和藏书家。出生于书香世家，幼承家学，1909 年己酉科拔贡，被保荐为"硕学通儒"。历任清史馆纂修、中华民国第一届众议院议员、山西大学文科学长、山西教育图书馆博物馆馆长、山西省立教育学院院长等职。1934 年倡导成立山西文献委员会，编辑出版了《山右丛书初编》《山西献征》等，同时编撰了《山右丛书目录提要》。1937 年春，阎锡山拨经费十万元，要求他们编修《山西通志》，在按何种体例编修问题上，编委会内部意见不一，为避免把通志写成个人家传，抱着对山西文化负责的态度，终未动笔。1938 年春，日军占领山西后，被胁迫至北平，委以伪教育署长之职，借其在学术界的名望，笼络名流学者，郭力辞不就。后又被强行授予伪山西省文化委员会委员长一职，郭闭门不出，日以读书写作和批点古书自遣。1941 年病逝。著有《文学研究法》《郭允叔诗文钞》《经史百家拈解》等。

诸子言气不言气的分别①

1935 年

一、引言

今天讲诸子言气与不言气的分别，这个题目说起来，枝叶牵连，纵横连贯，可以包括吾国古来圣贤所谓身心性命之学，和气质情意之说，即近世东西洋各国所研究的心理学，也有藕丝难断的关系，所以姑且划分范围，缩小局域，单说诸子言气和不言气，略分别以为诸生探讨的门径。

原来人类所以为万物之灵，能以战胜他物，利用群象者，就是因为知识——思想——发达的缘故，这知识究竟是从心上发生出来，或者是从脑部发生出来的，东西学者的说法，各不相同，即在吾国亦古今异言。考之吾国古籍，信而有征者，厥为古时六书——象形字的囟，据《说文》说："囟，头会脑盖也。象形。"《段氏解字注》《内则正义》引此云，囟，其字像小儿脑，不合也，北人犹言未周岁的小儿前脑曰囟门，是其遗音，用意尚有存留。又吾国之"思"字据《说文》"思，容也，从心从囟"，其

① 本文是郭象升在山西大学教育学院发表的演讲。

284

意即"自囟至心，如丝相贯不绝也"，而囟思两字之音又为双声，且北人烧炕走烟的地方，亦名为囟，因古人家常烧火，其囟多在屋顶，可知吾国自造字以来，及周秦诸子，无不以知识——思想——由脑神经为出发点，及至宋明学者，始不主张在心。近代科学家与哲学家，亦不承认人类的思想与知识发源于心。但是人类对某事要躬行实践，细细地彻底研究去，却是自囟至心如丝相贯不绝的，离开心，却是不行的。

至于心的意义，古今说法不一。孟子说："恻隐之心，仁之端也；羞恶之心，义之端也；辞让之心，礼之端也；是非之心，智之端也。"我们从反面来说，也就是："无恻隐之心，非人也；无辞让之心，非人也；无是非之心，非人也。"再进一步说：仁者为天地立心，万物立命，人为天地的"心"，仁为人的心，即所谓仁义礼智的事实，都是从仁心发动出来的。所以桃李有仁，就有生机，麻木不仁，即形枯槁。至于非仁，非义，非礼，非智，无一不是其心发动的现象。现在归纳说来，这都是从心出发来的，也未尝不可。如近世教育家所主张的智育、体育、德育，我们再将分析起来可以做如下的开释：

智育：属于心的作用。

体育：属于气的作用。

德育：属于一半脑思与一半气的作用。

所以吾人知道哲学家爱因斯坦发明"相对论"，与物理学家奈端（牛顿）发明"三定律"诸科学，都是善用脑思的收获。若除去他们的脑思，便同普通人是一般的了。诸君对此严格分划认识清楚，然后我们"言归本传"就题发挥，依次说来。

二、理气

空气是充塞空间的气体。换句话说：人类生长地球，可知环绕地球的都是气体，又名之为大气。这个东西，是由氧气与氮气混合而成。但此外还杂有少许碳气与水蒸气以及其他的气体。愈近地面，密度愈大，渐上渐薄。它的高度，没有确定的数目。但依光线曲折之理，和那流星的位置推测去距大约在三百启罗米突（kilometer，千米）左右。

吾人在地球上生活，都知道空气是刹那间不可离开的东西。如同鱼在水中生活，水却是须臾不可离开的东西，离开了便要死亡。空气这个东西，虽瞧之不见，摸之不觉，然却绝不能谓之无形；所以没有空气的所在，叫作真空。因而敢说太阳系八大行星上若有空气，必定就有人。

空气受热而胀，遇冷则缩。因胀缩的作用，流动而为风。然与气的现象不同，却不能混为一谈。所以空气是天地自然之气，又名之为"雾围气"。

《黄帝·素问》一书，内载岐伯言："地者大气举之，气外无壳，其气散，气外有壳，此壳何依？"是对于气和地壳的见解。至宋朱熹氏，亦讨论地外若无壳，地便不能存在，而有掉落的危险，但不知壳外又有何物。至于空间所有之东西南北的方向，是指位置而不得已的命名，实在是无东无西无南无北的。

扩大说来，就是声光化电等科学的原理，亦很有不少的发现。如庄子有言："厉风济则众窍为虚。"这话的意思，是说树上有一个窟窿，窟窿的虚处即是真空，一经刮风，便飒飒然地发出声音，可谓天地自然之音。这不是知有空气的话吗？

又如吾人感受风寒诸病，医者拿一火罐，先以燃料置诸罐中，使罐中起燃化作用，速合于患处，离手而不掉。这个理由，亦是用火将罐内空气逐去，利用真空极好的证明。由以上援引古籍所载，关于空气的说明和解释，又知吾国古代大思想大发明家，亦不时产生，而对于空气的说法，也各有其独到的见解，其聪明才力，并不亚于西东学者。惜乎后世未能加以精密的研求，继续增高耳！

三、周秦诸子

我国在周末秦初的时代，天下大乱，兵戈相寻，一切的传统的道德与思想，都已失却其本来的权盛，政治上社会上的纷纭，达于极点。于是诸子百家各以其术争鸣于当时，所谓哲学思想与政治言论，便应运而生。现在将其中的诸子、兵书、数术、方技、四略都归在子部。四部之中，子书占了六分之四，诸子学术的发达，可想而知。今推为中国学术的黄金时代，实非虚语。兹唯就气的问题，分别略述如下：

甲、道家：讲修炼营养。

乙、儒家：讲涵养修持。

丙、数术及方技家：讲符咒鬼神。

时人章太炎氏，谓周秦诸大哲皆不言气，吾人平心而论，谓老庄不大重气，固有相当的理由，若说他们一点也不讲便不免有些太过。老子说："天地之道〔间〕，其犹橐籥乎？虚而不屈，动而愈出。"这话的意思，就是说天地构造的大道，有如"风匣"，或如"笛管"，亦可称为"皮口袋"。我们晓得"风匣"的所以可生风，是在匣中机关的推进与拉退，而所起的作用。其推进正为的是拉退，而拉退，则又为的是推进，来而复往，往而复来。由此可见宇宙间一切的现象，都由推拉往复等循环而生进化，现在结的果，是过去种的因，而现在结的果，便又做将来结果的因了。果为因而结，因为果而生，因即果，果即因，一而二，二而一，是联系矛盾的定律。老子又云："我独异于人而贵食母。"庄子云："伏羲得之，以袭气母。"此数子的说法，虽有不同，实则辞异而义同。又人类的生成，是以气与血为要素。天地有气，故万物生。老庄得天地之正气，故为千古之哲人。主观用气，客观用智，又如科学家奈端，赋有绝顶的聪明，其为大小二猫置洞，以备出入，竟置下大小两个洞，却忘了大猫能出入的洞，小猫亦能出入的道理。又一次煮鸡子看时刻，竟将时表放在锅内。诸如此类的事实，如不养气，虽有聪明的才智，亦与常人没有二样。此奈端终于为近世之科学家也。

老子说："载营魄抱一，能无离乎？专气致柔，能婴儿乎？"列子问关尹："何为至人？"曰："是纯气之守也。"庄子说："真人之息也以踵，众人之息也以喉。"又曰："其息深深。"由此可见，养气的程度，常人在喉，易受外物之摇动，其气浮。至人通于足跟，不易摇动，其气沉。俗谓劝人息怒名叫下气，下气即沉气的意思。又吾人对某问题有所发明，谓之心得。殊不知此为大误，乃脑得，非心得。心得只可益己而受用，脑得则可益人而世用。近世名也多谓人能做好文章，便为有道之士，这话大有研究的余地。凡人发生疾病，在上部则较易愈，在下部则较难愈。《参同契》一书，对这个问题，讲得很是明了，为医学家、生理学家必须研究的良本。古之学仙者，必养气于丹田，为唯一大道。华佗谓："吐故纳新，即可益寿。"其与今日呼吸新空气，为强身的良法，本是一理。可见吾国对于此理，早已发明，并非自西洋传来。我们才知道，古今有道之士，皆能下气。积气于胸，犹不失为常人，若浮躁之人，则充塞于喉了。又如花，根浅，故其寿短，树根深，故其寿长，这与人寿的修短，恰是一个好例。道家谓人欲去老还童，得享康健之幸福，必先学得儿童那般样的心理，养气于丹田，做到柔软懦弱的境界，始可达到目的。科学家及哲学家，多主排气，视为神仙之说，不大具体，容易阻碍脑思的发展，这话诚有相当的理由。若绝对地不承认养气，那么是多半要流于怪癖离奇一途，而不能合乎人情的。

四、儒家

儒家的思想，在中国思想界操纵有数千年的威权。所以然的原因，固然有时间空间的关系，但其本身，毕竟有相当的价值，可捉住中外历代学者的中心心理。至于儒家思想的唯一代表，当然要推集大成的孔子，后世称其德配天地，道贯古今，尊为万世的师表，可见他的学术价值了。至于孟子称于亚圣，宋代以来，认为传孔子道统的正宗，盖遵韩昌黎之论调，尊孔子为泰山北斗，唯孟子知之最深，其言亦最切，那么进一步言，孟子当为纯乎其纯的流派了。再按，唐以前言儒家称周、孔、荀、杨，不得同日而语；唐以后则称孔孟。这是因孟子为发扬孔子学说第一有功的哲人。观其论"养气"的问题，采心与气相融的主张。如：

公孙丑曰："敢问夫子之不动心，与告子之不动心，可得闻与？"告子曰："不得于言，勿求于心；不得于心，勿求于气。"不得于心，勿求于气，可。不得于言，勿求于心，不可。夫志，气之帅也；气，体之充也。夫志至焉，气次焉；故曰:持其志，勿〔无〕暴其气。

可见志为气的先决问题，气沉则志定，气浮则志乱。养气之重要，不言而喻。又志为心之所向，孟子讲不动心，始可养勇，勇具则可临大敌而不怯。但欲心之不动，必善养浩然之气。所谓浩然之气，"至大至刚，以直养而无害，则塞乎天地之间"，且其气必配乎道义，重内心不重外饰。一切忧患，处之裕如，毫不动心。要以养气为基本的功夫。亦是孔子五十学易，和蔬食饮水，曲肱而枕，乐亦在其中的道理。但人在后天，每易伤失浩然之本体，惑受阴阳剥杂之气，而扰其心，欲返本还原，必须以义养气，以道集义，无忘无助，涵养既久，自能复还本体，清明在躬，志气如神，与天地合德，日月合明，如斯宇宙间的一切现象，物来顺应，措置裕如，便没有不了解其所以然的了。

对于气与志乃互为因果，上述略已说明，今举一例：例如吾人皆知奈端为聪明绝顶之科学家，假使将他击一木棒，其脑则必不能如平日之聪明，盖其气受外界之刺激，心志必呈混淆的现象。

宋张横渠以为天地之间，唯一气之循环形成。气凝为物而有聚散，但理无聚散，性无聚散，为道为太虚。人类气质之性，有贤愚善恶之异，教育的目的，即在变化其气质，反乎天秉之性，是为合性于太虚。但天秉之性，既是善的，气质之性，何由而恶？其无具体之解释，要为其缺点。

程明道主乾元一气为宇宙之根本。受正气者为人，受偏气者为物。至于人性趋恶，乃为受后天环境所染，实非本性。其弟伊川亦主张人类禀性于天，本为一善，但气有清浊厚薄之不同，故有贤愚的区别。使愚者明之，贤者圣之，便是教育的目的。

朱晦庵——近世学者谓："宋之有朱晦庵，犹周之有孔子。"为孔子后整理儒术第一流人物，其学说主张理气二元论。论天地之一性，则专指理而言，论气质之性，则以理与气混而言之，二气交通而性生，一本万殊。以理论之，则无不全，以气言之，则不能无偏，恻隐之心，偏象于木。羞恶之心，得气于金……

明王阳明则以心之本体，即是天理。天理之昭明灵觉，即是良知；其养气主中庸之道。其言曰："无善无恶心之体，有善有恶意之动，知善知恶是良知，为善去恶是格物。"其巡抚南赣，能平大帽山诸贼，定宸濠之乱，为有明文武兼资的第一流人物，无非养其浩然之气，以为出发点也。

又如汉唐学说，多脑得，少心得，故罕公性之学的发明。程朱认读书与做事为一体的二面，须臾不能离开。陆象山则不然，他是纯粹的唯心论，谓天地之初，为阴阳二气，经过若干时的运行，便结成一个地在中央。他说："学苟知本，则六经皆我注脚。"他的根据就是孟子所谓不虑而知的良知，不学而能的良能。程朱养气在身，孟子养气在心，阳明养气则在求放心。现在要评定某人程度的优劣，实非易事。宦场中人，学问虽浅，办事却应付裕如，是谓无学有术。饱学之士办事或不得其要领，是谓有学无术。西洋科学家，多不主养气。佛教因明相宗亦不讲气，小乘则讲气。宗教家大部讲气。如耶稣之手抹疮患而竟愈，中医学家叩脉治病，皆为讲气。而尤以祝由科治病，更专讲气。"祝"即咒也，"由"即禬也。孔子谓："人而无恒不可以做巫医。"可知中国古代先巫后医，在神农氏时候，乃两相并用。总括地说来，耶稣能成圣人，亚里士多德不能成圣人，其原因也无非是耶氏讲气，亚氏不讲气的问题。

五、结论

由上引证诸子所言，可知气为无形质而却能相感应的一种东西。心理学家谓感情之倾向，较固定而不变的，谓之曰气质。古代希腊的学者，谓人类有浮性、郁性、热性、冷性四种气质。恰与多血质、忧郁质、胆汁质、黏液质四种血液相应。近代心理学家犹沿其学说，然仅以感情之强弱迟速为别，不若旧说之参以生理见解为显明。总之，气与心身，至为密切，用气兼用心者，圣哲也。只用心而不用气者，科学家也。犹气亦有时为人之障碍，古人谓事物之胜败得失，多推之气数，含有应该的意义。排气即排数，近代唯物论学者所以反对就是明证。但吾人因排气而不养气，多趋于直率，只重气而忘却实际，势必流于空谈。诸如此类皆宜注意。所以除了特殊人外，总以气养于心为中正大道。不然的话，是非偏于左，即倒于右，很易背了时间性及空间性的人生。

宋教仁
(1882—1913)

生平简介

　　宋教仁（1882—1913），字得尊，号遁初，一作钝初、遯初、敦初，号渔父，生于湖南省常德市桃源县。民主革命家，中华民国初期第一位倡导内阁制的政治家。1903 年 8 月结识黄兴，成为挚友。1904 年 2 月 25 日华兴会在长沙西园正式成立，选黄兴任会长，宋教仁为副会长。同年 11 月起义抗清计划事泄未遂，潜赴日本。1905 年入读日本法政大学，8 月支持孙中山在日本东京成立同盟会，并担任其司法部检事长。1910 年底从日本返抵上海，任《民立报》主笔。1911 年 10 月 28 日与黄兴一同抵达武昌，参与起草《鄂州临时约法草案》。1912 年 1 月 1 日中华民国在南京成立，被任命为法制院院长，起草了一部宪法草案《中华民国临时政府组织法》。同年 4 月 27 日出任唐绍仪内阁的农林总长，7 月辞职；7 月 21 日当选为同盟会总务部主任干事，主持同盟会工作；8 月 25 日成立国民党，当选为理事，并任代理理事长。1913 年 3 月 20 日在上海火车站遇刺，两日后身亡，时年三十一岁。

黄花岗起义周年纪念会演说词

1912 年 5 月

最初，同志计划进行方法各有不同。或主中央入手，如法、葡是，但在我国颇不易为；或主从地方入手，各处同时大举，是亦恐难以做到；最后决定从边远入手，故从前云、贵、广西诸义举，即缘此义而起，因复有去岁广州一役。

先是，黄克强、赵伯先等，立实行机关于香港，内分数部，或掌运输，或主联络，或谋通财与执文牍，谋甚秘密。孙中山先生、黄君克强先后到南洋美洲一带，募军饷四十余万，兼购最利枪支。广州举义时，枪未运到，而各处同志来者益众，行迹颇露，卫队及警兵渐相缉探，遂决用手枪炸弹，黄君先入。原拟黄自攻督署，而以赵君攻水师营，其余分三支：一攻旗军，一守南门，一迎新军。入城事成后，则以赵君出江西，黄君入湖南，再分道各省，鼓动响应。此部署大概也。26 日，机关部得黄电，言事泄矣，请改期 27 日。又得黄电，催众往，遂于 28 日出发，到者仅一部分人，而事已一发难收矣。29 日余始到，业知失败，未容展我手眼，爰探得举事时，黄君初以事泄，欲解散，多数人反对，遂仓促举发。黄君所带无百人，又大半留学生，未习战伐。

攻督署时，击死卫队甚多，同志死者亦不少。继而黄君直入后堂，见不唯无人，并器具亦无之，乃知张鸣岐得信最早，已携眷潜逃，因率队外出。而各处陆军荟集，黄又击毙数人，而我之队伍已被陆军冲散，黄乃易服出城。其余未出城者，喋血巷战，至死气不馁。黄只身逃至一买卖铺中，伏数日始脱于难。至初四日，入城调查，死尸计七十二人。黄虽未死，受伤颇剧，余则或伤或逃，尤不可胜纪。噫，亦惨矣！

计此事失败原因有三：一、侦探李某充运军火，为平日党中最得力人，不知实乃侦探，后查明，处以死刑，枪毙之香港；二、从戎者皆文弱书生，素无武力；三、起事仓促，新军未能响应，诸同志亦多奔赴不及。有此三原因，所以失败。

但平心思之，此事究不得以为失败，盖失败一时而收效甚远也。何则？有此一番变动，遂生出三种观念：一、此番死难诸人，如此猛烈，可使一般人知同盟会非徒空谈，实有牺牲性命的精神；二、此番死义，多属青年，易激起人痛惜之心，而生倾向革命之热诚；三、政府对于此举毫无悔心，人愈恨旧政府而争欲推翻之。有此种种，故武昌一起，天下从风，岂偶然哉？虽谓诸烈士已成有圆满无上之功，未为不可也。愿诸君做事勿看眼前成败，要看后来结果，最远之成败，天下事无不可为矣云云。

在辛亥革命周年纪念会上的演说

1912 年 10 月 10 日

今日为中华革命第一次纪念会之第一日，承诸君推，鄙人才薄重任，深恐不能胜任。窃以为世界有永远纪念之日三：一为美之 7 月 4 号；一为法之 7 月 14 号；一即我中华民国之 10 月 10 号是也。革命思想为我中华民族心理中所固有，唯其发动在十年以前，先由中山先生之于广东，次由克强先生与鄙人之于湖南，然皆遭失败，于是于东京发起同盟会，创《民报》联络同志，鼓吹革命。数年以来，继继绳绳，盖如一日，故能使今日思想普及全国，一举手而成共和之大业。然当发动之初，亦曾几遭失败，后竟苦心研究，规定计划三条：第一由中央入手，即于政府所在地从事运动；第二由南方重要省会入手，即于扬子江流域各重要地点，联络军警各界，各省同时大举；第三由边地入手，盖边地为人所不注意处，从事革命，布置较易，由渐而来，未为不可。三条之中，第一条最难，第三条最易，故实行之始，取其易者，此去年广州一役所由来也。

按广州之役，自革命以来，实为最可痛心。死亡诸君皆革命原动，所以如此者，以屡次革命，利用军队，而军队中人屡次泄露消息，屡遭失败，故此次不复再用军队，当事者尽为文弱书生，革命原动。先时计划定四月初一为起事之期，于香港先设立机关，更由中山先生筹得经费四十万。其内部组织推克强先生为总理，赵声、姚雨平、鄙人等诸同志佐之，更合四川、福建、安徽、江浙诸省精锐，拟一举而下广州。自正月间先事预备，购枪械，招同志，运器具，其种种困难情形，不可言喻；香港英政府亦防范甚严。其后有同志喻云纪君，能自造炸弹，且远出外国之上，故全军供用率多仰给。于是更有姚君雨平先往省城，预为布置一切。即定约期四月一号起事，岂知至三月二十七，忽由克强先生来电，劝同志不必再来，并改期重举。鄙人等在香港，闻之深为骇异。次日克强先生又来电，促诸同志速赴广州，于是诸同志之在香港者，连夜出发。当时共分数起，有自早出发者，亦有过后一二时出发者。鄙人则在下午离港，迄次晨抵广州，探悉城门已闭，岸上守兵无数，则知事已败，心中甚为焦愤。后探悉同志死者甚少，心为稍慰。晚更悉唯有一船自广州出发，于是偕数同志同至该舟。比至，则满舟皆同志，然相见均默不发一言。其后守兵更来舟中搜□，同志之军藏暗器者，俱为捕去，救援无及，饮泣而已。诸同志既由虎口索生，遂各述所遇，始悉当时以赵君声未至，总司令由克强先生代摄，一切计划遂不克周顾。当时由克强先生率诸同志攻总督衙门，先时闻该处守兵已经说通，岂知至则出而抵拒。时同志出为陈说，然卒无效，遂两相攻击，一方更由克强先生率数同志，直入上房索粤督。讵料粤督已数日前闻信移住他处，同志等遂出。时水巡兵已遍满街市，同志多自戕，能于此船上相见而庆更生者，已非初料之所及矣。是役也，有可痛之一事，即失败之后一日，城中有一米店，匿数同志，为捕兵侦知，攻击数时，兵不敢近，后官兵将米店付之一炬，诸同志遂无一得生。此广州失败之大略情形也。

吾等计划第三着既归失败，于是进一步策第二着，规划湖北，更由陈君英士组织机关于上海，鄙人则从事湖南。时陕西亦有同志已组织完善，特派代表来会，协商一切，遂定乘四川铁路风潮激烈之秋，一举起义，规定湖北。时机关部设在汉口，相期以九月一号起义，讵知迄八月十九而机谋又泄，于是匆匆起事，一举而光复武昌，再举而复汉阳、汉口。克强先生更由香港赶至湖北，与清军血战。时则陈君英士光复上海，程君雪楼反正苏州。九月十八，南京第九镇统制徐君固卿攻击石城，不利，更进而合江浙省之各师联军，推徐君为联军总司令，于是再攻南京，张勋败走。时停战之约既成，议和之师南下，后更得北方响应，诸将要求退位，共和之诏遂颁，民国于以成立。

　　溯武昌起义以来，未及一年，而有今日者，岂非我五族同胞倾向共和，赞成民主之所致欤？夫吾等计划，前后计算均未实行，而其最后效果，竟得于一年之间达到目的，视美之十三年，法之三革命，不亦较胜十倍？则将来大势所趋，三年五年之后，其所得效果，有不能驾欧挈美者，吾不信也。

在国民党湘支部欢迎会上的演说

1913 年 1 月 8 日

今日承本党诸君欢迎，鄙人实不敢当。唯党员须常常相见，以便交换知识，故兄弟此次回乡，极欲与诸君接洽，今得聚此，甚为欣幸。顷部长谓今日建设未能完善，实非革命初心，兄弟极以为然。今且将本党责任与国家关系略为诸君述之。

现在民国未经各国承认，于国际上非可谓之成立，然其原因，则内部未能整理之故也。国民党为同盟会所改组。同盟会成立于乙巳年，时在东京。黄克强先生主张实行，故有广东、云南等处之起事，然因财政困难，屡次失败。自从广东兵变之后，渐知新军可用，故广州之役欲联新军。然仓促之间，死事者多，咸谓当改变方法，乃在上海设立中部同盟会，谭君石屏、陈君英士及兄弟主持其事。鉴于前此之失败，乃共筹三策：一为中央革命运动，推倒政府，使全国瓦解，此为上策，然同志都在南方，北京无从着手，此非可易言者；一在长江流域同时大举，隔断南北，使两方交通断绝，制政府命脉，此为中策，然此等大举，布置不易；一在边省起事，徐图中原，然前此用之失败，斯为下策。三策之中，将谁适从？则新军如可为用，财政有人接济，中策自属可行。故阴历去岁筹款南洋，运动鄂军，遂能集事。恐满政府之倾北兵以至，则在山西布置，以牵掣之，守武胜关、断黄河铁桥，以梗塞之；恐势力单薄，则南联湘省，东联宁军，以左右之。原拟预完善，方在武昌发难，因黄先生病在香港，乃派谭先生与兄弟往鄂。适鄂省炸弹轰裂，事机败露，不得已而仓促举事。时孙武炸伤，居正乃推黎副总统主持一切。然因布置未善，北军卷地而来，遂至屡挫。幸湖南首先响应，得为后援。然汉阳之失，外人讥诮，心已北倾。南京光复之后，民军始振，顾其时出师援应者，仅有湘粤两省。幸袁总统深明时局，方能克期统一。

今民国虽成立，然破坏未极，人心上之旧习未能乘势革除，譬犹疮毒尚存，遽投以生肌之药，必不能痊愈也。现在外交、内政均无可言。以言内政，则第一财政困难，拟借外债，财政又被监督。所有一切行政，在湖南尚好，社会安宁，军队亦已退伍；他省则军队犹然林立，据陆军部调查，较前清时增至七八倍。此等军队不独难以征蒙，且多有为害地方者。又民间产业凋敝，出口货少。种种现象，言不能尽，如此而欲富强，不綦难乎？以言外交，则俄蒙协约之问题不能解决，将无宁日。然其原因实因内政不能进行，以致险象环生，群思剖割。

为今之计，须亟组织完善政府，欲政府完善，须有政党内阁。今国民党即处此地位，选举事若得势力，自然成一国民党政府。兄弟非小视他党，因恐他党不能胜任，故不得不责之国民党员。国民党之党纲，第一，统一政治。今当谋国家统一，毋使外人讥为十八国。第二，地方自治。第三，种族同化。今五族内程度文野不齐，库伦独立实由于此，欲求开化，非国民党不为功。第四，民生主义。曩者他党多讥为劫富济贫，此大误也。夫民生主义，在欲使贫者亦富，如能行之，即国家社会政策，不使富者愈富，贫者愈贫，致有劳动家与资本家之冲突也。第五，维持国际和平。方今民国初立，疮痍未瘳，以言剧战，实非易事，唯俄蒙问题，则不得不以强硬手段对付之。总之，今之要务，在整理内政，为党员者均当负责。孔子曰："当仁不让于师。"况湖南人做事勇往为各省冠。此次选举，须求胜利，然后一切大计划皆可施行。此兄弟之所希望于本党诸君者也。

在国民党沪交通部欢迎会上的演讲

1913 年 2 月 19 日

今兄弟拟提出两大问题，与诸君磋商，而亦吾党今日所亟当研究者，愿为诸君言之。

今中华民国二年矣。中华民国成立虽届二年，而一切政务，多使国民抱种种之失望，而国民此种种之失望，吾国民党要不能不负其责。盖当同盟会政府时代，事在草创之始，及统一政府成，而吾党又不免放弃监督之天职也。故吾党从今而后，宜将国民所以失望之点为之补救，而使国民得一一慰其初愿，此吾党所抱之大决心者也。

夫国家有政治之主体，有政治之作用，国民为国家政治之主体，运用政治之作用，此共和之真谛也。故国民既为国家之主体，则即宜整理政治上之作用，天赋人权，无可避也。今革命虽告成功，然亦只可指种族主义而言，而政治革命之目的尚未达到也。推翻专制政体，为政治革命着手之第一步，而尤要在建设共和政体。今究其实，则共和政体未尝真正建设也。故今而欲察吾国今日为何种政体，未能遽断，或问吾国今日是共和政体否，亦难于猝答也。此其以根基未固，而生此现象。今临时政府期限将满，约法效力亦将变更。至于正式政府成立以后，如能得建设完全共和政体，则吾人目的始可云达到一部分也。

夫政府分三部，司法可不必言，行政则为国务院及各省官厅，立法则为国会，而国会初开第一件事，则为宪法。宪法者，共和政体之保障也。中国为共和政体与否，当视诸将来之宪法而定，使制定宪法时为外力所干涉，或为居心叵测者将他说变更共和精义，以造成不良宪法，则共和政体不能成立。使得良宪法矣，然其初亦不过一纸条文，而要在施行之效力，使亦受外力牵制，于宪法施行上生种种障碍，则共和政体亦不能成立。此吾党所最宜注意，而不能放弃其责任者也。讨论宪法，行政、立法、司法三权应如何分配，中央与地方之关系及权限应如何规定，是皆当依法理，据事实，以极细密心思研究者。若关于总统及国务院制度，有主张总统制者，有主张内阁制者，而吾人则主张内阁制，以期造成议院政治者也。盖内阁不善而可以更迭之，总统不善则无术变易之，如必欲变易之，必致摇动国本，此吾人所以不取总统制，而取内阁制也。欲取内阁制，则舍建立政党内阁无他途，故吾人第一主张，即在内阁制也。

又若省制问题，纷扰多时，有主张道制者，有主张省制者，姑不具论，又一派主张省长归中央简任者，而予则不赞成。盖吾国今日为共和国，共和国必须使民意由各方面发现。现中央总统国会俱由国民选出，而中央以下一省行政长官，亦当由国民选举，始能完全发现民意，故吾人第二主张，即在省长民选也。

今又有倡集权说者，有倡分权说者，然于理论，则不成问题，今姑从实际着想，准中国情形立论，有若干权应属诸中央者，有若干权应归之地方者，如是，故吾人主张高级地方自治团体当界以自治权力，使地方自治发达，而为政治之中心。夫自治权力，本应完全授之下级地方自治团体，而在中国习惯，则下级地方自治团体，如县、乡、镇之属，与国家政治关系甚浅，故顺中国向来之习惯，而畀高级地方团体以自治权，与国情甚吻合，而政治亦得赖以完全发达也。故分权与集权之界说，不可仅从学理上之研究，如立法权自应属之中央议会，而地方亦当有列举之立法权，如此则既非联邦制，又非完全集权制矣。如行政权之军政、外交，纯为对外关系，当然集于中央，司法宜有划一制度，交通、财政，其权均中央所有者，多而余则可分诸地方者也。此皆关于政体之组织也。

至于政治组织言之，可为太息痛恨。政治组织，大别之为内政、外交。以言外交，则中华民国建立以来，可谓无一外交，有之则为库伦问题。而库伦问题，悬搁已久，民国存亡，胥在于此，然至今尚未得一正当解决。吾国民于此，当知此问题之重大，亟宜觉醒，盖政府于此问题无心过问，即当然属于国民之责任也。忆鄙人七八月间在北京时，库约尚未发生，当即以桂太郎游俄之目的，与满蒙之危机，说诸政府，亟为事前之筹备，而总统等狃于目前之安，置之不问。及至俄库私约发生，而政府亦无一定办法。吾人试思《俄库条约》与《日韩条约》有异乎？无异乎？韩既见并于日矣，而库伦岂不将见并于俄耶？夫使库伦沦亡而得以专心整理内治，犹可说也，无如库伦既失，而内政之不治如故也，此大可以破政府之迷梦也。

夫曩者列强对于中国问题，倡保全领土、机会均等之说，姑无论究出于诚意与否，而此所谓保全领土、机会均等之说，实足以维持中国之现状，故中国以十年以来，外交界即少绝大之危险，职是故也。故今日中国所应出之外交政策，当使列强对于中国此等关系维持不变，而维持之道又非出以外交手腕不为功。政府不特无此外交之手腕，并不知维持此种外交之关系，故中华民国之外交，直毫无进步也。夫列强之保全中国领土及机会均等之主义见之于《日俄协约》《英俄协商》，互相遵守，不敢违畔，殆时局变迁，此主义已渐渐动摇，不过尚无机可乘，得公然违反其所恃之主义。今以政府之无能，局面愈变，适以授外人莫大之机会耳。彼俄人首与我库缔结协约，破坏保全中国领土、机会均等之主义，显然与日俄协约、英法俄协约等之旨相违背。而日英法诸国对于俄之行动，毫未加以抗议。试一寻外交界之蛛丝马迹，即可知英法日已默认俄之行动，而于此一测将来之结果，则列强保全中国领土及机会均等之主义将归完全打消，而已见之于事实者，则为英之于西藏。其若他国于其势力范围之内，效英俄之行动，结果至为可危。故欲解决藏事，当先解决蒙事，蒙事一日不解决，即藏事亦一日不解决也。而政府于此，乃先将藏事解决，而后始解决蒙事，可谓梦呓矣。故预测政府外交之结束，尤不可知，而其过则在政府毫无外交政策，致成此不可收拾之象也。然国民于此，尚不知所以监督政府，亦自放弃其责任耳。此关于外交问题也。

以言内政，内政万端，而其要莫如财政。吾人试一审思吾国今日财政之状况，可谓送掉吾中华民国者。夫财政问题，本极困难。吾国各省财政，勉强可以支持，唯中央自各省改革之后，府库如洗，支持匪易，而政府对于整理财政之政策，亦唯借债一端。夫借债未尝不可，但亦当视条件如何。当唐少川先生当国时，与六国团商借六千万镑，亦并无苛刻条件之要求，及至京津兵变而后，六国团以吾现状尚未稳固，乃始有要求之条件，唐未承认，遂中止。及至熊希龄任财政总长，一意曲从六国团，将承认其要求之条件。当时阁员多不同意，唐内阁遂倒。今政府以借六千万镑太多，改为二千五百万镑，然政府亦并无若何计划，不过只筹至临时期限而止，是后财政当如何整理，非所问也；而且大借款条件之苛，为向所未见，唯埃及始有之耳，然埃及之结

304

果，则以监督财政亡其国者也。且盐税为国家收入大宗，今以之为大借款之抵押，使将来正式政府而欲借款，即无有如盐税之抵押品者。是正式政府成立以后，虽欲借款而不可得也；如不借款，则二千五百万镑已为临时政府用罄，其将何以支持？是今日之政府对于财政问题，眼光异常短促，盖毫未为将来留余步，做打算也。至于民生困穷，实业不兴，政府亦无策以补救之。此关于内政问题也。

如上所述，只得其大概，欲详言之，虽数日而不能尽。一言以蔽之，则皆不良政府之所致耳。然今尚非绝望之时，及早延聘医生，犹可救也。兄弟所言，未免陷于悲观，而吾人进行，仍当抱一乐观。盖延聘医生之责任，则在吾国民党也，而其道即在将来建设一良好政府，与施行良好政策是已。而欲建设良好政府，则舍政党内阁莫属。此吾人进行之第一步也。

马寅初

(1882—1982)

<h1 style="text-align:center">生平简介</h1>

　　马寅初（1882—1982），字元善。经济学家、教育学家、人口学家。1882 年生于浙江嵊县浦口镇。1901 年考入天津北洋大学，选学矿冶专业。1906 年赴美国留学。1910 年获得耶鲁大学经济学硕士学位。1914 年获哥伦比亚大学经济学博士学位。1915 年回国，在北洋政府财政部当职员。1916 年任国立北京大学经济系教授兼系主任。1919 年任北大第一任教务长。1921 年任上海商科大学（现上海财经大学）第一任教务主任，曾兼任中国银行总司券等职。1923 至 1925 年在北京交通大学经管学院任教，教授银行货币和国外汇兑。1927 年到浙江财务学校任教并任浙江省省府委员。1928 年起历任南京政府立法委员、财政委员会委员长、经济委员会委员长，南京国立中央大学、陆军大学和上海交通大学教授，重庆大学商学院院长兼教授。1948 年当选第一任中央研究院院士。1949 年 8 月出任浙江大学校长，并先后兼任中华人民共和国中央人民政府委员、政务院财政经济委员会副主任、华东军政委员会副主任等职。1951 年出任北京大学校长。1957 年因发表"新人口论"方面的学说而被打成右派，党的十一届三中全会后得以平反。1979 年 9 月担任北京大学名誉校长，并增选为第五届全国人民代表大会常务委员会委员。1981 年先后当选为中国人口学会名誉会长、顾问，中国经济学团体联合会第一届理事会顾问。1982 年 5 月 10 日病逝。

中国之希望在于劳动者①

1918 年 11 月 16 日

人生世间，往往有不足之感念，而此感念随文化以俱进。故草昧之初，原始人类，榛榛狉狉，思念所及，不过衣、食、住三事，所谓肉体上简单之欲望是也。以后文明日进，人类之欲望亦日增，由单纯而复杂，由复杂而至于无穷，顾欲望者，非绝对的感念，乃人类对于货财或对于学问、宗教、名誉等所生之感念也。人有饮食的欲望，则有饮食以慰之；有奢侈的欲望，则有奢侈品以满之，故欲望日多，必财货日进而文明始能日进。欲望与财货两者，必相辅而行，未有财货与欲望背道而驰，而世界能进于文明之域者也。美国之富，冠于全球，推厥原因，则在于供求之相济。需要者多，其供给之数，适如其愿以相偿，虽有分配不均之苦，然终无兵变匪祸之患。若夫中国则适相反，供给之数，少于需要之数。不仅高尚之欲望，无由而满，即卑下之欲望，如衣、食、住三者，亦无实力以应之，则何怪乎不安之象，偏于全

① 本文是马寅初在北京大学为庆祝第一次世界大战胜利结束在天安门广场举行的演讲大会上的演讲。

国耶？夫中国既患穷矣，吾将何以救之，曰：推广生产，供给人民之利用也。生产云者，非以人力创造物质也。盖宇宙间之物质，虽至小极微，非人力所能除灭，亦非人力所能创造，此即物理学家物质不灭之说也。吾之所谓生产者，即变物质之形体，或物质之位置使之能供吾人之利用也。譬如化水为汽，使之动机，不过稍变水之形体耳。采煤于矿，用以助炊，亦不过稍变其位置耳，于原则上，固无丝毫之增减也。然欲物质变化与转移，不可不具有三大要素，则自然、劳力与资本是也，三者缺一，则生产不能完全。倘有资本与自然而无劳力，则资本与自然，不能有所作为；若有劳力与自然，而无资本，则劳力与自然亦无所施，生产之功，无可希望矣。

夫三大要素之关系，既如是其密切矣。试问中国有此三要素乎？曰：中国地大物博，人口繁多，足以与欧美相抗衡，故自然与劳力二者，大有取之不尽用之不竭之势；若夫资本，则枯竭已达极点。光复以来，内乱频仍，军需所出，无不取之于民，而焚毁劫掠之损失不与焉；商家倒闭，实业停顿，累累黄金，多入于外人之手，而天灾地变之损失不与焉，故在今日而言生产，不亦戛戛乎难矣哉？故欲救中国之穷，非加资本不为功。盖资本者，劳动者之利器也。苟无利器，则虽有数亿之劳动者，亦无所施其技。盖工欲善其事，必先利其器，未有器未利而能善其事也。譬有劳工一人于此，予以最优良之物质，使之制成物品，则其所得之生产额可以若干单位计之（假定十单位）。若使用劳工两人，而予以同值之物质（所给之物质，即资本之一种，无论劳力增加至若何程度，其值不随之以俱增，然其量可以增九。例如一单位优良之物质每单位值百元者，可以两单位粗恶之物质每单位只值五十元者代之，其量虽增大一倍，而其值不变），则两人所得之生产额（假定十七单位），必不能两倍于用一人时所得之生产额，其所以不能两倍于前者，因劳力虽两倍于前，而资本则依然如故也，若更进而三倍其劳力，而资本仍一定不变，则第三人所得之结果（假定二十二单位），非仅不能三倍于第一人，且第三人所增加者（五单位），更少于第二人所增加者（七单位），如是则生产之总额，固可以与劳动力同时递增（如自十单位而十七单位而二十二单位），不过每后一单位之所得，断不能如前一单位之多（例如第二人所加者为七单位，小于第一人三单位，而第三人所加者为五单位，又小于第二人两单位）。直至最后之一人无所增加而后止。自此以往，无论劳工之增进，达至若何程度，而生产总额始终不变，社会之生产力，至是停滞，虽欲增进，不能也，此观下列之图可以了然。

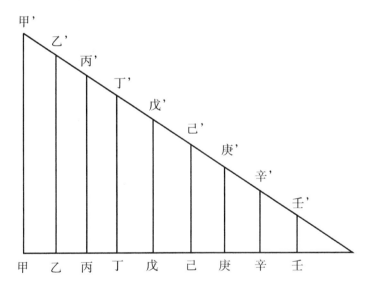

以甲壬平线均分为八段，即作为八单位（劳工），以直线甲甲'、乙乙'等譬每单位之生产力，则第一单位之收益为甲甲'，第二单位之收益为乙乙'，第三单位之收益为丙丙'（以上资本之值不变），如是递进而递减，直至第八单位，则其生产力为壬

壬'，小于第一单位不啻若干倍，若长此递进不已，甲'壬'之斜线，必与甲壬之平线相合，则最后之一单位，直无生产力矣。自此之后，无论劳力单位增加至若何程度，必不能影响于生产额。虽然以上单位各个之生产力依次递减，而其生产之总额，则依次递增，直至最后一单位而后止，故三单位所生之甲丙丙'甲'，大于两单位所生之甲乙乙'甲'，四单位所生之甲丁丁'甲'，大于三单位所生之甲丙丙'甲'。

今日中国之情形，与上述之理论，适相符合，资本无加而人口日翻，则生产额自不能与人口俱增，故分配所得，愈进而愈减。今日华工之佣率如是之低者，职是之故，而兵变匪祸乞丐如是之多者，亦职是之故。由此观之，今日中国之患，不在乎人满，而在乎无资，其以人满为患而欲以之移于外国而为外人所用者，其愚真不可及也。故今日吾国所亟宜讲求者，乃利用外资之问题，非移民之问题也。夫外资非不可用也，用之得其道，国家兴焉，人民之幸福增焉。不观乎美利坚乎？交通之便，农工商业之盛，何莫非外资与人力之所助成乎？美能用外资而致富，而吾岂独不能哉？

夫外资尚可借也，人工则不可得而借也，吾闻有借外资以兴国者矣，未闻有借人力而能兴国者也。故生产中之三要素，唯人工为神圣，唯人工为不可缺之根本。自吾国今日之情形观之，当以人工为本，资本为末，有本而无末，则致末之来可矣，何必以人满为患也。

既有资本，又有劳力，则每一单位之劳力，必有一单位之资本以助其成，不如前次七八单位之劳力，全赖一单位之资本，以构成其生产之结果。循是以往，劳力与资本，得能并驾齐驱，而生产额亦能日增而月盛，社会之发达，可翘足而待也。夫资本之所由成立，概括言之，不外过去时代生产之结果，即由储蓄而成立者也。盖资本增，生产亦增，生产增，人民之消费品亦多，则何患乎衣食不足，衣食足，则储蓄之意思生焉，于是储蓄日增，资本日多，资本愈多，则生产之发达亦愈速，而储蓄之风因此亦愈盛。如是因果相循，靡有底止，而社会之进步，遂有蒸蒸日上之势也。

夫资本既由储蓄而成立矣，则所借之外资，至此可以分年摊还之方法而清偿之，以免利子之负担而享独立之安荣，故借外资以谋生产之发达，始终无害于中国也，复何乐而不为哉？

欲促社会之进步，必有资于储蓄者已，然储蓄亦必有储蓄之要件，其最要者，厥为完备之法律制度，确能保护个人之所有权也。若在武人专横，兵连祸结之国，则旦夕之生命，尚不敢自保，储蓄之意思又何从而发生乎？即有之，亦殊薄弱，此不仅影响于资本，亦且影响于人民之道德。自此之后，人人徒狃于目前之逸乐，而不计终身之准备，是则社会最大之危险也，故不欲求生产之发达则已，若欲求生产之发达，则贪婪跋扈之武人，在所必去，断无与劳动者并存之理。苟武力能除，则生产与储蓄之障碍已去，而劳动者，自有从容行事之机缘。吾故曰:中国之希望，在于劳动者。

在北京大学经济学会成立会上的演讲

1919 年 12 月

诸君组织这个经济学会，是应当的事情，是大学生应该做的，而且是经济系的职务，兄弟是非常赞成，很抱乐观的。在于美国，他们学校里面，也有种种学会，以研究学理。它们的会章，颇为严厉；它们的责任，又很重大，要加入的时候，须由会员介绍，或由学校专派学识兼优的学生，到那里去研究，或搜集材料，因为学会的性质，原是互助的，发扬的，所以各人所有的材料，都登在那里，那么一人的学业有限，合十人或数百人的学业是很丰富了。这样看来，要搜集材料，是很容易的事情。在中国方面，就不是这样，虽然有种种学会，它们的目的和宗旨，都完全相反，并不把研究学理，当作一件事情，不过为政党的臭味罢了。所以中国人常把他的心得，保守秘密，不肯告诉于人。到了现在，所有各种学说，还没有系统可循，真是可痛的事情。现在你们既已组织这个学会，本互助的精神，共同讨论，使经济的学理，能发扬出来，以为社会的应用，那是我很希望的。在日本国内，也有许多学会，它们常常到中国调查状况，能把各种情形，详详细细载在书上，一本一本印刷出来。你看中国的经济情形，国内人民尽有许多不明白的地方，但是他们竟能洞悉一切，这不是学会的功劳吗？我想我们中国，近年以来，也有许多出版品，不可不算文明进步的征兆。可是我国现在所出版的书籍杂志，大部分译自东西洋各国的文字，并没有特立的精神，更没有系统的记载，为什么国内学者，不能著为专说，以应付社会的潮流呢？这是没有收集材料的地方的缘故。这样看来，学会与社会的环境关系，更为重要了。况且上海商科大学、复旦入学、清华学校等等，都有学生自治会，它们的宗旨，都是本互助的精神，以共同讨论，就是在北京大学，也有政治研究会、法律研究会等等。是诸君的组织学会，不独后于上海、清华，并且后于校内，兄弟深愿这个学会，和它们并驾齐驱，更能够新的胜过于旧的，那是我所希望的。并且顾孟余先生，鉴于世界的经济潮流，各国所用的政策，都注重于经济，中国现在的情形，也是困于经济，很有极大的志愿，要把经济系来办到完善，以应付世界的潮流，诸君需要体谅顾先生的苦心，更要知道前途的责任。诸君在校求学，要专靠讲义，那是很有限的，况且刚要看书的时候，讲义还没有发出，兴致就不能继续，倘然要多买参考书，又不是容易的事情，那么学业就不能进步。美国学校内，多设有 Research，到一定时候，各人所看的书，就要报告一次，那么材料自然不少了。本会现在是空的，不过我希望将来有具体的办法，聚集许多材料，以供给参考的资料。

外国货币买卖之危险①

1921 年 2 月

凡百事皆由资本与势力而成，且皆带有几分投机性质，农人之耕种，必以资本，肥料也，种子也，器具也，无一非资本也；且必须劳力，或自工作，或用雇工，或自作与雇工并用，其为劳力也则一，既有资本与劳力，则其成功也可必，然亦未可必也，丰年凶岁，处处皆有，事之成败，殊难预料！夫农业为事业中之最稳健者也，尚带有几分投机性质，况工商业乎？又如蒸汽机，可以代人工，作用甚大，但一旦爆发，危险甚矣！由此观之，天下几无事不带少许危险，若因有几分危险性质，而遂裹足不前，则世界之生产，必骤然停止，世界将不成为世界矣。但耕种之危险，与蒸汽机之危险，以一般人视之，皆不足为危险；故人人对之亦未尝有所畏惧。故吾之所谓危险，非指此种不足为危险之危险而言，乃指真正危险而言也。何谓真正危险？凡事之成败不可预料，而挺身为之者，皆可谓为冒真正危险者也。譬如开矿虽有

---

① 本文是马寅初在上海浙江兴业银行发表的演讲。

矿师之推测，以为开采之根据，然结果如何，终不可必。万一矿产不旺，所得结果，不能如其所期，则恐慌之发生，在所难免。故买此种矿股者，必为愿冒危险之人。譬如某甲拥资百万，愿以五分之一数投之于矿业，成则固有大利可获，不成则其责任亦不得超过二十万元之数，当其投资之时，明知事之成败不能预定，而其所以冒险为之者，则以其先抱冒险之愿也。非特愿冒险，亦且能冒危险，故危险之责任，全由此类人负之。事之失败，于一般公众无大影响，社会之得能安然无事也，职是之故。由此观之，经济界之发达，全视事业之进步；而事业之进步，非一蹴可就，必有相当之代价，损失之危险，即其代价也。倘以一般财力不足之公众冒此损失之危险，则一旦危险实现，势必引起社会之大恐慌，故为社会安宁计，小可不有愿冒危险与能冒危险之人以当此任。以上只就矿业一端而言也，若夫其他各种事业，其预防危险之方法，大致相同。凡欲步冒危险者，皆可将冒危险之责任，以相当之报酬转让于他人。譬如织布厂，承办布一千匹，定价每匹十元，一月后交货，此织布厂必以一定的价值预先买进棉纱，否则棉纱之涨落靡定，布厂应得之盈余，非特不能预定，或恐反盈为亏，正当之营业，一变而为投机营业矣。故为预防危险计，织布厂遂以一定价格，向交易所经纪人买进，以后价之涨落，与其无涉。涨则经纪人受损，落则经纪人获利，涨落危险，由经纪人负之；盈亏损益，亦由经纪人任之。经纪人者，即得相当之报酬，愿为社会负物价涨落之危险者也。由此推之，有世界必有事业，有事业必有危险，危险虽不可免，然可预防，预防之法，莫善于将危险转移于一般专门冒险之天才。今日匹头业失败之原因，即在未曾将危险转移于人，在买进匹头之时，汇价为八先令，即可当日买进先令，以免危险，乃营匹头业者多存侥幸之心，以致时日愈久，先令愈缩，遂致不可收拾。夫匹头业者一正当之营业也。金镑买卖，一投机之营业，二者宜分而不宜合，今匹头商违反此例，岂有不失败之理，此投机之危险也。

较投机之危险为轻者谓之补进（cover），今日之洋商与华商银行，多做此种生意，其不稳健者，如菲律宾银行，则做投机。何谓补进？即一面先以三先令十便士卖出，一面即以四先令买进是也。"补进"此种交易，较为稳健，盖有卖出，必有买进，绝不致落空。（上海通例以"套"字译英文之 arbitrage，譬如直接以规元买金镑，不甚合算，必先以规元买日金或法郎或马克，而后又以日金或法郎或马克再买金镑，方可得利。此种交易，英文谓之 arbitrage，非指英文之 cover 而言也。又以"补进"两字译英语之 cover，补进云者，即一面以高价卖出，一面即以贱价补进，如补进反高于卖出之价，则有亏而无益矣。）

但"补进"之危险，虽较投机为轻，然亦非银行应注重之营业。银行之资金应用于商务与实业有关系之事业，使之日益发达，以增国富而济民穷，不宜投之于外国货币之卖空买空。且行员之精神，亦宜专注于贴现、放款、汇兑等营业，若因卖空买空之利较厚，而聚精神于此，则贴现、放款、汇兑等正当营业，必致忽略，尚能尽银行之天职乎？或曰"今日国内多故，生产不旺，进出口货，又呆滞不动，贴现极不发达，放款又不易收回，若夫汇兑则各行竞争剧烈，不能归一行独揽；故即有资金，亦苦无运用之方法，买卖外国货币，虽带有卖空买空性质，然一面卖出，一面立即买进（补进），必无危险之可言。况一转瞬间，即有利可得，何乐而不为"云云。吾应之曰："是言诚是也！但一经研究则亦未尽然，不观乎上海之正金、台湾、花旗、友华等大洋商银行乎？其对于金镑、美仓之卖买也，亦采用补进之法，一面向外人卖出，一面即向菲律宾银行买进，自以为绝无危险，即有危险，亦归他人负之，彼可安然无事，且获利甚厚。若夫贴现、放款，则利益之厚不如也，事业之稳健不如也，两两相较，奚啻霄壤。讵知卖出与买进，有时不能相抵；盖一经卖出，有到期交货或结算之义务，此义务不可不尽也。若夫买进则到期之日亦有收回或结算之权利，但此权利未必能享也。正金、台湾各大洋商银行买进之数能否到期收回，全视卖出者（菲律宾银行）之能否交出，倘卖出者不能交出，则应享之权利已去，而应尽之义务尚存，此其所以危险也。昔日已获之利，悉数抵出，犹恐不足，大利云乎哉？稳健云乎哉？深盼吾华商银行，不再为利所诱，免蹈外人之覆辙也。"

银行及交易所与社会之关系[①]

1921 年 4 月 1 日

近来吾国实业勃兴，商务发达，大有一日千里之势，于是银行与交易所均应时而起。不知者以为交易所与赌场无异，银行以利用别人之存款为目的，讵不知此两种机关，在此竞争剧烈之世界，为社会所绝不可少者。吾不敢谓交易所之中，无人赌博，其理事与经纪人皆不舞弊者；吾亦不敢谓银行之中，无一投机者；但其弊虽多，而其利亦甚大，利害相较，利大于害，此可断言也。至银行及交易所与社会之关系，则交易所为社会之寒暑表，银行为社会之命脉，请详细说明之。譬如战争开始，百业之中，首先受影响者，厥惟交易所，因交易所为商人经纪人集合之公共市场，互易意见，互换知识，故消息灵捷。一旦战事发生，交易所各种行市，遂受影响，物价与股票均跌落，其愿买进者，不敢买进，而已买进者，设法卖出。于是买者愈少，而卖者愈多，物品证券之价益落。若夫交易所以外之各种市价，如地皮市价，小

---

① 本文是马寅初在上海纱布交易所发表的演讲。

菜场中之各种零卖物品之市价，于战争发生之时，皆不受何等影响。其先受者，厥惟交易所也。银行一见交易所之行市向下跌落，对于放款，咸有戒心，决不敢多事放款，但此时银根异常紧急，要求通融者必纷至沓来，银行大有进退为难之势。然于此市面动摇之际，不得不谋自卫之计，于是对于信用素著之顾客，仍愿放款，不过提高其放息；对于信用不著之顾客，则当谢绝。无论如何，于此市面恐慌之时，银行放款渐渐缩小，已放出者设法收回，未放出者不敢轻放。去年吾国进出口货皆呆滞不动，进口商如匹头商、洋货商等，均以先令骤缩关系，不敢出货，钱庄、银行均以其损失太大，不敢放款，以故一般进口商更无维持之希望；而进口业之沉寂，依然如故。可知商人不得银行、钱庄之援助，非特其新事业不能创设，即其旧事业亦不能结束，而经济界遂大受其累矣。由此观之，世界一有扰乱，其影响先及于交易所，以交易所消息灵捷故也。银行虽能自得各种消息，然对于交易所异常注意（今日吾国交易所尚在幼稚时代，对于各业股票、各种物品，尚无行市，故银行与交易所之关系，不甚密切。但今日各银行卖买公债票，悉听交易所之行市）。一旦交易所行市暴落，银行收缩放款，商人有货而不能作押，向银行借款，于是社会上之活资甚少，活资少则办货者亦少，而货价必日益跌落也。今日之丝、茶、茧各业所以如是不振者，职是之故。反之，和平恢复之后，各国互相通商，经济界渐呈活泼之气象矣。数年之内，各业勃兴，交易所各种股票涨价，银行以股票涨价，多事放款，市面活资增多，筹码流通，于是有货即有活资，有活资即可以办新货，货价涨高，盈余较大（价高始有盈余），社会各级人民，咸喜形于色矣。此即银行及交易所与社会之关系，可知银行与交易所，在社会有一定之地位也。

何谓经济①

1922 年 12 月

今日讲题系"何谓经济"。所谓经济者，不专指西文 economics 之意义，乃中国人口头惯用之"经济"两字。例如谓某人经济，或某事不经济之类是也。此种问题为与诸君前途颇有关系，故趁此机会来此一讲。请先从科学方面着手。会计学中不有所谓成本会计（cost accounting）乎？制造者欲知某物之售价，必先计成本之多寡。某工厂中制造茶壶、茶杯、痰盂等物，如茶壶万把、茶杯千只、痰盂五百对，而欲知其各个之成本，须加以分析。假设经理月薪之百元，电灯五十盏，其因每件之制造而消费若干，难以分配，以故每件之成本颇难规定。商务印书馆内容复杂，书籍或购自外洋，或在本馆印刷。而其种类，亦有杂志、小说及教科书之别。由每年决算，仅知利益之总数。何者得利，何者亏本，及其盈亏之数，俱茫然不知，如有成本会计，遂可分别。如小说不利，则让诸中华，可免损失。去岁商务印书馆始用

---

① 本文是马寅初在北京大学经济学会上的演讲。

新式会计，余曾往演讲。固有此制，经费虽增加三万元，然或因此多赚三十万元亦未可知。若无新式会计，如盲人行路，不辨方向，有人焉出面指使之，遂可免于倾跌。观乎此，则成本会计之重要昭然若揭矣。成本之中约可分为三类：（一）prime cost，原料品及人工之成本属焉；（二）factory overhead，机器修理费、房屋折旧及保险费属焉；（三）selling expense，薪资、运费、手续费、广告费属焉。譬如制造茶壶一把，人工、原料必不可少，其他各费加于 prime cost 之上。若一处设两工厂，从事竞争，甲厂见乙厂新张，遂放弃一切，则种种势力皆为乙厂所夺。故须勉力自为，最低限度，不致亏本。如物品售价以 prime cost 为度，则其余两种费用虽无从开支，亦不致亏本。若一旦停工，完全退出商场，所有设备均归无用，岂不大受损失，譬如茶壶一把，原来售价二元，今售一元二角，除人工、原料值洋一元外，仍可得利二角。虽不足以抵补其余两种费用，然比较停工似胜筹。今日纸烟公司之竞争亦然，南洋兄弟烟草公司与英美烟草公司竞争，英美占十之六七，南洋仅十之二三，南洋公司唯有竞争，不能退后。譬如纸烟原价百支两元，现仅售一元二角，表面虽少八角，然除原料及人工一元，尚可得二角，稍补其余两种费用，便可继续支持数年；前中华书局生意清淡，几至闭歇，若果中断，则房屋、机器皆有损失，故勉强开设，以待机会。今则主顾日多，可望发达。去岁全国基督教青年会来京开会，要求车费减价，譬如每人票价自二十元减至十元。十元中减去煤炭、工资之成本八元，尚可得利两元。其他房屋、机器、车站等成本未曾计算。若无青年会会员乘车来京，则此项固定费用不能稍减。故此项固定费（如车站、机器等）与火车票价无关。又如内地居民乘轿代步，抬送一次，索价八角。若系回往可按六角计算，费用较贱之理，与前相同。余来讲演，别无所谓 prime cost，唯有因讲话疲倦，归食鸡子四枚，以补不足。他若衣服、眼镜、人力车之消费，与讲演与否无关系。盖我不讲演，亦须穿衣服，乘人力车，戴眼镜也。诸君在大学读书，消费金钱、时间、劳力等，所有成本已不为少，然与"经济"两字有何种关系乎？

经济之主旨在以最小之消费（cost）获得最大之效果（result），西文 economy 一字常与 efficiency 并用，表示一面省钱，一面须有效果。若仅知节省而无效果，不能谓之经济。铁道及各种工业皆有一定之成本，人类亦然。读书期内之成本，加入操业时车马费、饮食费，为消费之总数。因善于运用，可使此种消费化为至小。譬如汽车一辆，购价二千元，使用一次而损坏，消费固甚大，若用二千次，每次所费不过一元；四千次仅五角而已。学生读书费去一千元，做成一事而夭殁，所费至巨。若做事数百件数千件，其成本可变为毫末。故做事愈多，成本愈小，而其效果愈大。故欲减少成本，唯有多多做事，愈多则效果愈大，无有极限，成本亦可减为最少。故成本之多寡，可无须介意。盖生平之成绩，全视效果之大小以为断，不以成本之多寡为标准也。又如有铁道两条，成本皆为两亿，一处乘客众多，一处生意冷淡，成本虽同，而效果固有大小之分。价值（value）亦有高低之别，可知铁路价值，亦以效果为标准也。又如乡间购地两方，一方出产较多，一方出产较少，成本虽同，效果有别，因而价值亦有差异。诸君今日能读书，异日能办事；有成本即有效果，有效果即有价值。价值之来源虽由于成本，但不以成本之多寡，定价值之高低。如欲效果较大，第一步须有高尚之学问；第二步须有健全之身体。学问优而身不强，非夭殁则精神缺乏，不能随心所欲。诸君在学问上固当用功，于游泳及击球诸运动亦当注意也，以求各部均齐之发达。购书及运动器具之成本，不必爱惜，将来做事始有效果。既有效果，必有价值，有价值斯有价格（price）。工人长于制造，遂有价值。有聘用者，索薪千元。价格之本源系价

322

值，价值既高，索薪自多。自经济学之理论观之，未可厚非。但有价值者，未必皆有价格，而有价格者，非有价值不可。茶壶之价格每把两元，以有储茶之用，遂有价值。故有价格者，必有价值。但保和殿系历史上古迹，不可谓无价值，然而无价格。因无人愿作价购买也。孙中山革命告成，亦有绝大之价值，但无价格，因不能以数万元之代价即可购得也。总而言之，有成本可得效果，效果递增，即成本递减。因做事愈多，即效果愈多，而每次之成本愈少。效果愈多，即价值愈大，但价值愈大，价格未必随之而大。故学问高者，不尽能得善价，有时对公众事业须尽义务。事业愈大，愈不能定其价格。青年出而问世，须有机会，往往有能力甚大，而不能得志者。顾人乃社会上之动物，能做事与否，全恃社会之环境而定。机会愈多，做事亦愈多。自此以后吾国决不能闭关自守，故步自封，非与东西洋各国竞争不足以图自存。故将来之机会未可限量。请举一例以明之，当社会狭小时，市场为买者、卖者之聚会所，如购买鱼肉，必往小菜场是。但今日市场，四通八达，随时皆有市场，不必拘于一处。有价证券尤便于买卖，如欲购英国公债票，见行情好，可以电报托购；欲买美金，亦能电请代办。昔日不知行市，非往市场不可。今则机会甚多，有电话，有电报，有广告，有行市报告，消息灵通，国际贸易日臻发达，虽欲闭关自守而不可得。中国丝、茶、羊毛、菜油等，皆变为世界物品，范围扩张，则希望无限。小规模变为大规模，小量观察变为大量观察。机会大，则可为之事业多。在社会上可多所建树，现在之成本可不必计较，因将来效果愈大，成本可以减至于无穷也。余昔日借钱读书，今皆还清，且有盈余。为人须放大眼光，诸君前程远大，在座者或有一人为将来之大总统，即不必做官，亦可为大实业家，如煤油大王、钢铁大王、羊毛大王等。至于成本不必计较，以最小之成本，得最大之效果，此之谓合乎经济。

北大之精神[①]

1927 年 12 月 19 日

今日为母校二十九周年纪念，令人发生深切之印象。现学校既受军阀之摧残而暂时消灭，但今天之纪念会，仍能在杭州举行，聚昔日师友同学至二百数十人之多，可见吾北大形质暂时虽去，而北大之精神则依然存在。

回忆母校自蔡先生执掌校务以来，力图改革，五四运动，打倒卖国贼，做人民思想之先导。此种虽斧钺加身毫无顾忌之精神，国家可灭亡，而此精神当永久不死。然既有精神，必有主义，所谓北大主义者，即牺牲主义也。服务于国家社会，不顾一己之私利，勇敢直前，以达其至高之鹄的。

苟有北大之牺牲精神，无论举办何事，则结果之良好，俱可期而待。今以浙江一省而论之，如以北大牺牲精神，移办政府与党务，则不出一年，必可为全国之模范省。盖浙江现时之地位，较他省优良之点甚多。财政之统一，一也。浙江之财政厅，尚能统辖全省财政，较之江苏、安徽、福建等省，俱远过之。江苏因

---

① 本文是马寅初出席在杭州举行的庆祝北京大学建校二十九周年纪念大会时发表的演讲。

为孙传芳之战事未了，所统一者仅长江以南之一部分；安徽在前数月间虽征收税吏，俱归二三军队首领所委派；福建即菜担妓女，亦俱贴印花，其财政上之紊乱，可以想见；至湖广江西等省，更无须深论矣。金融之平稳，二也。全省无滥发纸币，引起金融之扰乱。军队之统一，三也。教育之优良完全，四也。此次革命军兴，全省所受之损失不大，五也。既具此五种之优点，苟政治能上轨道，办事人员俱抱北大精神而徐图改革，则将来之浙江，必较今日可以远胜万倍。

虽然，欲图改革，必须自环境之改造入手。重心不在表面，而在人心。今日国家社会之所以每况愈下，根本原因，在于吏治之不良，道德之堕落。如寅初回浙未久，而请寅初代谋统捐局长者，不知凡几。且有欲寅初推荐往禁烟局者，彼辈之心理，以为寅初现正在反对禁烟局，则寅初推荐之人员，禁烟局不敢不留用。际此生活困难之时，在政界谋事，果属生活问题，情尚可原。然来寅初处谋事之人，甚至预先说价，必须月薪至若干元以上，或有其他不正当之收益者而后可。是故中国大半人民，虽其私人道德，亦有甚好者，但脑筋中实无一"公"字之印象。故公家观念之薄弱，已达极点。而对一己之升官发财，譬诸厕所之苍蝇，群相鹜集。故无论何界，苟有一人稍有地位，则其亲戚朋友，全体连带而为其属下，家庭观念之深切，世无其右。当知吾人对于国家社会之义务，应以人民之幸福为前提，不当以个人弥补亏空或物质享受为目的。北大昔日既为群众之导师，今而后当如何引导人民，打破家庭观念，而易以团体观念；打破家庭主义，而易以国家主义，恢复人生固有之牺牲精神。否则，若仅有表面之革命，恐虽经千百次，于国家于社会仍无补于事也。

且中国人民之心理，对公家事，若不相干，可以不负责任。如寅初此次反对鸦片，时有人以"在此种社会何必做恶人"之语，来相劝勉，若寅初家中妇女，如作此语，寅初本可不加深责。然此种浅薄之语，竟发诸现在之官吏与夫东西留学生之口。呜呼！一人公正之勇气能有几何，今不以努力助鼓励，而反以冷水浇头，人心至此，可深浩叹！中国人以"不"字为道德，如不嫖、不赌、不饮酒、不吸烟，果属静止之道德，然缺乏相当之努力，与夫牺牲之精神，以尽人生应有之义务。虽方趾圆颅，实类似腐尸，西人谓 life is activity，否则，反不如截发入山，做和尚之为愈，何必在世上扰扰哉。

是故以北大之精神，牺牲于社会，对于全国，或以范围过大，尚须相当时日。若仅浙江一省，则改造之目的，诚可立而待也。欲使人民养成国家观念，牺牲个人而尽力于公，此北大之使命，亦即吾人之使命也。举凡战胜环境，改造人心，驱除此等奄奄待毙不负责任之习俗，诸君当与寅初共勉之！

张之江
(1882—1969)

生平简介

　　张之江（1882—1969），字紫珉，号子茳，别号天行，教名保罗，河北盐山滕庄子乡留老仁村（现为黄骅市）人。西北军著名将领，中国国术主要倡导人和奠基人。辛亥革命滦州起义中任骑兵司令，1915 年云南起义时为阻击兵团司令，讨伐张勋复辟时任总指挥。1924 年"北京政变"时为第一路司令，后任察哈尔都统兼第一军军长，为西北军"五虎上将"之首。1926 年任西北边防督办兼国民军总司令。1927—1936 年任国民政府委员、全国禁烟委员会主席、江苏绥靖督办及军事参议院上将参议，其间创办了中央国术馆及国术体育专科学校，任馆长及校长。抗战全面爆发后，应李宗仁司令长官之邀任第五战区高等军事顾问，参与指挥了台儿庄战役。后任国民参政会参政员、军事委员会上将参议、国民党第六届中央执行委员、立法院立法委员等职。1954 年12 月任政协全国委员会特邀委员，参加了第二届全国政协会议，并任民革中央委员。1969 年 5 月 12 日在上海华东医院去世，享年八十七岁。

道德与武术①

1936 年 10 月 24 日

现在人人都说，国难当前，关于挽救的方法，多多益善。不过我们要就事论事。究竟要用什么方法去救民族、救国家？我们应当分别缓急，权衡轻重，去研究根本办法。这是什么呢？就是要注意道德。孙中山先生在民族主义第六讲说："要维持民族和国家的长久地位，还有道德问题。有了很好的道德，国家才能长治久安。"又说："要恢复中国的民族地位，必须恢复固有道德。"固有道德就是忠孝仁爱信义和平。这是中国固有的宝贝，我们应当去研究发扬的。

所谓道德，乃抽象之物。大学之道，在明明德。按朱注云，明德者，人之所得乎天，虚灵不昧，具众理而应万事者也。又说，德之为言得也，行道而有得于心之谓德。古人对于道德的理论发明很多，如《论语》上说"为政以德"，"以德服人者王"，"道之以德"，等等，都是勉励我们进德的至理名言。我们曰有这许多道德的理论，何以现在民族地位日趋衰落？这都是我们对道

---

① 本文是张之江在济南进德会发表的演讲。

德太不注重的缘故。

近来一班青年常说，现在旧道德已经打倒，新道德尚未成立。此乃似是而非之谈。殊不知道德乃万古不变，毫无时间性，是维持社会人心的最高原则。记得从前在郑州与一友辩论孔子之道。友人说，孔子谓君使臣以礼，臣事君以忠。因为他把这忠字，专用在君主的身上，所以他是忠君的，主张专制的。殊不知彼一时，此一时。我们崇拜孔子，是崇拜他的大经大法。若以慎思明辨的态度去研究，得知忠字的解释，不是专对君主言，是对国家对人民，对社会而言。现在虽没有君，而有长官。我们做事要忠于长官，要忠于国家，要忠于人民和社会。因此我们知道孙中山先生所说的忠字，是和孔子所说的同一意义。又有友人说，从民国成立，孔子亦被宣布死刑。那就是说，孔子之道，已完全打倒。我们只想，世界潮流可变，原则是不能变的。所谓原则，就是道德之谓。孔子为圣之时，因人施教，因人说法，实有对症下药之妙。昔季康子问政，孔子曰："政者正也。子率以正，孰敢不正。"又季康子患盗，问于孔子，孔子曰："苟子之不欲，虽赏之不窃。"像上面孔子所说的话，是不是道德的原则？是不是一篇为天下法，一行而为天下则？又何能说他宣布死刑呢？

孔子以前，还有老子。孔子是师事老子的。他所作的《道德经》，分上经为道经，下经为德经，把道德两字，说得非常精详。他说"道可道非常道"，又说，"失道而后德，失德而后仁，失仁而后义，失义而后礼，礼者德之薄而乱之首也"。由此可见中国的道德学，是原原本本，很有系统和基础的。我们现在要谈救国，若不恢复固有道德，终属徒劳无益。兄弟对主席组织进德会，非常钦佩。希望诸位同志在主席领导之下，万众一心努力进德。并念天下兴亡，匹夫有责之义，各尽革命的责任和救国的责任，然后国家才有振兴的希望。

此外还有一点，要向诸位说的，就是我们的人民，在世界上比任何国家的人民，都要衰弱。此非妄自菲薄，事实都是如此。例如民国十七年，政府就中央军校，抽送八十学生，赴日留学。在日检查身体的结果，只有五人及格。这些受过军事训练的学生，尚且如此，其他不问可知。十八年国际运动大会我个人亲自参观。运动的纪录，我们中国人是倒数第一。田径赛至五千米远以上望尘莫及，至游泳及拳术两项更远不如人。这也是一种国耻。说到拳术，在据我国是家学渊源。古人说，"无拳无勇，职为乱阶"。可是拳勇可以自卫。不能自卫，何能救国？

　　我国从前文物并重，不但文化发达，并且民族强盛。关于文化的书籍，已有《四库全书》、二十四史等等。武术也有专书，如少林武当各派，都是训练国民身体的良法。古人常说："有文事，必有武备。"礼乐射御书数，是为六艺。书数是教智，礼乐是教仁，射御是教勇。智仁勇，三者，天下之远德也。这些很有价值的东西，我们应不应去研究呢？诸位要知道现在中国人民的寿命，据医事专家的统计，平均只有三十岁。日本人，平均五十九岁。像这种情形，要不想法去补救，想法去锻炼身体，不但不能抵抗外侮，且恐要受天然淘汰。这是我们要深自猛省的。

王正廷

(1882—1961)

生平简介

王正廷（1882—1961），原名正庭，字儒堂，号子白，浙江奉化人。外交家、体育活动家，中国欧美同学会创始人之一，"中国奥运之父"。1905年赴日本，翌年在日本创办中华留日基督教青年会，担任总干事一职，并加入中国同盟会。1907年赴美国，先后入读美国密歇根大学、耶鲁大学。1912年任唐绍仪内阁工商部次长兼代总长。1913年4月在北京当选为参议院副议长，一度代理议长。1917年9月出任非常国会副议长，署理军政府外交总长、财政总长。1919年任广东护法军政府全权代表，出席巴黎和会。会议期间拒绝在和约上签字，获舆论赞扬。1921年任北京中国大学校长。1922年被选为国际奥林匹克委员会终身委员，也是中华民国第一位、远东第二位国际奥林匹克委员会委员。曾任第八届远东运动会会长兼总裁判，1936年和1948年作为中华民国体育代表团总领队率团参加第十届、第十四届奥运会。1936年8月任驻美国大使。抗日战争胜利后，任国民政府国策顾问、立法委员，中国红十字会会长，先后当选第三、四、六届国民党中央执行委员，第五届候补中央执行委员。1949年赴香港，任太平洋保险公司董事长。1961年于香港去世。

巴黎和会概略①

1920 年

今天承诸君欢迎，实不敢当。这次顺从国民的公意，并非兄弟一人，各专使差不多一致的。我们因为拒签德约，能得国民的赞成，但尤望国民对于山东问题，始终一致，坚持到底。如果现在竟与日人直接交涉，去年拒签之事，岂不成为无理取闹？胶州湾本是德人强迫租界的，德皇威廉第二叫他兄弟用武装的拳头压迫中国，但租约内写明不得让与别人，所以中国这一次在道理上完全胜利；只是没有实力，公理本来应该得胜，但在 1919 年，还不免失败，将来能否得胜要看我们国民的决心。去年我们拒签德约，各国对我都没什么恶感，这有两层缘故：

（一）各国国民对于和约也不满意，看美国参议院的保留案，就可明白；不但美国人，各国国民也不以和约所定山东问题办法为然。

（二）拒签并不是我们几个人的意思，实在是代表国民全体一致的意思；那时候我们接到二千多封的电报，这些电报，各省

---

① 本文是王正廷在上海十五公团欢迎会上的演讲。

都有，各界的人都有，各种文字都有，我们把这些电报，全都印成册子，各国看见这样，晓得我国民心一致，自然另眼看待。

我们晓得这两点，以后应做的功夫，就可明白，就是我们要留心国民外交，使全世界的人，都晓得我们的意思。外人平常所见的，都是华工，看见衣服齐整面目清洁的，就以为是日本人；难道我们就没有衣服齐整、面目清洁的人吗？并非没有，实在都住在家里，不肯出去，人家要替我们鼓吹，也是没法。如果我们能注意国民外交，常有有名的人出去，国外的报纸也可乘机发挥。要晓得国民外交，能给外交官以种种便利。反之，我们要欢迎各国有名的人，多到我们中国来游历。日本人很能联络外人，凡到东方游历的人，先到日本，日本引道他们游玩各处胜景，住了三四个星期，再到中国，就没有多的工夫来考察，不过到北京住几天六国饭店，或到天津上海也住几天外国饭店，就匆匆回去，全看不出中国的好处。我当听外人谈论中国的事，可以拿他住在中国日子的多少，决定他对于中国的感情，日子住得越久，就觉得中国有些好处。中国好比一件古董，藏在家里，不给人家看见，所以我们开放门户，不但要开放国家的门户，还须开放家庭社会的门户。中国确有一种好处，好比很坚固的物品，初看平常，越看越好。我们要多与外人交际，才显出我们的好处，不要叫外人觉得东方只有个日本。

关于和会的详情，报纸多已记过，现在报告，又怕挂一漏万，所以只说我的三种感触：

（一）何以和会中五强国均出五个代表，比利时、巴西也出三个，我们中国只能出两个呢？就算讲实力，难道中国不能及比利时吗？起初我们对于这一层也不甘心，后来他们说出缘故，我们也不好争了，因为打蛇打在七寸里，我们已被打中要害了：原来代表的人数，是拿出兵的多少来定的。中国失此好机会，好比一个聪明子弟，不用心读书，虽然跟着众人一同毕业，只好屈居两等。俗语说得好："一科不中，下科再来。"总望国民以后努力。

（二）国际联盟会委员十五人，五强国倒占去十个，其余十九国，他们称作有限公司，只好合出五个；中国还算承这些友国看得起，居然当选在五个以内；其余交通股经济股，也都是这样。但何以广土众民有长久历史的中国，要在这"有限公司"以内呢？记得前次海牙和平会议，中国、巴西均在四等，因为海军力太薄弱的缘故。那时候巴西的代表，向我们的陆子欣先生说："请你看下一次我们巴西在哪一等。"这回巴黎和会，巴西果然能出三个代表，中国却在它下面。这是什么缘故呢？因为那一次海牙和会以后，巴西就竭力整顿海军；欧战起后，他们全舰队开至地中海，担负保护的重任，所以能同比利时一样。现在我们国民也应该下一决心，说道："看下一次我们究在何等。"

（三）这一次和会，实在是由五强国决议以后，再行宣布，叫其余各国承认通过，各国并没有置喙的余地。有一次某国起来反对，问主席克勒满沙说："你说已经决定……这是谁人决定的？"克氏说道："战场上共有一千二百万兵，如果没有这许多兵，也就没有今天的和会；我们出了兵，所以我们决定了。"这些话大概克氏在不经意中流露出来：我们也决不相信军国主义，但世界上还有强盗，总要讲求防盗的方法。西人能为主义牺牲却不肯为个人牺牲；这一千二百万兵，不是为威尔逊去的，也不是为克勒满沙去的，是为公理，为国家去的；我们国民，也应该觉悟中国是全体中华国民的中国，不要为哪一个人出力，要为国家为主义出力。捧一个人，无论哪个，都不好；我们要捧中国，捧主义。

陈渠珍

(1882—1952)

生平简介

陈渠珍（1882—1952），号玉鍫，生于湖南省凤凰县，与民国总理熊希龄、著名文人沈从文并称"凤凰三杰"；著名的"湘西王"。1909年7月随部进藏抗英，升任营管带职。1911年10月响应武昌起义率湘籍士兵取道东归。1913年在湘西镇守使田应诏属下任中校参谋。1918年护法战争兴起，担任护法第一路军参谋长，东下常澧。1921年兼任湘西巡防军统领，移往保靖。1926年被湖南省长赵恒惕任命为湘西屯边使，次年被唐生智任命为第十独立师师长，回驻凤凰。1935年春，湖南省主席何健逼迫陈部接受改编，陈以湖南省政府委员虚职移居长沙。1937年发表笔记体游记小说《艽野尘梦》，忆述了他艰苦备尝的援藏历史。1939年湖南省主席薛岳将陈部改编为新六军，任命陈为新六军军长。同年10月，陈以年老为由，辞去军长之职赴重庆，受命军事委员会中将参议和设计委员会委员，移居南川，直到抗日战争胜利后才返回凤凰。1949年5月，宋希濂和程潜任命陈为湘鄂边区绥靖副司令及沅陵行署主任。同年8月，程潜、陈明仁和平起义。中共湖南省委派员劝说陈弃暗投明，10月中旬，陈权衡利弊后同意和平起义。1950年受命为湖南省政府委员，6月被邀请赴京参加中国人民政治协商会议第二次扩大会议及中央民族事务委员会议。1952年2月病逝于长沙，享年七十一岁。

在教育改进会章程审查会上的演讲

教育改进会章程今已审查完毕。诸君对于改进教育，最宜注意者：一、须具一种奋斗精神，毋畏艰难困苦。凡事经过一次困难，即得一次快乐。如今日经过审查之困难，即得审查完毕之快乐；他日经过教育改造一次之困难，即得教育一次进步之快乐。经过困难愈多，所得快乐愈大。鄙人每日阅公事不下二百起，不见其难，愈觉其乐。精神一到，何事不成？二、须终身服务教育，不可见异思迁，或运动议员，或图为军阀。须知权利思想，终无止境。兵士思为军官，军官思为都督，都督思为总统，总统思为皇帝。皇帝如秦始皇统一六国，富贵极矣，而又思为神仙，至死不悟。鄙人愚陋，不敢丝毫存分外野心，唯对于分内的事，如剿匪清乡、教育、实业、开垦诸大端，切实进行。目的一定，有一分进步，即有一分快乐。鄙人对于治心的学颇有研究，良心之贼，常用防闲，决不敢放松一步。他人以枪支争权夺利，扩张势力，鄙人则以枪支整顿教育，振兴实业，尽心桑梓义务，以此收束身心，解诸烦恼。夫人若不早辨义利，则利欲交战于中，坐不安席，寝不安枕。聪明因而蔽塞，志气因而昏迷，道德因而堕落，身名因而败裂。种种患害，皆缘心贼作祟。诸君未曾治事，先宜治心。立身之道，尽乎此矣！果能如上二者所云，则用奋斗精神，终身服务教育，湘西教育三年必见小效，五年必见大效，愿诸君勉旃。

在湘西十县联合单级教授研究所
开学典礼上的演讲

　　诸君为教育事业跋涉山川，不辞辛苦，诚为难得。当此军事旁午的时候，得同诸君共话一堂，来研究教育，我很欣幸。我此次开办这个研究所，是谋十县教育改良的基础，就是为普及教育的初步。大凡兴办教育，简言之，不外要人人能分担社会和国家的任务。但人人分担任务这句话，不是遽然间可以做得到的，自然要有一种计划。第一步必先普及初等教育；第二步中等教育也要求其普及；第三步，随地都要有专门人才，方算能达教育的目的。现在西欧都讲究要中学普及了。回顾我们湘西各县，不但小学寥寥无几，且不完善，就论识字的人，比较起来还不到百分之一二。普通一般人，既无常识，平日谋生已属不易，一旦有事，不免要流而为匪。为匪的虽尚有环境的种种影响，这教育不良，确是一个重大的原因。我本武人，防区内剿匪事宜是我的责任。近年以来，不遗余力进行清剿，匪患逐渐肃清。但今日清此乡，明日清彼乡，兵力有时不济，匪则生生不息，散则为民，聚仍为匪。杀是断杀不尽的。如欲设一个方法，使他们能革面洗心，做一个有用的良民，就不能不致力于教育。

　　我湘西的教育腐败极了，第一是师资缺乏；第二是行政机关的疲顽；第三是把持学务的太多；第四是经济困难的问题。办学多年，全无起色，这是湘西教育不兴的一个病根。说到教育二字，我的本意，以民为主体，有病民的，我必革；有利民的，我必兴。人家以兵力来争权利，我却要以兵力来办民事。此后若有把持学务的，我就用清乡的方法来革除他。有玩忽教育的，我就用尚武的精神来振起他。至于经济困难，我就合十县的能力来筹划。这三种都是不顶难的事，唯师资缺乏，小学教育一项，断不能专借才异地。诸君远地来办学，自必都愿以教育为己任。今日是开学的第一日，就是十县教育改良与教育普及诸君负这个重担的第一日。很希望诸君努力将教授法切实研究，诸君多有由师范毕业，并且都是各县教育界的人，大家把湘西教育切实改进。从初等普及入手，以最短促的日期，使初级教育普及。将来循序渐进，不难办到中学普及。不数有间，民智开通，民生能遂，既没有贫乏的困难，而匪患哪里还有呢？到那时候，风清俗美，岂不是共同享太平幸福么！愿诸君勉旃。

在湘西十县联合教育改进会
成立大会上的演讲

今天教育改进会成立，我很是快愉的。我们湘西地方，自护法军兴六年来，匪乱频仍，扰攘不堪，人民痛苦极了，怎能够谈及教育的事呢！今天开这个成立会，会员来宾齐集一堂，这是空前所未有过的，湘西的教育事业，譬如昨已死了，今又活了过来。我们应当振作精神，从新改造一番。我本军人，肃清地方是其责任，这教育原不该干涉的。但是我亦公民中一分子，我以公民资格来提倡教育。就是稍有不合的地方，我也不顾。不过湘西自政变以来，教育荡然，当这政潮澎湃的时候，没有肯来过问的，想要靠县政府提倡，岂是靠得住的吗？况我湘西地接苗疆，风气未开，提倡更不容易。我今既来提倡，纵有何困难，务必一直进行到底，决不中止。今召集十县会员研究单级教育，聘请李云杭先生担任教授。近两月来，你们都在热心研究，但我更希望你们以后更加努力，使改进事业完全达到目的。从前的教育，是不生不灭的状况，而今改进了，要把教育发展起来。凡此次参加会议的人员，不要分新旧界限。当这教育过渡的时代，我们像是引渡的人，旧人物好像是对岸来过渡的人，我们应当引导他们到舟中，不可排挤他们落水。旧学派的人，也应当热心加入。总会已成立了，各县分会也是要认真办好。我希望你们回去不要自外，要实实在在地去做。更不可计较权利。在会中，切莫存有意见，以免后来发生种种障碍。如有困难问题，我可以命令行之。凡人做事，总要本之良心，更要把"我"字抛弃。每遇一应做的事，就是有祸害的，也要极力向前做去。牺牲其身，连我都不顾了，这才算是真正做事呢！我所希望你们，不过如是，愿诸君勉旃。

蒋百里
(1882—1938)

生平简介

　　蒋百里（1882—1938），名方震，字百里，浙江海宁硖石镇人。军事理论家、军事教育家，陆军上将。1901 年因获地方官员赏识，受其援助赴日留学，就读于日本陆军士官学校。1906 年回国，在赵尔巽幕府任督练公所总参议，但为张作霖等旧军人物排挤，同年赴德国深造军事。1910 年再回国，得日本士官学校同学良弼提拔，就任禁军管带，后转赵尔巽幕再任前职。武昌起义后，任浙江都督府总参议。其后被袁世凯任命为保定军官学校校长。1913 年转任为总统府军事处一等参议。1917 年任黎元洪总统府顾问。1919 年五四运动爆发时，正与梁启超等一起去欧洲考察。次年春回国，积极协助梁启超从事新文化运动。1923 年同胡适组织新月社。1925 年为讨张作霖，任吴佩孚总参谋长。1933 年赴日考察，回国后提出中日战争不可免，提出国民政府备战，并拟就多项国防计划。1935 年任国民政府军事委员会高等顾问。1936 年赴欧美考察军事，回国后倡议发展空军。1937 年初出版了军事论著集《国防论》。同年以特使身份出访意、德等国，回国后发表《日本人》及《抗战基本观念》，断定日本必败，中国必胜。1938 年 10 月出任陆军大学代理校长，同年 11 月在迁校途中病逝于广西宜山。

参谋官之品格问题[①]

1938 年 5 月

在国难最严重的今日，奉到委员长最郑重的付托，来代理本校校长职务，深感责任的重大。今天是第一天，首先把基本事件和诸君一谈，即是品格问题："品"是品性之"品"，格是人格之"格"。

我在汉口临行请训时，委员长告诉我"用不着高深的学理，我需要一种态度严肃、精神饱满的军人"。刚才奉读手谕，中间特别注重"精神之修养"与"武德之锻炼"，想诸君当已明了，所谓品格问题，就是这两句话的注解。

我到本校后，与教育长及校本部诸教官接谈，知道诸君的求知欲很高，颇为欣慰。谈实际，诸君已有十年以上的经验；谈知识，则诸君在此也有两年的研究。可是学问和经验，是养成人才的肥料，不是种子，也不是根本；我现在所要说的基本问题，就是种子与根本。

我先讲一件民间流传的故事给诸君听：点石成金的吕洞宾，

---

① 本文是蒋百里在陆军大学的第一次训话。

想找一个得意徒弟度之成仙，常常出来物色试验，都不中意。有一天遇见一个人，便把一块石头点成金送给他，他不要，吕洞宾以为他是不爱钱的，就很高兴地问他："你爱什么？"他却回答说："我不要金子，我要你的指头，随时随地，就取之不竭，用之不穷了。"

我到此来，不想给你们金子，想给你们这个指头；有了这个指头，你们就自己可以制造学问，创造知识了。不过我这个指头，不是随便给人的！英国有一本小说，述说有一人能制造金子，想用钱来救济一村子的人，但后来把一村子的人都变坏了。所以我要郑重声明"不随便给"。如何才能给？就是要注意到品格问题。

本校目的是养成参谋人才，进而化为高级指挥官。"参谋"两字是从日本译来的。我们中国原来就有，两个这样职位的名称，你们知道么？

（学生答"军师"。）

还有呢？

（学生答"幕实"。）

不错，不错，是军师，是幕实。

你们要研究日俄战史、普法战史、欧洲战史等，我想你们现在研究战史，就等于看小说，但与其看外国小说，还不如看中国小说，问题在你们会看不会看。《封神榜》《楚汉春秋》《三国演义》诸书，你们想都看过，"军师"两个字，就出在这三部小说的里面。

中国最古的参谋总长要算姜太公，所谓"师尚父"，《封神榜》里面写得何等有声有色！其后就是黄石公给张良三卷《太公兵法》，并且对他说："读此可为王者师。"这是"军师"二字的来源。这样一看，参谋长便是司令官的先生。但怎样才能做先生呢？你看，姜太公穷到那个地步，还在那里安心钓鱼，宁可钓鱼，不愿自己跑出来找人谋差事，一定要等到文王找他，才肯出来。他不想升官发财，不肯到处识门子，这就是所谓"品"。姜太公的历史太古旧了，考据不甚明白，最可做模范的还是张良。

把参谋职务刻画得最真切的汉高祖，他说："运筹帷幄之中，决胜千里之外，吾不如子房。"我们且看这位模范参谋长的培养法，第一，他家世相韩，韩亡后，散尽家财，誓为韩国复仇。他不逃到香港去，却摇身一变，把一个文弱书生，变成雄赳赳的暗杀首领（博浪椎）。他最初就肯"牺牲自己，以为他人"——这就是委员长所训示的"武德之锻炼"，这就是军人，这就是参谋官的"格"，这是最重要的基础，这就是"意志坚定"，这就是陆军大学初审试验及格的"格"字。及了格，所以黄石公才肯教训他，要他穿鞋，骂他，是教他能忍耐——有勇气的人能忍耐了才算真是可教。这是陆军大学校的第一课。诸君想读了三本书，就可以做皇帝的老师，天下哪有那样容易的事？难的就在检定试验的及格，和第一课的入门！如今或许可以了解我不肯将指头乱给人们的道理了吧！

"牺牲自己以为他人"，是张良的一贯精神，他的目的始终在"为韩报仇"，不仅没有功名心。"沛公天后，非人力也"，他那时得一知己，死而无恨，他觉得高祖听他一句话，比封他一个官还要快活些，等到天下大事大定之后，他便摆脱一切，从赤松子游，这是他没有功名心的一种表现。我还引用一段外国故事，就是德国毛奇——他也是没有利害心和功名心的——现在大家都在歌颂他，但他前半辈子的过程是苦痛得很的。因为他不是普鲁士人，而是丹麦人，暗中颇受普鲁士军人的排挤，所恃唯威廉一世的信任。他总是埋头苦干，绝对不出风头。现在历史上记载着，当1866年刚尼格拉只会战的那一天下午二点钟之前，大家还没有知道毛奇是谁，但到晚上七点钟，"毛奇"两个字，全国小学生，都轰动耳鼓了。这个同黄石公磨炼张良一样，这才是参谋的根本教育，这才是品格，这才够得上做军事。反之，鲁登道夫天天替自己吹牛，说胜仗都是他打的——事实确是如此——但是愈吹牛人家愈讨厌他，后来他在政治上不能成功，就是这个道理。

张良的无我精神，直接传授到诸葛亮。诸葛亮说"臣本布衣，躬耕南阳"，这等于太公钓鱼，就是说"不必找事，我有饭吃"。他抱定主意"苟全性命于乱世，不求闻达于诸侯"，一定要先主三顾茅庐，然后才感激，才驰驱。但他不出茅庐则已，既出茅庐，于感激驰驱之后，人家把皇帝送给他做，先主托孤时说"孩子可辅则辅之，不可辅君自取之"，他却报之以"鞠躬尽瘁，死而后已"。他临死的时候，还给后人以极大的教训，就是"臣家有桑八百株，不使内有余帛，外有余财，以报陛下"。这是何等的伟大！何等的道德！

参谋官的位置，由"军师"渐渐降低，变为"幕宾"，这不是"老师"而是"客"了。可是人家对他的称呼还叫"师爷"。虽然不在司令官之上，仍然是对等地位。幕宾的故事很多，我今天只举一件——曾国藩同李鸿章的关系。李在点翰林之先，就请曾看过文章，他的父亲与曾又系同年，当然是曾的后辈。曾对李最初就用黄石公对张良的办法，他说"此间局面窄狭恐不能容"，但李一定要在他那里。曾公幕里是有风纪的，早饭必召幕僚会食，李起身较晚以头痛辞，但是大家一定要等他来了才吃饭。食毕曾正色对他讲："此处所尚唯一诚字而已（不说谎）。"李为之悚，敬谨听命。到后来，曾要参劾李次青，李不同意，就很坦率地说"门生不敢拟稿"。曾说"我自属笔"，李说："若此则门生亦将告辞。"我们看，在平常时候，他对老师是怎样服从，但遇紧要关头，他又是如何的有主张，有骨气。后来李走了，一直不得志，迨曾攻占安庆之后，李写信道贺，曾就回信请他来，这次可就不是以学生看待了，完全以宾礼相待。李来了不到多时，曾就保荐他做江苏巡抚。我们看，老师之待学生，学生之待老师，又是怎样的风度！这是说参谋在宾位的情形。

参谋官的位置，始而由"师"降为"宾"；自新军成立后，又再降而为"军属"了。在民国初年的时候，参谋官简直是高等的当差。这个地位，今天后要一步一步地提高起来，纵然不能提高到"师"，至少也要有"宾"的地位。这一点全靠高尚的人格去争取，如果只是去找人，以弄钱混饭吃为目的，人们怎样能够重你！我们莫怪人家不尊敬我们，首先要自己尊敬自己。假如你们当司令，看见一个人既有才干，对你又有"鞠躬尽瘁，死而后已"的精神，你们怎能不"三顾茅庐"去请他，请他出来之后，又怎能不信任他尊敬他——所以委员长手谕中所说"精神是修养"，就是提高品性之"品"，所说"武德之锻炼"，就是牺牲自己以为他人的"格"。我要你们把《封神榜》《楚汉春秋》和《三国演义》好好再看一下，如果以国货中能取出宝贵的教训，以为自己修养的资料，那么我们再来谈谈外国故事，借资观摩。今天讲品格问题，只是一个序幕，下次还有很多问题，容陆续再讲。

"知" 与 "能"[①]

1938 年

上次讲品格问题，品格，就是气骨，气要高，骨要硬。姜太公钓鱼，他尽管穷得那种境地，还是安心钓鱼，不乱去找人，这就是气节之高。李鸿章对曾国藩平日是绝对服从的，但遇紧要关头，宁愿自己走开，却一定要把主张拿稳，这就是表示骨骼之硬。气高骨硬，虽是做人的先决问题，可是现在讲学问的时候，却有两种相反的原理，这就是：心要虚，要平，要低下；脑要柔，要软。

学问是随地都要去求的，"求"就是所谓仰面求人。不一定教授可以教你们，就是一个兵卒，你们也可以向他获得宝贵的教训，从前顾亭林就是这样。如果心一高，脑一硬，则学问永远得不到了。日前我听见湖南教育厅长向军校讲话，说日本空军从张鼓峰事件中得到了个很大的教训，这话很有意义。人家一看见好处，马上虚心改进，可见学问是无穷尽的，就是要虚心，要平心，要低心去体验才能获得。孔子说"仁者乐山，智者乐水"，

---

① 本文是蒋百里在陆军大学的一次训话。

"乐山"是要有山一般品格，"乐水"是要水一般虚心，所以讲学问第一要有大海般的心——"度量"——才能尽量吸收世界上各种细流。这是求学问的第一个条件。

第二个条件是：骨虽然要硬，脑却要柔软。法国字 sonple 照字典上解释，是柔软的意思，在军事上用，就是说这个人能够适应环境。世界上最柔软的是水，盛到方的里面就变方，盛到圆的里面就变圆。水在大路流不通，可以走小路，小路走不通，可以走地下的路，这便是能改变自己，去适应环境。倘若一个人脑筋硬化，墨守陈法，对于新的不能接受，这就没有求学的资格。

现在再讲陆军大学制度的历史。中国的大学是学日本，日本是学德国，但现在所用的还是大战前德国的制度。因为德国的军官，中尉要当二十年，如果在这二十年之内，天天教练新兵，这个人岂不完了？所以就在陆大研究三年，使他不至于离开军队生活太远。学校授课以后，还准他到外国学些别的东西。但在这三年中，每年又至少有半年在军队中，所以始终是理论和实际没有离开的。他们二十年只有三年在校，而这三年中每年又有一半以上的时间，与军队保持接触，他们现在还要加以改变；我们却是整整的三年全在学校里，等你们三年从学校里出来，外边的局面完全改变了，这岂不会变成一个落伍预备所吗？所以你们要时时刻刻虚心去体验实际，这才是真正的学问。

现值抗战期内，只能把几种重要的功课，仅先讲一讲。我记得日俄战争时，我在日本留学，那时他们就改订一个新的教育计划，把讲堂里的课程减少三分之一，改作野营演习。在毕业的时候，教育总监对改订这个计划的人，还极力奖励（本来各国陆军大学到战时就解散）。现在我们的抗战，是决心抗战到底，所以还需要你们陆续研究下去，这是一个特殊状况。在这特殊状况之下，你们更要知道时间的宝贵和实践的重要。现在你们中有人说：

"照学校预定表，还有多少钟头不够，要补足。"我说："照这样说，不要说一千个钟头不够，就是一万、十万，也不中用。我希望你们原有脑筋里的格丢开，要虚心体验。如能认识这一点，则可以明白真正的学问并不在于讲堂课程是否加足了多少钟头。"

现在进一步讲参谋教育的方向。关于这一点，须明白陆军大学的创始。我现在先说一个名词，中文可译为"慧眼"，法国字叫"covpd oevl"，意思就是"一瞬"。陆军大学的教育，是德国菲烈德大帝创始的，在他不久以前，是骑兵战为主的战术。骑兵运动性很大，前面发现有敌人，立时就要决定，所以总司令带了骑兵到前线，全靠一刹那间的判断和决定，这就是"慧眼"。菲烈德那时的兵队，渐渐增加，他到了一地之后，当面的情形虽然知道，左右两翼还不明了，所以他要派人到两翼去侦察，这个人就要以指挥官之心为心，要有"慧眼"，他的报告才能适合要求。这就是最初陆军大学的起源。陆军大学开始是画略图及地形判断，渐渐变为测量学，所以测量和参谋是分离不开的。中国把测量局附设在参谋本部，也就是沿此习惯而来。毛奇将军最初在测量班，俄国的尼古拉斯大学，也是注重测量，当年菲烈德大帝因为军官都是些老粗，所以选出一批贵族子弟，给以陆军大学的教育，教以地理和数学。地理就是测量地的基础，数学是以已知求未知，养成推理能力和判断力，所以陆大的开始是地理和数理，目的是养成"慧眼"。你们想必听过传说兴登堡在坦能堡一役建立不世的伟迹，他在第一团的时候把德国东部地形探测得很熟，实在是一个极大的原因。

各种地形不同，各种敌人的情况也各不相同。自有历史以来，没有一件事是像演战一般完全一样的，每次各有新的状况；这全靠我们能虚心，能体验，能适应才行。所以能变，才能打胜仗；不能变，就不能打胜仗。这是讲学问的基础。

我希望你们把过去的东西暂时忘记一下，然后再把实际情形来引证来体会。我举毛奇将军的两句话："不知者不能"，"从知到能尚须一跃"。

大学教育是练习你们的"能"，你要练习"能"，就有一个基本条件不能不"知"。"知"应分三层讲法，比如说我们晓得地是圆的、动的，但这不是"知"，只是"闻"，是"知"的第一层。第二层还须进一步变为了解，要能证明"地是圆的""地是绕太阳而动的"，这便非天文学的这门知识不可。"知"的第三个阶段是发明，由"天圆地方"变到"地是圆的"，由"天动地静"变到地球自动，这是发明，这是"知"的最高阶段。如果大家说"地是方的"，我也说"地是方的"，那么脑筋硬化了，深映着旧的观念，怎样能有进步！所以脑筋必须要柔软，必须要打除自己的格才行！

现在世界上的一切纠纷，可说完全由《凡尔赛和约》而来。《凡尔赛和约》就是表示着订约者脑筋之硬化，后来惹起无穷纠纷，使人有"早知今日，何必当初"之感。就是因为福煦、克来孟梭、路易乔治只有战时的眼光，没有适应和平时代的脑筋，只守着旧的，不能预料新的，威尔逊虽有一点应新的脑筋，但被大家包围着，也不能发挥。我们要能适应新的脑筋里的格，才可以谈学问。科学就是一个捣乱鬼，人家说"地方"，他却偏说"地圆"，这就是所谓"怀疑学派"的开始。有了怀疑学派，才有"新"的东西，这便是历史上所谓"文艺复兴"。如果没有这个"怀疑""求新"的精神，就是脑筋"硬化""墨守成法"，就是时代之落伍者。如同在沙上建房子，房子建得越高，危险性越大。

再讲到从"知"到"能"，"尚须一跃"，这要有自动精神。凡事不动则已，一动之后，必遇到抵抗，要打破这个抵抗，就须要有"能"。拿破仑说"字典中无难字"，这句话是相对的；我现在拿起这支粉笔，觉得很容易，但是如果患了风瘫，手不能举起来，拿起粉笔便是一件极难的事。所以世界上没有难，也没有易，要看抵抗力大不大，自己的"能"够不够。我日前听见湖南教育厅长在演讲里说"现在一般弊病是把事情看得太易"，这话很有意思。打仗本是难事，在拿破仑看起来却很容易；我们把手动一动，在空气里是很容易的，到水里就比较困难，如果放在泥土里想动一动，就是一件极不易的事，非有大力不可。所以第一先不要把事情看得太易，一遇抵抗力就意志颓丧，应当看得难，应当练习打破难关的"能"。练习和打拳一样的，从小到大，从易到难，最要的是继续不断，所以孔夫子自道"其为人也，发奋忘食，乐以忘忧，不知老之将至"，俗语说的"做到老学不了"。

今天所讲的"知"和"能"的问题，这是研究学问的基础，知道了这个，你们就可以到处自己研究下去了。

现在我有四个题目，你们可以分班研究，每班研究一个题目；如果志愿在校当研究员，每人至少要担任一个题目。四个题目是：

一、拟对普通大学生为一小时之战术讲演。

二、城濮战前晋国之内政与外交（附说明《左传》对战事记载之原则）。

三、两师平头作战时彼此通信联络法。

四、各员不日上前线将应带各物件并如何带法开一细账（每人准带从人一名）。

现在我再做一个试验，你们各人把所戴的表缴上来！（各学员缴表。）

你们看，各种表时间不同，这十个中，已经有三十分钟的差异了。你们要认识时间的重要，要知道在这三十分钟里如果德国和捷克作战，他们的空军已经可以毁灭对方了。

半年计划与十年计划[①]

1938 年 10 月 27 日

十年以来，我不敢上条陈，尤不爱演讲。上条陈的目的，是希望当局能够采纳，若条陈不合当时要求，或提纳后竟不依照条陈内容去实施，这种条陈是无价值的。谈到演讲，我也缺乏兴趣。民族到了生死存亡的关头，本不该还高谈什么主义、理论和党派。我此次因公过桂，承黄主席招待，有机会与各位见面，深觉欣幸。广西有一种精神为他省所不及者，即是"行政能力"。我虽不敢说总部或省府的命令可传到最底层，但至少可以使大家明了那命令的意义。有了这种自上达下的行政能力，然后可以上条陈，可以演讲。譬如打电报上意见书，因种种障碍而不能按时送到，以致所有意见都无价值，都失时效；甚至相反的你说的是天，他反说是地，这种情形，如何行得通条陈？除非有了行政能力的地方，然后才可谈方法和理论。当然各地的行政有最高领袖负其总责，不过有两大前提我们可以决定：第一，应该针对时间的需要，不必高谈理论；第二，就该切合本省的环境，不必盲目

---

① 本文是蒋百里在广西省政府发表的演讲。

仿效。我们旧有的习惯，就在人云亦云。俄国有了十年计划，我们也想十年计划；德国有了五年计划，我们也想五年计划，议论纷纭，举棋莫定。我们不知人家有了深刻国际认识，所以定出五年或十年的期间，而我们只晓得盲目模仿。譬如定一五年计划，而做到一年半工夫，敌人一来，完全被其利用，言之痛心！好了！以往不说，我们抓住现实来说，再切切实实地检讨一番。敌人这次侵犯华南，实是于不得已之中，冒国际大险的尝试，依我看来，不出六月，必致崩溃。这种推测，不仅是从经济上、军事上得来的论据，从历史方面，更可充分证明。以前中日之战为时八月，日俄之战为时一年二月。当日俄战争时，我正在日本，我看见一般日本人民很统一地来对付俄国，但是日本当局用尽十年工夫养成的蓬勃民气，经过一年零二月的战争，便倏然消失和衰落了。以古例今，看看敌人现在的消耗、现在的处境，并且敌人在对外政策上打俄打英，打中国，仍无确定主张。此次战事，早超过以前中日、日俄两战役的时期，它的溃灭，是可断言的。

我冒昧地向各位献出第一个条陈，就是"半年计划"。这其中最重要的，乃是应该拿出原有原料来应用。"买六千架飞机"这句话，若为本省财力所不许，顶好不说。因为这句话说出来，绝对不能实行，实是废话。欧战时，德军迫近比利时都城时，比国国民把平日积蓄的酒瓶，堆得极高，故其结果，有阻挡敌人前进之功，争取了不少的时间。这个意义，请军界同志注意，尤须相机运用，我并不是说酒瓶一物，真可战胜敌人，而是说一种工具，还须使用者运动得宜，才能发挥其效能。我们不要悔恨武器不及人家，不能打胜仗。我们从抗战资料中，从敌兵笔记上，均可证明我们炮程远且极准确，除了数量不如人家以外，武器方面并不见得比敌人差。所以我觉得还是看运用工具的能力如何，否则仍无办法。

353

我们对于兵器没有应用的能力，这自不必讳言。这不是耻辱，这种现象，欧美各国极其普遍。运用新兵器的成功，在战时需要二年，在平时需要十年。今举英法运用坦克车一例，可为诸位解说之。坦克车之为物，原类似美国农家耕具，欧战时大家鉴于炮兵、步兵总不易联络，不能充分发挥火力，故由一种农业耕具之模型，研究出坦克车来。在 1816 年秋，英法用以攻德，结果初次尝试失败，英法并不灰心，继续研究，继续设法改良；而当时德国兵骄将悍，气焰极高，此实为胜负之分际。故鲁登道夫在其笔记上说，当 1818 年英法再用坦克车攻击德国时，德已无法抵御。从此一例，可见应用工具之重要。我们知道发明家绝不能随时随处告诉大家应用工具的方法，而全恃使用者有使用的能力，善于运用，随时设法，以谦抑态度对待之，以进取精神处置之，自无不胜之道。各位今日在广西，千万不要骛远，不要高调。假若对现有的机关枪、迫击炮、坦克车等物，能够充分利用，对任何原有事物，只要想得出与抗战前途有关，都尽量研究，这于民族复兴的神圣任务上，必大有裨益。我们向为农业经济的社会，其最大积弊，就在不大爱惜物力，一斗米的收获与两斗米的收获，农家对此，并未锱铢较量，其实粒粒的收获，都可发挥极大的效能。此种恶习一时不洗除，根本谈不到什么资本主义的工业化，或社会主义的工业化。我们应用新工具，享受新文明，一切都应合理化，才能物尽其用。我在赴桂途中，曾见一汽车满载沙发及床铺等货物，综其价额，不过数百元，而汽油消耗，有时过之，这真没有享受新文明的资格。在西洋家庭中，每见一种工具，白天可做沙发，晚间又可做床铺，列强应用物力之能"合理化"真令人钦佩！反观我国，某人任新职，则贺电如雪片飞来，在今日抗战紧急，交通工具极感缺乏的时候，此种情形仍然不变，其妨害抗战前途莫此为甚，所以我希望各位，不要高调，不要空谈，脚踏实地定下半年计划，将本省原有的物力，一切运用到抗战的前途上，我认为这虽是"无甚高论"，却是各位应该即时奋起力行的。

我冒昧地再向各位献出第二个条陈，就是"十年计划"或"廿年计划"。我们由于数千年种种的恶因，才有今日这个恶果，我们不要气馁，不要畏权，在前面说过，由日本政治上、经济上及历史上看来，它的失败，是必然的；不过我们眼光要放大看，广州汉口相继陷落，这不是我们的真正失败，而日本短期内或政潮，或革命，或崩溃，也不是我们的真正成功。世界上只有利害的往还，很少道义的朋友，我们应该成就一种科学的发明，做自己立国的基础，才可独立生存。科学研究，重在专门，不宜同时并举。最近德国的行动，究竟为什么英法都畏惧？德国提议为什么英法迁就无异议？大家知道德国扩大军备仅数年，在欧战签约时，土地损失，人口减少，为世界从来未有之耻辱，在损失时期，并且政治混乱，经济不振，但是现在英法，都敢怒而不敢言，或敢言而决不敢冲突，这当中一个大道理，就是德国过去有了科学的基础，不怕没有复兴的机会。我从前在山西，看见他们有"因陋就简，无所不备"的标识，那实是失败的最大原因。因陋就简，只能养成怠惰，何能与工业化社会竞争？假若我们研究一种科学，却有独到处，只要那一种科学，比各国好，比世界都好，就可以复兴民族。欧洲各有长处，故都能强大。处今日世界，样样都能竞争，谈何容易！我们有了一种科学的专长，就可运用这种专长，和其他各国的专长对调，这是科学进步之根本。我希望广西应目前之社会需要，成立科学研究院，当研究工作进行时，应不惜财力，拿出最大的决心，不拘于目前困难。因为科学上的一点成就，就可获大利，世界上最经济的莫过于此。我国的物力不愁，人力也不愁，最需要的就是要有能力来联系，来推动。世界上没有事物的难易，只有能力的大小。我们当前的责任，是研究科学的研究科学，从事抗战工作的从事抗战，我们要仿效农业经济时代那种小规模自足自给，而要更进一步拿别人的研究而自己加以利用。我们不怕失败，不怕条约，有了专长的科学基础就可复兴民族了。

今天谨向各位献出两个条陈，谨祝中华民族胜利！

图书在版编目（CIP）数据

不可侮辱的力量：民国演讲·第五编／马君武等著.
— 北京：中国文史出版社，2019.12
ISBN 978 - 7 - 5034 - 6597 - 0

Ⅰ．①不… Ⅱ．①马… Ⅲ．①演讲 - 中国 - 民国 - 选
集 Ⅳ．①I266

中国版本图书馆 CIP 数据核字（2017）第 299850 号

责任编辑：薛媛媛

出版发行：**中国文史出版社**

社　　址：北京市海淀区西八里庄 69 号院　邮编：100142
电　　话：010 - 81136606　81136602　81136603（发行部）
传　　真：010 - 81136655
印　　装：北京新华印刷有限公司
经　　销：全国新华书店
开　　本：720 × 1020　1/16
印　　张：23.25　　　字数：273 千字
版　　次：2019 年 12 月第 1 版
印　　次：2019 年 12 月第 1 次印刷
定　　价：69.80 元